LA COLÈRE DU MISTRAL

Jean-Michel Thibaux

LA COLÈRE DU MISTRAL

FRANCE LOISIRS
123, boulevard de Grenelle, Paris

Édition du Club France Loisirs, Paris
réalisée avec l'autorisation des Éditions Presses de la Cité.

ISBN : 2-7441-2906-2

A mes ancêtres bergers de Piano qui quittèrent la Corse au début du siècle.

Je remercie tout particulièrement la Compagnie du Savon de Marseille qui m'a ouvert ses portes lors de mes recherches.

Première partie

GÉMENOS

1

Les gorges gonflées d'émotion, les Gémenosiens attendaient le coup de trompette. Les abords de la place de l'église étaient bourrés de monde en cette nuit du 14 juillet 1930. On était venu de Saint-Jean-de-Garguier, des Quatre Chemins et de Coulin pour voir le feu d'artifice, mais le feu tardait. Pourtant le ciel était piqué d'étoiles, la lune blanchissait les crêtes de la Sainte-Baume et le vent n'avait plus la force d'agiter les petits drapeaux tricolores décorant les rues du village. Il y eut des murmures. Que faisait lou trompetaïre ?

Le trompette, garde-champêtre de son état, attendait les ordres du maire qui, lui-même, guettait un signe de l'artificier en chef. Tous les regards convergeaient vers ces trois hommes, sautant de l'un à l'autre, essayant de deviner la cause du retard. Successivement, la pendule de l'épicerie Mourre, puis l'horloge de l'hôtel de ville sonnèrent 11 heures. Les murmures montèrent en une sourde rumeur. Colin et André Bastille en éprouvèrent de la joie.

— Si ça coince encore, on va fêter le 15 juillet, ricana Colin.

— Et le Grand Jo partira en cagade ! lança André.

La bande du café Roubaud, qui les accompagnait avec femmes et enfants, s'esclaffa. Les deux frères Bastille détestaient le maire, ce grand échalas de Joseph qui ne cachait pas ses amitiés socialistes et franc-maçonnes. Le Grand Jo était proche de Léon Blum. Eux votaient à droite et vouaient leur admiration à Tardieu qui, depuis 1929, assurait la conduite de la France avec Laval et Flandin.

— Qu'il crève ! lança une femme.

— Maman ! dit Colin sur un ton de reproche.

Les deux frères n'aimaient pas qu'elle exprime sa haine en public, au milieu des hommes. Au lavoir, elle pouvait vider son fiel. Pas ici. Pourtant, Georgette Bastille n'en resta pas là. Toisant ses deux fils, elle ajouta :

— Qu'ils crèvent tous, ces salopards ! J'espère que l'enfer existe ! Parce que, si c'est vrai toutes ces histoires de souffrances qu'on endure là-bas, eh ben, que le bon Dieu m'accorde d'y envoyer Jo, sa clique et votre père.

En prononçant le mot « père », elle parut suffoquer. Tout son passé refit surface. Elle se revit heureuse au Grand Mas. Une pute l'en avait chassée. Oui, une pute que Grégoire, son époux, avait ramenée d'Alsace. Et peut-être même que cette pute était une juive allemande. Mathilde Fusch, c'était bien un nom de vermine, non ? Le poison cheminait dans la tête de Georgette Bastille. Son sang charriait des chaleurs, et une sueur aigre coulait sur son beau visage ovale que les rides de la jalousie et de la rancœur avaient rudement entamé autour des lèvres et des yeux. Aucune femme ne la plaignit ouvertement. Elle avait sa fierté et le poing facile. Ses cinquante-huit ans, elle les portait sans faiblesse. Les rudes tâches de paysanne n'avaient en rien diminué une force que lui enviaient bien des hommes de son âge.

— Ça bouge du côté du maire, dit quelqu'un.

Cette diversion les détendit. Georgette, ses fils et la bande tendirent leurs cous pour voir ce qui se passait du côté des notables. Là-bas, on s'alignait sur cinq rangs. La première ligne se composait du maire, du directeur du centre des dirigeables, des patrons des moulins à huile, du propriétaire de la scierie et des riches Gémenosiens, avec épouses et enfants en habits du dimanche. Derrière eux, se répartissaient les responsables des administrations, quelques commerçants et un bon nombre de partisans du Grand Jo. Deux bonnes centaines de vauriens, selon Georgette, qui mangeaient sur le dos des mille huit cents autres habitants de la commune.

Ils virent monsieur l'artificier en chef se hâter vers le côté nord de la place. Le garde, lui, passa sous la corde de sécurité qui retenait la foule sur les trois autres côtés. Sous les haleines chaudes et les regards impatients, celui-ci se sentit devenir important. Il gonfla sa poitrine et souffla deux notes aiguës dans sa trompette. Presque aussitôt, un pétard explosa dans le ciel. Les têtes rentrèrent dans les épaules, des enfants pleurèrent, des chiens aboyèrent et un tonnerre d'applaudissements accueillit ce coup de semonce lancé aux étoiles. Une fusée jaillit. Ils suivirent sa trajectoire rougeoyante avec une sorte d'anxiété. Puis, quand ils la virent s'épanouir bien au-dessus de la flèche de l'église en une fleur blanche, ils poussèrent des oh de ravissement et des ah d'extase. C'était parti pour dix minutes. Ils en eurent plein les yeux, même ceux qui étaient restés dans les collines alentour, les charbonniers du Vallon Perdu et de la Galère et les chevriers du Cruvelier et de la Tête du Douard. Lorsque les échos du bouquet final s'étouffèrent sur la Sainte-Baume et que les fumées âcres des feux de Bengale se dissipèrent dans les eaux du Fauge, ils n'eurent plus que deux idées en tête : boire et danser.

Colin était essoufflé. Coup sur coup, il venait de danser une polka et la moresque de Callian. Coup sur coup, il vida deux verres de blanc de Cassis. Le café Roubaud était plein à craquer. Il accaparait la rue avec bancs, tables, chaises et tabourets tout comme le Bar Moderne, l'Idéal Bar, le Bar-tabac, le café Vénuse, le café de la vallée de Saint-Pons et les autres débits de boissons de moindre importance où se réunissaient les clans.

— Où t'as mis ta Clémentine? demanda Toine, le patron du café.

Colin le regarda de biais. Toine était un coureur de jupons. Jeunes, vieilles, brunes, rousses, tout était bon pour ce trentenaire à l'œil de velours et à la calvitie précoce.

— Elle garde les petits avec ma mère, répondit aigrement Colin. Sers-nous tous! C'est ma tournée!

Toine remplit les verres et en aligna d'autres. On

se donna des coups dans les côtes pour un cru détonant de rouge, de blanc et de gnôle. Des cascades d'alcool descendaient dans les panses, se mélangeaient au sang, et montaient en une chaude vapeur jusqu'aux têtes. Le premier à divaguer fut André. Le jeune frère de Colin venait d'avoir trente-quatre ans. Dédé, de son surnom, ne tenait jamais au-delà de dix ou douze verres. Il ne savait même pas boire. Il envoyait des chicoulouns [1] dans son gosier et faisait penser à un homme du monde sirotant son porto. Depuis qu'il travaillait au hangar des dirigeables, il fréquentait moins ses amis paysans habitués à leurs six litrons par jour. Le nez penché sur *Le Petit Provençal*, il s'en prit aux Allemands.

— On aurait dû pousser jusqu'à Berlin pour y mettre le feu ! Ces cochons de Boches... ils veulent leur revanche.

— T'as trop bu ou quoi ! s'exclama Toine. Les Boches n'ont plus d'armée et, nous, on a bientôt la ligne Maginot. Qu'ils viennent donc ces mangeurs de saucisses avec leurs serpettes, nos canons en feront de l'anchoïade.

Des rires épais secouèrent la salle. Quelques-uns crièrent : « Vive la France », puis tous entamèrent *La Marseillaise*, la main sur le cœur et le verre tendu à bout de bras. Les vitres du café vibraient, le grand souffle patriotique attira la foule et la rue se mit à chanter. La ferveur gagna la place centrale et l'orchestre accompagna les danseurs qui s'étaient figés pour s'égosiller.

1. De très petits coups.

Dédé ne s'associa pas à la liesse. C'était quoi la ligne Maginot ? Des milliards dépensés... Pour une armée enterrée... La défensive... Ça le dégoûtait. Il essaya de relire l'article du *Petit Provençal.* Il était écrit par Marc Aurèle. Une sacrée plume, ce journaliste. Il disait qu'un balèze du nom d'Hitler clamait que le peuple allemand devait poursuivre son but sans faiblir et conquérir un espace vital pour assurer sa survie. Il parlait aussi des milliards que les Boches avaient empruntés aux Américains, de la crise mondiale. Des choses compliquées pour le cerveau embrumé de Dédé mais pas pour son instinct. Il sentait poindre le danger. Il s'en inquiéta à nouveau tout haut quand *La Marseillaise* s'acheva dans un tintement de verres.

— Chantez beaux merles. Moi et Marc Aurèle, on dit qu'ils vont revenir et que ce sera pas de la rigolade.

— Eh bien, tu creuseras une tranchée entre Aubagne et Gémenos et tu les attendras, ricana Bonasse, l'épicier.

— Après tout, c'était à ton père de pousser jusqu'à Berlin. Y paraît qu'il les aime bien les teutons, dit Cendre, le meunier.

— Surtout les tétons des petites rousses, ajouta un autre.

Dédé et Colin serrèrent les poings. Leurs compagnons virent blanchir leurs jointures. Toine sentit venir la bagarre. En bon cafetier, il offrit sa tournée et obligea les deux frères Bastille à faire cul sec. Il était cependant trop tard. Le mal était fait. Le poison circulait dans les veines. On pensa à Grégoire Bastille.

Le père de Dédé et Colin était resté chez lui. Il ne participait jamais à la fête nationale depuis l'installation de Mathilde Fusch au Grand Mas. A Gémenos, on ne lui avait jamais pardonné son écart de conduite. Laisser une fille du pays pour une estrangère, une sale jhusièvo de surcroît, était un crime. Si on le respectait encore, c'était parce qu'il était riche et craint. On observait les deux frères qui ruminaient de sombres pensées en avalant l'eau-de-vie. Dédé était très au-delà de la réalité. Ses yeux bruns perdus sur le zinc du comptoir, il avait les lèvres parcourues d'un tic. Il ressemblait à sa mère dont il avait hérité de l'ovale du visage et de la chevelure épaisse. Il ne s'était jamais remis de la faute du père, ni de leur départ du Grand Mas.

Quand le drame s'était produit, il avait dix ans. Il se souvenait de ce jour terrible. Chassés comme des malpropres, ils s'étaient installés dans la maison du village appartenant à leur mère. Une baraque minable, coincée dans le quadrilatère des Granges. Ils y vivaient toujours au milieu des paysans sans un sou et des employés des riches propriétaires. Sa mère aurait pu vivre ailleurs. Un mois après la rupture, le paternel lui avait fait remettre une somme de cent mille francs par Chastier, le notaire, mais elle avait préféré placer cet argent. Les yeux injectés de sang, Dédé mesurait le médiocre chemin parcouru. Il était devenu ouvrier au hangar des dirigeables, vissant des écrous et réparant des câbles toute l'année. Son frère louait trois parcelles à blé et à légumes, Clémentine, la femme de ce dernier, vendait quatre radis et une poignée de salade sur le marché d'Aubagne. Leur chère maman arrondissait ses fins de semaine en louant ses bras aux bourgeoises de Gémenos. Tantôt lingère, repasseuse, raccommodeuse, il lui arrivait aussi d'être oliveuse ou vendangeuse. « Pauvre maman », pensa-t-il.

Les larmes embuèrent son regard. L'argent du père, les deux cents hectares du Grand Mas, les mille amandiers, les vignes rangées en bataillons à l'entrée du Vallon Perdu et du Vallon des Suy, les blés et les cerisiers de Plein Soleil, les bœufs et les vaches, le Grand Mas, tout ça était à eux.

— Mais remets-toi, nom de Diou ! cria soudain Toine. Ils ne l'ont pas brûlé ton hangar à ballons.

— Je m'en fous du hangar.

Par son intervention, Toine relança la polémique du feu d'artifice. Afin d'éviter un accident, la mairie avait décidé depuis deux ans de le tirer sur la place de l'église. Il y avait les « pour » et les « contre ».

— Avec les platanes, on voit rien !

— Et si une fusée tombait sur l'église ?

— Vaut mieux que ce soit le curé qui pète que les gaz des dirigeables, je te le dis !

— Et moi, je te dis que le maire est un vendu ! Il obéit aux propriétaires qui ont peur que le feu prenne dans leurs champs, lança Colin en tapant du poing sur le comptoir. Tout ça n'est que politique !

Toine eut encore le dernier mot :

— Tiens, justement, les voilà les meneurs de la commune. Si vous avez quelque chose à leur reprocher, c'est le moment.

Les regards se tournèrent en direction de la rue. Les deux battants vitrés de la porte étaient grands ouverts. Au-dehors, la foule s'écartait sur le passage du conseil municipal en vadrouille. Le Grand Jo avait le nez levé. Il savourait le décor. Ils le savouraient tous. Le premier adjoint, le garde, le secrétaire en chef, le responsable de l'eau, les hommes du maire s'émerveillaient à la vue des ampoules électriques qui pendaient en guirlandes d'une façade à l'autre. Ils l'avaient votée cette installation. Lors des essais d'allumage, ils en avaient eu le souffle coupé. L'électricité les fascinait. Elle était l'avenir. En 1927, ils avaient accepté le passage de l'électrobus, reliant Aubagne à Cuges, sur la route nationale. A présent, ils rêvaient d'électrifier les moulins, les scieries et la papeterie. Deux petites centrales fournissaient un courant de 110 volts depuis une vingtaine d'années et leur fonctionnement restait toujours un mystère. On rabattait un levier dans le local d'entretien et mille petits soleils faisaient la farandole dans le village. Une orgie d'ampoules et de drapeaux treillissaient le ciel et rendaient les étoiles invisibles.

Le Grand Jo serra les mains d'une famille venue à sa rencontre et se rengorgea, tirant sur les pans de sa veste grise à rayures avant d'affronter la bande qui sortait du café Roubaud. Les adjoints resserrèrent les rangs. Le garde fronça les sourcils. La moitié de la bande avait du degré dans le crâne, ça se voyait aux yeux injectés de sang. Nom de Diou ! Pour sûr on allait se castagner. Ils y étaient habitués. Qui disait fête disait bagarre. On en venait aux poings pour une fillasse, un vieux contentieux, le droit à une source, des élections, pour n'importe quoi pourvu que cela soulageât les tripes.

— En voilà de beaux merles ! s'écria le Grand Jo.

Le maire attaquait fort. Les traiter de merles, d'oiseaux peu recommandables ! Il voulait des coups. Le premier adjoint, qu'on appelait Ficelle à cause de sa maigreur, monta les enchères de la provocation :

— Attention Jo, ils ont leurs airs de nervis.

Nervis, autant dire voyous de la plus basse espèce, ils ne pouvaient accepter cette insulte. L'épicier Bonasse vint souffler sa réplique sous le nez du premier adjoint :

— Toi, je te l'ai déjà dit, Ficelle, un jour, on te retrouvera au fond d'une glacière tout troué de chevrotines.

— Laisse-le, dit Colin Bastille, c'est le grand couillon qui les mène.

La bande s'esclaffa en regardant le maire. André Bastille cherchait un bon mot, il le trouva en citant un dicton provençal.

— Y paraît que voou miès estre couyon que mairo. Couyoun va sias toujou, maire pouedoun vou levar.

Cela plut beaucoup. Même les proches du maire étouffèrent des rires. On répéta le dicton à ceux qui arrivaient : « Il paraît qu'il vaut mieux être couillon que maire. Couillon on l'est toujours, maire on peut vous révoquer. » Encouragé par les mimiques de ses compères, André continua.

— Il faut être bien couillon pour faire planter des platanes sur la place de l'église. Comme ça, quand ils seront grands, on ne verra plus le feu d'artifice.

Mille francs pour des arbres qui attirent les poux, et bien sûr, c'est nous qui payons. Il jette nos sous par les fenêtres et personne dit rien. A croire qu'il n'y a que des vendus dans cette commune.

Le Grand Jo n'avait pas bronché. Rester calme était une force héritée de son père, un solitaire qui faisait du plâtre dans les collines. Sa grosse figure de bœuf placide aux yeux globuleux n'exprimait aucun sentiment. On le connaissait, il ruminait longtemps ses phrases. C'était un homme qui retenait les discours préparés ; il n'aimait guère improviser. Il toisa les deux frères Bastille. Ces deux meneurs lui causaient beaucoup d'ennuis, mais il savait les remettre à leur place. Il les toucha au plus profond en leur répondant calmement.

— Les sous, l'argent, vous n'avez que ces mots à la bouche, vous les Bastille. Si vous aviez des gros billets ou des pièces d'or…

Ses doigts, les pouces frottant les index et les majeurs, remuèrent sous les yeux de l'assemblée.

— … vous n'en parleriez pas tant des sous dépensés par la commune ! Mais vous n'en avez pas. Et c'est pas de ma faute si votre père préfère les garder pour lui et sa Mathilde. Allez zou, pitchouns, le prenez pas mal. Ce soir c'est la fête et c'est la mairie qui régale. Toine ! La tournée !

Toine ramena son monde et le conseil municipal à l'intérieur du café enfumé, laissant les deux frères Bastille digérer l'affront. André observait son aîné. Colin avait le visage jaune. La bile remontait. Il en avait le goût aigre dans la bouche.

— T'aurais dû lui casser la gueule ! aboya André.

— C'est au père qu'on devrait la casser ! rétorqua Colin.

— Il y a longtemps que vous auriez dû le faire, dit Bonasse.

L'épicier revint avec Cendre le meunier et des bouteilles de pinard qu'il mit entre les mains des deux frères. Ils se vissèrent aussitôt les goulots aux lèvres et se remplirent la panse jusqu'à en perdre leur souffle.

— Moi je dis que c'est la juive qui l'a envoûté, dit Cendre entre deux hoquets. Pourquoi on voit jamais le Bastille aux fêtes ? Elle le tient par le talisman qu'elle lui a tatoué sur le ventre.

Cette histoire de tatouage sexuel sur le ventre de leur père, les deux frères en entendaient parler depuis plus de dix ans. On était superstitieux sur la Sainte-Baume où les sorcières de Signes et de Saint-Zacharie étaient renommées bien au-delà de Marseille et de Toulon. Ils se regardèrent. Bonasse se signa, Colin serra le poing, André ferma les yeux. L'image de Mathilde lui était venue. Elle s'accompagnait d'une haine féroce. Et cette pensée, l'espoir de l'étrangler, dont il brûlait depuis l'enfance, se mit à fouetter son sang. Son obsession d'en finir avec la juive et de cogner le père, le tourment et la honte de la famille, il décida soudain d'y mettre un terme.

— J'y vais ! cria-t-il en jetant sa bouteille vide.

— Tu vas où ? s'inquiéta Colin.

— Au Grand Mas ! Régler l'affaire.

— Tu es fou !

Colin attrapa son jeune frère par le bras et le força

à demeurer sur place, mais les deux autres compères, que l'alcool imbibait, s'interposèrent.

— Il a raison, dit le meunier, vous devez en finir avec cette histoire.

— La juive finira par manger tous vos biens, renchérit Bonasse. On peut pas faire confiance à des gens qui ont vendu Jésus ! Moi j'accompagne Dédé au Grand Mas.

Toute la haine qui avait envahi André, Colin la ressentit aussi. Elle monta en une seule vague, submergeant le peu de raison que l'alcool n'avait pas noyé. Il opina du chef.

— On y va, souffla-t-il.

— Tron de Diou[1] ! jura le meunier. C'est un grand 14 Juillet !

1. Tonnerre de Dieu.

2

Les quatre prenaient toute la largeur de la nationale qui, en une seule ligne droite, tranchait la plaine des Craux. Ils tanguaient, zigzaguaient de droite à gauche, puis de gauche à droite, en essayant de ne pas perdre de vue les câbles de l'électrobus. De part et d'autre de la nationale, la lune argentait des milliers d'oliviers. Au sud, elle éclairait le hangar des dirigeables, au nord, ses rayons caressaient le chaos des rochers, des pitons et des falaises de la Sainte-Baume. La montagne était comme un dragon endormi que le chahut des fêtes ne parvenait plus à réveiller. A mille pas de Gémenos, on entendait les orchestres et les pétards. Les quatre faisaient leur propre musique. Ils chantaient un air salace où culs, bites et nichons rimaient avec cocus, vits et cochons. On ne gagnait pas à les rencontrer. Les yeux leur sortaient de la tête, ils empestaient la vinasse, ils pétaient. A ce jeu, le meunier était le plus fort. Les autres en conclurent que la farine y était pour quelque chose. Parvenu le premier au croisement des Quatre Chemins, Colin demanda le silence.

— Les croisements, ça porte malheur. Faut pas réveiller le cornu.

— On n'a qu'à l'éviter, dit Bonasse.

La solution de l'épicier fut jugée bonne. Ils coupèrent à travers champs. Leur nouveau point de repère était le château de Saint-Jean-de-Garguier dont ils apercevaient le sommet de l'une des trois tours crénelées. Ils n'iraient pas jusqu'à cet édifice d'opérette, le Grand Mas se trouvait près de l'ancien prieuré, trois cents mètres avant le château.

André, le plus soûl des quatre, se prit les pieds à deux reprises dans des racines. Il jura si fort en tombant que Bonasse et Cendre décidèrent de le guider. A force de gueuler comme un goret, il allait alerter le voisinage et pas un ne tenait à voir le vieux Bastille en travers du chemin, son fusil à la main. Ils comptaient le surprendre. Il faisait si chaud. Personne ne fermait les fenêtres l'été. S'introduire dans le Grand Mas allait être un jeu d'enfant.

Après s'être empiffré, au point de ne plus pouvoir avaler quoi que ce soit, et avoir arrosé le tout d'un dernier verre de vin trop doux de beaumes-de-venise, Grégoire Bastille avait commencé à bâiller. La cuisine d'Adèle était bonne et lourde. Bien plus lourde et bien meilleure les jours de fête. Il bâillait et crevait de chaleur. Lorsque Mathilde lui proposa de monter se coucher, il refusa d'un grognement.

— Vais pas suer sur les draps.

Il se dirigea d'un pas lent et sûr vers le fauteuil, ouvrit sa chemise et s'y laissa tomber. Mathilde, inquiète, le vit encore bâiller et fermer l'œil. Elle n'aimait pas le voir la poitrine à l'air. «Et s'il m'attrape mal… Il faudrait pas qu'une pneumonie me l'enlève… Y fait attention à rien… Je le savais, il a la goutte au nez.» Prenant son mouchoir, elle lui essuya délicatement la moustache qui broussaillait sous son long nez. Adèle, la vieille cuisinière, qui débarrassait la table, haussa les épaules.

— Faut pas le pomponner, il a toujours été comme ça.

— Mais il a tant vieilli, répondit Mathilde.

Adèle était obligée de l'admettre. Le patron avait vieilli. Trois grandes rides creusaient son front; cent autres, minuscules, cernaient ses yeux. Il avait le cou flasque, tout taché de rousseurs. L'âge et le soleil étaient à l'origine de ces tavelures. Cependant, il restait impressionnant, pesant bien ses cent dix kilos et dépassant le mètre quatre-vingts. Le plus bel homme de Gémenos… il l'était encore au début de la Grande Guerre. Elle en savait quelque chose, elle avait toujours été au service de la famille Bastille; elle l'avait élevé en quelque sorte dès l'âge de huit ans, quand sa mère était morte de la grippe en 81. C'était même elle qui choisissait ses habits lorsque le couturier ambulant d'Auriol venait prendre ses commandes. Toutes les filles du pays lui couraient après. Et non seulement il était beau, mais il avait aussi des biens. Son père, Aurélien, avait gagné de l'or avec les plâtrières et la tuilerie avant d'investir dans l'olive, l'amande et la vigne.

Grégoire s'était d'abord pris de passion pour le plâtre. Au début du siècle, cinq équipes travaillaient pour lui. Ah! Ces plâtres roux et blancs, les meilleurs de Provence, si recherchés qu'on les vendait dans toute l'Europe. Grégoire avait beaucoup voyagé pour le négoce de sa précieuse poudre passée au tamis de soie. Pour son bonheur et son malheur. Il avait rencontré Mathilde en Alsace et de cette rencontre était née une passion dévastatrice qui l'avait conduit à chasser sa femme et ses fils du Grand Mas pour y installer sa maîtresse. Ce bouleversement familial avait causé la mort de son père, déjà bien atteint par un emphysème pulmonaire.

Adèle ne regrettait pas la première femme de Grégoire. Georgette était médisante, elle empoisonnait son monde par sa jalousie, et d'une avarice avec ça. Elle comptait tout, usait les mêmes vêtements été comme hiver, faisait son savon, ses bougies, son pain et même le dentifrice. Adèle s'en souvenait du dentifrice, une vraie saloperie de craie et de charbon, mélangée à du quinquina, de la magnésie et de l'essence de menthe. On brossait, on brossait à se démancher le poignet mais il restait toujours des stries noirâtres au collet des dents. La Georgette, ce n'était pas une grosse perte pour le Grand Mas.

Adèle allait et venait entre la salle à manger et la cuisine. Elle observait Mathilde avec bienveillance. Mathilde était la générosité incarnée. Elle dépensait son argent en aidant les orphelins d'Aubagne et les veuves de guerre. Depuis son arrivée, les journaliers qui travaillaient la terre pour le compte de Grégoire avaient des augmentations régulières et des primes lorsque les récoltes étaient abondantes. Elle y veillait, n'hésitant pas à harceler son homme. Grégoire finissait toujours par accepter et tout le monde y gagnait. Les rendements s'amélioraient, les emprunts étaient couverts et, en ce milieu d'année 1930, le couple pouvait s'enorgueillir d'un petit pactole de cinq cent mille francs qui lui assurerait une rente raisonnable.

Si la crise ne provoquait pas un effondrement de l'économie et de la monnaie. Cette crise, on en parlait peu, mais elle habitait tous les esprits. Les journaux ne titraient plus que DÉFLATION, RÉCESSION, QUOTAS. Mathilde plia *Le Petit Provençal* que Grégoire avait lu de long en large en jurant. Elle savait lire et analyser les articles. « Qualité juive », affirmait affectueusement Grégoire avec une pointe de fierté en la considérant comme la femme la plus intelligente de la commune.

Son regard se perdit dans les caractères gras qui relataient l'étranglement de l'Europe par les Etats-Unis. Blé, viande, coton et produits industriels allaient être taxés de 40 %. Le journal appelait cette mesure « le tarif Hawley-Smoot ». Elle pensa à leur huile d'olive, aux amandes, au vin, à toutes ces bonnes choses de la terre du Grand Mas qui risquaient de ne plus trouver preneur. Puis elle couvrit Grégoire d'une couverture avant d'aller se coucher.

— Bonne nuit Adèle, lança-t-elle à la vieille servante qui faisait la vaisselle.

— Bonne nuit Mathilde. Lève-toi tôt, demain nous irons au marché d'Aubagne.

Mathilde grimpa péniblement les marches qui menaient au premier étage. La lumière orangée d'une lampe éclairait à peine son chemin, mettant des reflets dans les tableaux à quatre sous accrochés aux murs. Toutes les images huilées de son passé se succédaient sur les murs du couloir et des sept chambres. C'était étrange toutes ces représentations de l'Est dans une maison provençale. Lorsqu'il se rendait à Marseille, Grégoire essayait toujours de dénicher une vue du pays où était né leur amour. Les ballons de Guebwiller, du Hohneck, d'Alsace et la cathédrale de Strasbourg étaient de loin les plus nombreux. Mais les deux plus beaux, l'église de Katzenthal au milieu des vignobles et la rue des Marchands à Colmar, étaient ses préférés. Surtout le second ; ils s'y étaient rencontrés. La rue peinte au crépuscule faisait face au lit à barreaux de cuivre et au crucifix d'ébène et d'ivoire. Elle y avait passé son enfance entre un père grossiste en friandises, une mère musicienne et huit frères et sœurs. Lorsqu'elle avait été séduite par Grégoire, client qui traitait chaque année la vente de sa récolte d'amandes avant de se rendre à Mulhouse pour négocier les prix du plâtre, sa famille l'avait reniée.

Elle repensait souvent à cette période en se débarbouillant face au tableau. La fraîcheur de l'eau de la cuvette lui rappelait le froid de là-bas. Elle avait suivi son amant, les reniant à son tour, reniant même sa religion. Dès son arrivée à Aubagne, elle s'était convertie et le dimanche, jour du Seigneur, avait remplacé le samedi, jour du Sabbat. Elle y voyait peu de différence. Sa foi n'était pas débordante.

Une rougeur monta à son visage en repensant à leur première étreinte. Elle prit aussitôt le broc d'eau pour s'asperger à nouveau les joues et le cou. Puis elle se déshabilla, et revêtit sa chemise de nuit en coton écru en évitant de se regarder dans le miroir. Elle détestait son corps alourdi. Réplique de sa mère, elle avait hérité des tares d'une lignée prédisposée à l'embonpoint, aux genoux fragiles et aux saignements de nez. Seul son visage ovale, aux yeux en forme d'amande, méritait le qualificatif d'agréable à regarder. «Par temps de brouillard», pensa-t-elle en souriant.

Elle s'allongea sur le lit, remonta le drap frais au-dessus de ses jambes et regretta de ne pas être au cœur de l'hiver. De décembre à février, Grégoire ne s'endormait jamais au rez-de-chaussée. Il préférait de loin se pelotonner contre elle sous un édredon plus haut qu'une meule de foin. Elle s'y enfonçait à ses côtés jusqu'au menton, livrant à l'air libre sa tête coiffée d'un bonnet de laine. Ils s'endormaient, bercés par les plaintes du mistral et les soupirs du feu dans la cheminée, les mains jointes comme de jeunes amoureux.

Cette évocation lui fit du bien. Elle avait cependant besoin d'affection. Tout de suite. Se tournant vers la table de chevet, elle contempla les photographies. Il y en avait cinq, encadrées d'acajou, mais ses yeux n'en voyaient qu'une. A cette vue, elle se sentit envahie d'une infinie tendresse. A présent, elle pouvait s'endormir.

A plus de quatre-vingts ans, et avec une arthrite déformante à la hanche, Adèle dormait très peu. L'arthrite, c'était un mot du docteur Ratier, un bon à rien de maigrichon qui prenait les sous des malades pour emmener deux fois par an sa maîtresse à Paris.

Lorsqu'elle pensait au traitement qu'il lui avait proposé, elle était folle de rage. Il voulait l'envoyer prendre des bains de boue à Dax et la soigner avec de l'arsenic et des sels d'or. De la boue ! Toute nue dans la boue ! Et pourquoi pas dans la merde tant qu'il y était ? De la boue, des sels d'or et de l'arsenic ! La ridiculiser, la ruiner et la tuer ! En voilà un bon docteur ! Grégoire et Mathilde l'appuyaient. Ils s'étaient même proposés à couvrir tous les frais. A croire qu'ils voulaient se débarrasser d'elle. Elle avait refusé et s'en tenait aux anciennes recettes, mangeant beaucoup d'ail et appliquant des cataplasmes sur la partie douloureuse.

Pour l'heure, sa hanche la laissait tranquille. Ce n'était pas demain qu'il allait pleuvoir. Peut-être même que le mistral allait se lever. Par l'encadrement de la fenêtre, elle voyait briller les étoiles au-dessus du Garlaban. La maisonnette dans laquelle elle vivait avait été construite au milieu du verger, au siècle dernier. A cent pas du Grand Mas, Adèle tenait à cette indépendance. Nourrie, logée, payée cinq francs par jour, elle était une privilégiée et tous les soirs, elle remerciait la Sainte Vierge pour avoir été engagée par les Bastille, un jour de mars de l'année 1860, et être restée célibataire. Elle n'aurait pas pu supporter de voir partir un mari à la guerre de 70 et des enfants ou petits-enfants à celle de 14.

— Seigneur, qu'est-ce qu'il fait caou ! Quand je pense à tous ces fous qui s'agitent au village !

Elle se mit à parler à voix haute, imaginant la liesse à Gémenos, les couples en sueur s'agitant dans la poussière, les flonflons et les pétards qui blessaient les oreilles, l'ivresse. Elle détestait ce rassemblement révolutionnaire ; elle préférait les processions religieuses du 15 Août. Si elle n'avait pas été au service des Bastille, elle aurait rejoint les sœurs du Carmel, bien qu'elle n'aimât pas cette idée de mariage avec Dieu. La Vierge et Marie Madeleine avaient ses faveurs et c'était pour ces deux saintes qu'elle vibrait lorsque, les mains jointes, elle priait sous les hautes voûtes de l'église. Elle les appelait « mes amies du Ciel » et elle les gâtait en cierges, fleurs et menus cadeaux.

— Je serai jamais prête ! se dit-elle en pensant à l'enlèvement miraculeux de la Sainte Vierge par les anges.

L'Assomption approchait et elle avait pris du retard dans la confection de la couverture brodée qu'elle destinait à l'autel de la mère de Jésus. Il y eut soudain urgence. Adèle ouvrit le grand coffre qui occupait la petite pièce lui servant de salle à manger, de salon et d'atelier de couture. A l'intérieur, se trouvaient les boîtes à aiguilles, crochets, ciseaux et bobines de fils, empilées les unes sur les autres, des sacs contenant des pelotes de laine et de coton, des morceaux de tissu et la blanche couverture réservée à la dame du Ciel. Elle s'empara d'une boîte, d'un sac et de l'ouvrage en dentelle d'Irlande. Alors commença le délicat travail au crochet. Elle en était à l'élaboration des roses. Ses doigts tordus, mais habiles, se mirent à esquisser la danse d'un pas qu'elle exécutait à la perfection : une maille chaînette, cinq brides dans le même point, une maille chaînette, cinq brides, une maille chaînette...

Deux heures passèrent, dix roses s'épanouirent à la lueur de la bougie… Une maille chaînette, cinq brides, une maille chaînette. La tête blanchie d'Adèle était penchée sur un pétale de coton lorsqu'un cri se fit entendre. Elle fronça les sourcils. On aurait cru que quelqu'un avait gueulé « Merdasse ! ». Ça venait du côté du puits. Elle abandonna son ouvrage et, après avoir soufflé la flamme de la bougie, se dirigea vers la fenêtre. Elle avait encore bonne ouïe, bon œil. Elle sonda la nuit. Sur sa droite, les pierres claires des restanques zébraient le flanc de la colline abritant les restes de la chapelle Saint-Clair. Sur sa gauche, la vaste plaine cultivée bruissait comme d'habitude. Aboiements lointains de chien, ululements de chouette, chants des grillons, elle était accoutumée à ce langage nocturne. Tout paraissait normal. Elle se décidait à reprendre son crochet lorsqu'elle perçut nettement des pierres rouler et un autre juron. Pas de doute, il y avait un intrus dans la propriété. Adèle n'hésita plus. Quittant la maisonnette, elle se hâta vers le Grand Mas.

— Putain de bordel de pute borgne !

Ce n'était pas très poétique, mais cela traduisait bien la colère de Colin contre son frère. Dédé avait entraîné Bonasse et Cendre sur le long d'une restanque et, sous leur poids, le bord avait cédé. En se détachant et en tombant, les pierres avaient fait un bruit de castagnettes. Par chance, les trois hommes n'avaient pas basculé dans le vide, sinon ils auraient braillé comme des porcs à l'abattoir. Colin s'inquiéta. On était proche du Grand Mas. Juste entre la cabane de la vieille, cette salope d'Adèle, et le puits. Il tendit l'oreille. Tout semblait calme. Ils reprirent leur cheminement. Entre ses deux comparses, Dédé tanguait encore. La vue de la maison familiale le dégrisa. Merde alors ! C'était à lui tout ça, le vaste poulailler, l'écurie, la réserve des machines, la cave, le pressoir à vin, la presse à olives, la demeure. Lorsqu'il repéra la fenêtre de son ancienne chambre, l'émotion le gagna et il se mit à pleurer. Son frère lui tomba dessus et lui secoua la tignasse.

— T'es fada ou quoi ?

— On est nés ici... Y a ma chambre... Je pense à maman.

— Tu vas la fermer !

— Il est trop empégué, dit Bonasse.

Pour être soûl, il l'était. Colin se retint de le gifler. Dédé se calma doucement. On ne se soucia plus de lui ; il fallait passer à l'action.

— Qu'est-ce qu'on fait ? demanda le meunier.

— On va les réveiller, répondit Colin.

En fait, son envie de jouer un sale tour à son père et à la juive s'était émoussée. Il ne savait plus comment se venger. Le Grand Mas l'impressionnait. La bâtisse gardait la mémoire de ses ancêtres. Des hommes et des femmes d'honneur qui ne se seraient jamais abaissés à des actes lâches.

Adèle était passée par la porte du cellier. Elle fit irruption dans la salle à manger et s'empressa de réveiller Grégoire.

Dans son rêve, Bastille plantait le drapeau français

sur les bords du Rhin. On l'acclamait, on lui accrochait même une médaille sur la poitrine. Son songe s'effilocha soudain alors que la main d'un invisible officier tirait sur le tissu de sa vareuse grise. Lorsqu'il ouvrit les yeux, il vit Adèle qui le tenait par le revers de sa chemise ouverte.

— Nom de Diou !

— Chut.

Adèle était dans le noir. Seul l'éclat de ses yeux vifs et son odeur de vieille femme étaient reconnaissables.

— Qu'est-ce qu'il se passe ?

— Parle pas si fort, il y a des gourrinayos dans le jardin.

Des vagabonds dans le jardin ! Son sang ne fit qu'un tour. Bousculant Adèle, il se leva d'un bond et alla décrocher l'un des cinq fusils du râtelier. Il le chargea avec des cartouches à chevrotines. Si c'était bon pour les sangliers, ce serait bon pour les rôdeurs. Soudain, un fracas de verre brisé se fit entendre.

— Ouais ! s'écria Bonasse.

La pierre qu'il venait de lancer avait fait voler en éclats le carreau d'une fenêtre au premier étage. Il extirpa des caillasses de la terre, les trois autres l'imitèrent. Une autre vitre fut touchée. De la lumière se fit et ils virent se détacher la silhouette d'une femme dans l'encadrement d'une fenêtre.

— Qu'est-ce que vous voulez ? Grégoire ! cria-t-elle.

— C'est la youpine !

Dédé venait de la reconnaître. Il lança une pierre

vers elle, mais la manqua. Ce fut alors que Grégoire apparut et hurla :

— Mécréants !

— Mécréant toi-même ! lui répondit Colin.

— Colin ? s'étonna Grégoire.

Que faisait son fils ici à cette heure ? Et qui étaient les drôles qui l'accompagnaient ? Il eut la réponse à sa seconde interrogation. Adèle venait de le rejoindre. Elle avait allumé une grosse lampe à pétrole qu'elle tenait à bout de bras. La lumière repoussa les ombres de la cour et du jardin. Le quatuor fut démasqué. Ses deux fils, le meunier et l'épicier. Ils se tenaient à dix pas de lui, des pierres à la main, vacillant un peu sur leurs jambes comme les ivrognes qu'ils étaient lorsque Gémenos se parait aux couleurs d'une fête. Béats et vaguement inquiets à la vue du fusil, ils ouvraient grand leurs mâchoires, découvrant l'éclat menaçant de leurs dents. Ces dents de bêtes enragées, ce fut la première chose que Mathilde remarqua en rejoignant Adèle.

— Foutez le camp d'ici, sacs à vin ! ordonna le père en remuant son arme.

Sans la présence de Mathilde, Colin aurait ordonné aux autres de s'en aller. A présent, ce repli était impossible. On ne pouvait pas faire ce plaisir à cette pute.

— Vous avez entendu ce que je viens de vous dire !

— Moi, je reste ! répondit Dédé d'une voix pâteuse.

— De quel droit ?

— Le droit du sang! Je veux... ma part... de la maison et du reste.

— Ton fils a raison, dit Bonasse. Y a longtemps que t'aurais dû faire le partage.

Grégoire sentit la colère monter d'un cran. Il détestait l'épicier. Ce gros bouffi vendait des fromages avariés, des fruits véreux et des conserves périmées. Il avait été le tout premier à répandre des calomnies sur Mathilde.

— Toi, gronda Grégoire en pointant son fusil vers Bonasse, t'aurais mieux fait de crever à Verdun. On a souvent raison de dire que les bons partent et que les mauvais comme toi restent. C'est à se demander ce que tu fiches sur terre, attendu que t'es un emmerdement pour tes semblables...

Ayant cloué le bec de l'épicier, Grégoire s'en prit alors à ses fils.

— J'ai honte pour vous. C'est encore Georgette qui vous a mis ces histoires d'héritage dans le crâne.

— Maman n'y est pour rien! riposta Colin en s'avançant vers son père.

— Reste où tu es!

— Nos biens, tu les dilapides avec cette traînée, ajouta Colin en désignant la compagne de son père.

— Petite crapule...

Grégoire épaula son arme, mais il n'eut pas le temps de tirer. Colin se rua vers lui, empoigna le fût du canon et tenta d'arracher l'arme. Il luttait contre son père. Dédé n'en revenait pas. Mathilde se mordait le poing. Cendre et Bonasse se mirent à encourager leur camarade. Dans l'étreinte, les deux coups de feu partirent vers le ciel. Grégoire lâcha son arme déchargée et cogna la mâchoire de son fils d'un direct. Affaibli par l'alcool, Colin s'écroula.

— Y vaut plus rien, constata Cendre en contemplant Colin au sol, l'an abeoura comm'un cougourdiè[1]. Le vieux est encore le plus fort.

Grégoire était d'autant le plus fort qu'il venait de ramasser son fusil et le chargeait. A sa mine brutale, les autres comprirent qu'il n'allait pas viser les étoiles. Relevant Colin et poussant Dédé, l'épicier et le meunier déguerpirent dans la nuit. On les entendit encore jurer, puis les grillons reprirent leur chant. Mathilde et Adèle se précipitèrent vers Grégoire.

— Je suis accablé de fatigue, leur dit-il.

Puis, abandonnant son arme à la servante, il s'écroula, les deux mains à la poitrine.

1. On l'a fait boire comme une plante à courges.

3

— Vous connaissez la nouvelle?

La femme du boulanger, Reine Canchoix, n'avait pas repris son souffle pour lancer sa question à la ronde. En un instant, les battoirs cessèrent de frapper le linge et toutes les femmes du lavoir la regardèrent. Reine, ronde de hanches, large de visage, les seins pareils à des obus, portait bien son prénom. Elle en imposait et on l'écoutait sans piper mot lorsqu'elle élevait la voix.

Maintenant qu'elle les tenait en haleine, Reine prenait son temps. Elle les observa une à une, ces commères aux bras couverts de mousse et aux gorges en sueur. Elle passa sa langue sur ses lèvres, qu'elle avait minces et roses, puis, jugeant qu'elle pouvait lâcher le morceau, elle dit :

— Le vieux Bastille est mort!

— Grégoire! s'étonna une femme.

— Oui, comme je vous le dis. Je le tiens de Simone, la fille du docteur.

Il y eut un brouhaha indescriptible. Elles étaient vingt et elles voulaient toutes parler en même temps.

Quelle histoire ! Le Bastille mort, elles ne pouvaient pas y croire. Lui, solide comme un roc, qui soulevait des troncs d'arbre, traquait les sangliers pendant des jours et des nuits. Comment était-ce arrivé ?

— Le cœur, il a été pris d'une angine de poitrine cette nuit, répondit fièrement la boulangère.

— C'est sûr qu'il menait une vie de cochon avec sa juive.

— Tu as raison, Nine, peut-être bien que son angine, il l'a attrapée sous le nombril.

C'était parti. Elles lancèrent quelques détails salaces qui firent glousser la boulangère. On remonta même au temps du grand-père Bastille, qui préférait les jeunettes sans poitrine, mêlant d'autres histoires sur d'autres familles. Puis, revenant à Grégoire, on évoqua ce fameux tatouage sur son ventre, un symbole satanique voulu par Mathilde.

— Le docteur Ratier, il doit le savoir, vu qu'il a dû l'ausculter sous toutes les coutures, dit enfin une lavandière en interrogeant Reine du regard.

La boulangère eut des rougeurs. Elle n'en savait rien. Elle eut cependant le réflexe de répondre.

— Vous le demanderez à Georgette. Elle va y aller au Grand Mas.

Le silence se fit à nouveau. Elles songèrent à la femme de Bastille, à ce statut de veuve qui allait faire d'elle une femme riche, aux deux fils, à leur confrontation avec Mathilde.

Georgette prit son chapeau noir à voilette, le cala bien droit sur son chignon et arrangea les deux bandeaux de ses cheveux noirs et gris qui, en une symétrie parfaite, encadraient son visage rayonnant de bonheur. Le miroir lui renvoya l'image de quelqu'un qui venait de gagner à la loterie. A chacun de ses mouvements, le satin noir de sa robe frissonnait sur son corps qui était resté svelte ; la médaille d'or à son cou brillait trop. Ça n'allait pas. Elle enleva le bijou, cacha le haut de sa robe avec un châle gris foncé en faille ordinaire et s'examina à nouveau. Ça n'allait encore pas. Elle ne pouvait traverser le village dans cet état. La voilette ne dissimulerait jamais assez sa face radieuse.

— Tu es prête, maman ?

A la porte d'entrée du misérable trois pièces, Dédé s'impatientait. Il la vit se diriger vers le buffet où elle prit un flacon avant de retourner devant le miroir. « Il faut ce qu'il faut, c'est comme ça ma petite, à présent tu es veuve », se dit-elle en dévissant le bouchon du flacon d'eau de Cologne. Son geste fut brusque ; retenant son souffle et crispant ses mâchoires, elle s'aspergea les yeux. La brûlure fut immédiate. « Sainte Vierge, j'espère que je ne vais pas devenir aveugle. »

Elle avait enfin un visage larmoyant.

— On y va, dit-elle à son fils qui la regardait d'un air soupçonneux.

Elle se pressa. Il le fallait. L'effet « eau de Cologne » ne durerait pas. Dès qu'elle mit un pied dans la vaste cour carrée des Granges, les voisines vinrent à sa rencontre pour l'embrasser.

— Ma pauvre Georgette.

— Un homme si bon.

— On priera pour son âme.

— Tu en as du chagrin…

La voilette relevée, elle offrait ses joues à toutes ces bouches hypocrites. Les baisers claquaient sur sa peau mouillée de larmes, ils se faisaient plus discrets sur celle de Dédé, qui rongeait son frein. Il n'allait plus les côtoyer, ces pauvresses mal peignées. Plus jamais ! Quitter cet endroit était son rêve. Ne plus marcher dans la bouse des vaches et dans le crottin des chevaux qui s'abreuvaient au bassin central. Ne plus entendre les marmailles hurler, les couples se battre, les cochons grogner. Mais fumer le cigare dans le Grand Mas avec une mer d'oliviers et d'amandiers pour le repos des yeux. Il s'efforça de ne pas sourire béatement à cette idée et suivit sa mère à la fin de ces condoléances improvisées.

Il y eut encore quelques gêneurs sur le parcours. Un seul mit du baume au cœur de Dédé. Ce fut Toine, le patron du café Roubaud.

— Tè, en voilà un veinard qui va devenir riche, embrasse bien le mort pour moi.

— Tu me dégoûtes, Toine, lança Georgette en donnant un coup de coude à son imbécile de fils qui allait répondre en plaisantant.

Toine se retint de rire. La mère Bastille ne manquait pas d'air, elle ressemblait même à une vraie veuve touchée par une vraie douleur. Il la connaissait bien. En cet instant, elle pensait aux sous du vieux. Il fit un clin d'œil à Dédé et les regarda partir, légèrement envieux.

Colin, sa femme et leurs trois enfants rejoignirent Georgette et Dédé sur la nationale. Colin portait son costume de mariage, Clémentine avait sa robe bleue du dimanche, les deux filles, Chantal et Amélie, portaient le même ensemble en percale rose, filetée de brun, et Jacques était engoncé dans son costume gris de communiant. Georgette eut honte ; on aurait dit qu'ils partaient à une noce ou à la foire aux santons d'Aubagne. Elle eut un regard terrible pour son aîné, mais son courroux fut de courte durée. Une peur l'étreignit. Une peur obsédante. Et si cette salope de Mathilde trouvait un magot et le cachait avant leur arrivée.

— Dépêchez-vous, il faudrait pas qu'on nous vole. Elles sont seules là-bas.

Cela leur fit l'effet d'une décharge électrique. Ils accélérèrent le pas. Colin, qui s'était réveillé avec une gueule de bois et des maux de tête, les jambes lourdes et des crampes partout, se sentit pousser des ailes. Il se mit à trottiner devant, prenant de l'avance sur les autres. La troupe des Bastille s'étira le long de l'interminable ligne droite et bientôt Georgette fut la dernière. Elle regrettait déjà ses paroles. Elle se méfiait plus de ses fils que de la juive. Ces deux vauriens s'accaparaient tout, dépouillaient leurs amis aux cartes, maraudaient dans les champs des communes voisines, dérobaient des outils, du bois... Tout était la faute de ce maudit Grégoire qui avait fait d'eux des parias.

Georgette parvint toutefois à dépasser sa belle-fille dans la montée. Cette mollassonne de Clémentine était juste bonne à pondre des enfants et tricoter des chandails pour la modiste du village. Ça n'avait pas de cuisses, ça n'avait pas de tempérament et ça peinait dans une montée de rien du tout. «Au moins, toi, tu ne fouilleras pas avant que j'arrive au Grand Mas», pensa Georgette.

Trois cents mètres plus loin, après les Quatre Chemins, le cœur de Georgette se mit à battre plus vite. L'éperon de tuiles du Grand Mas émergeait au-dessus des arbres.

— Ils arrivent, dit Adèle en pénétrant dans la chambre.

Mathilde veillait Grégoire. Elle tourna ses yeux rougis vers la servante, semblant répondre : «Et alors, qu'est-ce que tu veux que cela me fasse ?» Elle venait de perdre l'homme qu'elle chérissait. Plus rien ne comptait, sauf les souvenirs, le timbre de la voix aimée, les caresses perdues à jamais, les promenades sur la Sainte-Baume, les petites joies qu'ils goûtaient à deux et le grand bonheur qu'ils partageaient tous les dimanches en se rendant à Marseille.

— J'ai fait partir le télégramme, dit Adèle d'une voix émue.

A cette annonce, Mathilde pleura, mais une seule larme roula sur sa joue. La source visible de sa souffrance s'était tarie.

— Je vais à leur rencontre, dit-elle.

Elle contempla désespérément le défunt, comme si elle le voyait pour la dernière fois, et quitta la chambre. Grégoire la laissait dans une situation inextricable. Au Grand Mas, elle n'était plus rien. Si, au moins, il avait divorcé pour lui passer la bague au doigt, elle aurait pu revendiquer son droit. S'il lui avait demandé son avis lors de l'établissement du testament, il y a cinq ans, après sa première alerte cardiaque, elle n'en serait pas là à redouter le pire. Elle ne connaissait même pas ce que contenait l'acte. Pareille à un automate, elle descendit au rez-de-chaussée et elle les vit par la porte d'entrée ouverte.

Colin et Dédé se tenaient au même endroit que la veille. Les bras ballants, ils caressaient la maison des yeux avec une sourde appréhension. Le vieux était à l'intérieur, tout froid, mais ils en avaient toujours peur. Ils entendaient encore sa grosse voix de stentor. Au moment d'investir les lieux, ils étaient prêts à renoncer, comme si une malédiction allait les frapper. Mathilde apparut sur le seuil. La haine qu'ils ressentirent ne suffit pas à les décider à pénétrer dans le Grand Mas. L'élan vint de Georgette. La mère Bastille, accompagnée des enfants, déboula du côté du puits en braillant.

— Qu'attendez-vous pour entrer ! C'est chez vous !

Chez eux. Ils ne réalisaient pas très bien ce que cela signifiait et pourtant ils s'étaient préparés à cette idée pendant des années. Georgette, rouge de colère, leur montra l'exemple. Elle avança à grandes enjambées vers Mathilde et la repoussa sans ralentir le pas.

— Toi, tu fiches le camp d'ici !

— Parlez-moi autrement. J'ai autant de droits que vous ! se révolta Mathilde.

Georgette crut qu'elle allait étouffer. Les yeux hors de la tête, la bouche écumante, elle cracha sa bile :

— Quels droits ? Espèce de poufiasse ! Les droits,

c'est pour les épouses, pas pour des panouches[1] comme toi. Tu me l'as tué, mon Grégoire, avec ton cul. Quand j'y pense, faire des saletés avec une juive, il fallait qu'il soit bien envoûté mon pauvre homme. Va-t'en ! Va-t'en avant que je t'arrache les yeux !

Georgette se tut. Adèle se montra. La rude servante au visage dur et raviné la cloua d'un regard sévère avant de lancer sèchement :

— Il est en haut.

Ravalant son fiel, la mère Bastille fit un signe de tête aux siens, leur intimant de la suivre. Ils défilèrent la tête haute devant les deux femmes.

Ils y étaient. Enfin. Colin et Dédé déglutirent en retenant leur respiration. Rien n'était comme dans leurs souvenirs. Ils allongèrent la tête pour regarder à l'intérieur de la salle à manger. Les meubles, les fauteuils, les objets, tout avait été remplacé. Seule l'imposante cheminée aux jambages de marbre blanc et à l'ébrasement de briques avait gardé son air familier. Une haute pendule à gaine en noyer, toute sculptée, trônait entre deux vases chinois. Cet ensemble les attirait. Il y en avait sûrement pour beaucoup d'argent. Leurs yeux gloutons se mirent à fureter dans tous les coins, soupesant les statues de bronze, les assiettes de porcelaine, un plateau d'argent chargé d'une théière et d'un broc aux anses dorées. Ils vérifieraient plus tard si ce n'était pas du toc.

— Sainte Vierge ! s'écria Georgette en bousculant ses fils.

1. Torchons.

Elle alla droit vers la pendule, la chargeant comme un animal en furie.

— Elles ne l'ont pas arrêtée. Ça c'est pas bon pour les vivants.

Elle stoppa le mouvement du balancier en espérant qu'il n'était pas trop tard. Comme beaucoup de gens, elle croyait que c'était la seule manière de montrer à la mort que sa tâche était accomplie et de permettre ainsi à l'âme du défunt de quitter le corps. Colin, Dédé, Clémentine et les enfants étaient aussi superstitieux qu'elle. Alors, commença la grande traque aux horloges en marche, aux miroirs qui n'avaient pas été recouverts d'un drap, et aux récipients susceptibles de retenir lc fantôme de Grégoire.

Lorsqu'ils pénétrèrent dans la chambre, tout avait été vérifié et mit hors d'état de porter malheur. Ils remarquèrent avec satisfaction que la glace de l'armoire était drapée et le broc retourné. Le cadavre reposait au milieu du lit dans un costume noir à rayures. Il paraissait immense ; il paraissait dormir ; il paraissait prêt à se redresser. Colin et Dédé réprimèrent un frisson. Et si le vieux ouvrait les yeux ? Ils pensèrent à la grande horloge qui avait continué à battre plusieurs heures après le décès. A présent, la dépouille était chargée de tic-tac, comme une pile ou mieux : comme un accumulateur constitué par des plaques de plomb immergées dans de l'eau pure acidifiée par de l'acide sulfurique. Dédé en connaissait un rayon sur les accumulateurs depuis qu'il travaillait sur les dirigeables. Les morts devaient fonctionner selon un principe identique. Pourquoi leur mère ne s'approchait-elle pas du corps ? Craignait-elle aussi de le voir ressusciter ?

Georgette demeurait interdite. Elle essayait de penser : « Mon Grégoire, mon pauvre mari », mais une voix intérieure criait : « En enfer le salaud ! Et pour l'éternité ! » Il fallait faire quelque chose. Colin eut une initiative heureuse.

— Allez embrasser votre grand-père !

Il eut un regard appuyé pour la plus grande, la blonde Amélie, quinze ans, une jolie biche aux yeux inexpressifs. Elle recula, effrayée à l'idée de poser ses lèvres sur la peau cireuse du cadavre.

— Pas de simagrées ! fit Colin. Sans lui, tu n'existerais pas.

— Mais je lui ai jamais parlé à ce bonhomme, répondit-elle.

— Insolente !

Georgette la gifla et la poussa vers Grégoire, l'obligeant à l'embrasser. Puis ce fut au tour des deux autres de montrer leur attachement au grand-père. Chantal, la seconde, et Jacques obéirent sans rechigner.

— Il est tout froid, dit Jacques en s'essuyant la bouche.

Il était tout froid. C'était une bonne chose. Froid et donc raide mort. Faisant preuve d'un grand courage, Dédé déposa son offrande humide sur le front du vieux, aussitôt suivi par Colin et Clémentine. Restait Georgette. Elle était face à lui, l'air renfrogné, n'accordant aucune circonstance atténuante. La faible clarté de la veilleuse du chevet éclairait la figure d'un homme qu'elle avait souhaité voir souffrir, d'un égoïste, d'un dictateur... Elle en avait murmuré des prières à l'église pour que les saints la vengent ; elle était même montée pieds nus jusqu'à la grotte de Marie Madeleine avec le secret espoir que la sainte punisse la juive ; puis il y avait eu ce déplacement à Signes, chez les sorcières à qui elle avait donné vingt francs contre un désenvoûtement garanti.

Son sang se réchauffait. Ses convoitises reprenaient le dessus. Mathilde et Adèle remontèrent à la première ligne de ses préoccupations. Les chasser hors du Grand Mas. Immédiatement. Et veiller à ce qu'elles ne s'en approchent plus. Elle eut un hochement de tête.

— Les morts ont tout leur temps ; il aura ses prières à l'église. Nous avons des choses plus urgentes à faire, dit-elle. Toi, Clémentine, tu ramènes les enfants à Gémenos, puis tu vas chez Pastor, le menuisier, pour qu'il nous prépare vite une caisse... en noyer... non en chêne... heu... en hêtre, c'est moins cher, et tu vois aussi pour les fleurs. Qu'est-ce que vous avez à me dévisager ainsi avec vos yeux de merlan tous les deux ? demanda-t-elle à ses fils.

— Maman, répondit Colin, le hêtre ça se fend vite.

— Y a pas de courants d'air sous terre que je sache et personne pour vérifier l'état du cercueil. Il aura du hêtre, c'est tout ce qu'il mérite.

Les deux frères se plièrent à la volonté maternelle. Eux pensaient à un beau cercueil aux poignées en bronze doré pour en foutre plein la vue aux Gémenosiens le jour de l'enterrement, mais il était inutile de discuter avec la mère dont la renommée de raspiasse[1] était légendaire.

— On descend régler le compte des deux corneilles. Je veux plus les voir ici.

— Laisse-nous encore un peu avec lui, dit Dédé.

Georgette haussa les épaules. Elle n'avait pas besoin d'eux. Elle fit signe à Clémentine et aux enfants de la suivre et quitta la chambre sans un regard pour son époux.

Colin et Dédé se regardèrent. Ils étaient face à face, chacun d'un côté du lit. Ils n'avaient aucune compassion pour leur père. S'ils étaient restés, c'était à cause de cette histoire de tatouage en hébreu sur le ventre de Grégoire. Ils en parlaient souvent au café Roubaud. Toine leur disait alors : « Il faut vérifier. » On avait songé à payer une pute d'Aubagne pour se charger de cette vérification, mais Grégoire n'allait plus au bordel depuis qu'il avait rencontré Mathilde. On s'était dit aussi que le docteur Ratier aurait pu lâcher le morceau contre une prime. Personne n'avait osé se rendre chez lui. A présent, ils allaient connaître la vérité.

— Vas-y ! dit Colin.

— Non, c'est toi l'aîné, c'est à toi de le déboutonner.

Colin se signa et se pencha sur son père. Croisées sur le ventre, les mains de ce dernier tenaient un chapelet. Tendu, Colin déplia les gros doigts. Les grains nacrés roulèrent. Nom de Dieu, qu'il était froid.

1. Avare.

Colin avait l'impression de toucher un porcelet à l'étal du boucher. Il déposa respectueusement le chapelet sur la table de chevet, écarta les bras du mort et fit sauter les boutons de la veste. Il eut plus de mal avec ceux de la chemise.

— Putain, aide-moi.

Dédé souffla de dépit et se mit à défaire la ceinture. Puis il lui fallut au moins une minute pour libérer le haut de la braguette. Colin ouvrit les pans de la chemise, remonta le tricot de peau et baissa le caleçon jusqu'à la lisière des poils pubiens. Le ventre blanc leur apparut, énorme.

— Es gounfle coumo [1] une outre, souffla Colin.

— C'est les gaz, répondit Dédé en pensant aux dirigeables qu'on gonflait à l'hydrogène.

Ils parurent stupéfaits. Sur cette rondeur, il n'y avait rien. Pas la moindre trace bleutée d'un tatouage. Pas la moindre cicatrice. La rumeur n'était pas fondée. On avait raconté des conneries pendant plus de vingt ans. Ils le rhabillèrent en toute hâte. Lorsque Colin reprit le chapelet, il remarqua les photos sur la table de chevet. Une surtout. Elle représentait Mathilde jeune, une Mathilde qui ne ressemblait en rien à ce qu'elle était devenue.

— Salope, dit-il en s'emparant du cadre.

Au rez-de-chaussée, l'affrontement était rude. Adèle tenait tête à Georgette dans le couloir de l'entrée.

— Nous ne partirons pas avant l'ouverture du tes-

1. Il est gonflé comme.

tament, dit la vieille servante que la mère Bastille essayait de repousser vers l'extérieur.

— Quel testament ! Il n'y a pas de testament ! Je suis chez moi. Chez moi, tu entends. Ah, vous voilà vous autres ! cria-t-elle en entendant ses fils descendre l'escalier. Cette sartan ne veut pas céder la place.

— Maître Chastier décidera qui doit partir ou qui doit rester, insista Adèle.

Maître Chastier ? Le notaire... Les deux frères contemplèrent avec inquiétude la vieille qui avait le cul calé entre le pétrin et le chambranle de la porte. Mathilde était restée dehors, ne sachant plus quel était son droit. Lorsque Georgette menaça d'appeler les gendarmes, elle vint raisonner la pauvre Adèle.

— Allons chez toi, cela vaudra mieux pour tout le monde.

— Si tu les laisses faire, ils vont tout dévaliser ! répliqua la servante en toisant le trio Bastille.

— Mais on n'en veut pas de vos ravants, dit Colin. Tenez, vous pouvez les emporter dans votre poulailler.

Il jeta le cadre qu'il tenait à la main, puis décrocha les tableaux alsaciens avant de les lancer dans la cour. Suivant l'exemple de son frère, Dédé remonta à la chambre et la débarrassa de tout ce qui rappelait la juive. Peintures, robes, jupons, chaussures, chapeaux et gants passèrent à travers la fenêtre. Il jubilait, il prenait plaisir à déchirer un chemisier, une culotte. Cependant, il se garda bien de lancer les bijoux. Il les fourra dans sa poche au moment où

Georgette faisait irruption dans la pièce pour lui ordonner de ne plus rien jeter à ces chiennes. La chambre était dévastée. Seul le lit mortuaire n'avait pas été touché. Dédé et sa mère ne redoutaient plus rien de Grégoire. Ils s'en allèrent fouiner un peu partout, « faire l'inventaire » comme ils disaient, afin de partager en trois le butin.

Dans la cour, Mathilde, aidée d'Adèle, récupérait ses vêtements et les objets de pacotille. Elle pleurait silencieusement. Lorsqu'elle se réfugia dans la maison d'Adèle, elle posa contre sa joue le cadre contenant la photo de la jeune femme et reprit courage.

Les Bastille ignoraient ce qui les attendait.

4

La Lorraine-Dietrich Torpédo accéléra à la sortie de Saint-Marcel. Un vrai bolide. Elle était blanche, décapotable. Elle allait plus vite que le mistral qui courbait les roseaux de l'Huveaune. L'homme qui la conduisait ne semblait pas se soucier du mauvais état de la route, des charrettes, des chevaux et des mulets qui encombraient cette nationale entre Aubagne et Marseille. D'une main sûre, il tenait le volant, de l'autre, il jouait avec un cigare dont il tétait parfois le bout d'un air rêveur. A deux reprises, lorsque les pneus crissèrent sur le gravier, il jeta un œil à sa passagère. Elle ne broncha pas. Elle avait un nez droit, une bouche impérieuse, l'œil pareil à de l'ambre pailleté d'or, les cheveux courts et noirs. Oui, c'était bien de l'ambre dont était fait ce regard perdu vers la montagne grise. On ne pouvait trouver meilleure comparaison. Ses prunelles s'électrisaient aussi facilement que la pierre dure dont les anciens avaient fait un talisman.

« Ambre, pensa l'homme, Elektron en grec, résine fossile, composition chimique $C_{10}H_{16}O$, fleuron de l'âge du bronze, deux perles précieuses sur le merveilleux visage d'Anne. »

Le cheminement de sa pensée le fit sourire, mais il réprima aussitôt sa satisfaction. Il ne désirait pas faire de peine à Anne. Même si elle n'en donnait pas l'impression, elle avait beaucoup de chagrin. Il ne l'avait jamais vue pleurer, mais il se doutait qu'elle cachait ses larmes.

— Bougre d'ail ! jura-t-il avec un fort accent marseillais, qui fit dresser le sourcil de la passagère.

Dans son délire intellectuel, il avait failli emboutir l'électrobus d'Aubagne. La Torpédo fit une embardée, mordit sur le côté gauche de la chaussée, souleva un nuage de poussière et doubla lc lourd véhicule bondé. Il eut droit à un coup de corne, mais il n'osa pas faire un bras d'honneur au conducteur. Pas devant Anne. Il n'était plus à l'Estaque où, jeune homme, il avait appris toutes sortes de gestes obscènes. Ce temps était loin. A présent, il était rédacteur en chef du *Petit Provençal* et amoureux de la fille « la plus formidable, la plus intelligente et la mieux roulée de Marseille ». Il estimait qu'à quarante-neuf ans, c'était un don du ciel de faire un bout de chemin avec Anne et il espérait que le drame survenu à Gémenos n'allait modifier en rien cette association.

Que la Sainte-Baume était belle. Qu'elle était inquiétante. Indomptable, disait son père. Indomptable était le mot. Son mufle gris et chaotique était semé de kermès, de pins et de cades. Son dos strié de crevasses, troué de grottes, hérissé de rochers, défiait le ciel. Aucun homme ne pouvait s'y tenir quand le mistral était en colère. Anne regretta de ne pas connaître les secrets de la montagne. Son père l'en avait toujours écartée. Pour son bien.

« Quel bien ? pensa-t-elle avec amertume. Le bien du village ? Le bien de ma mère ? Pourquoi n'as-tu pas pris tes responsabilités jusqu'au bout ? Pourquoi, papa ? Pourquoi m'avoir cachée aux yeux de la commune ? »

Toutes ces années passées à Marseille chez une lointaine cousine de son père. Oh, elle ne se plaignait pas. Elle avait été choyée, pensionnée, parfaitement éduquée. On lui avait même acheté un appartement rue Paradis lorsqu'elle avait voulu son indépendance. Elle avait tous les droits, même celui de prendre un amant ayant le double de son âge ; mais le territoire de Gémenos lui avait été interdit depuis sa naissance.

Sa main se crispa sur la portière. Aujourd'hui, elle allait lever l'interdit et on allait voir ce qu'on allait voir. Comme s'il devinait ses pensées, le conducteur lâcha soudain :

— Tu es sûre de toi ?

Elle se tourna vers lui. Il paraissait inquiet. Elle détestait qu'il s'inquiète pour elle. Elle le préférait avec son air de conquérant quand il la désirait et qu'elle lui résistait, quand ses yeux vifs et noirs cherchaient à la dominer sans y parvenir.

— Accélère, j'ai hâte de crever l'abcès.

— Méfie-toi, les gens de la terre ne sont pas ceux des villes.

— Ils sauront reconnaître mon sang paysan.

— Ça, j'en doute.

— Marius, tu ferais mieux de t'occuper de ta

conduite et de m'emmener devant cette fichue église avant 16h 30.

— Le chauffeur de Madame fait son possible, persifla-t-il, mais le chauffeur de Madame ne pense pas pouvoir parvenir devant l'église Sainte-Fichue dans les temps. Comme Madame peut le constater, il y a embouteillage sur la place de l'Obélisque. J'avais averti Madame, avant le départ, du risque de grande circulation à Aubagne, mais Madame a perdu du temps en changeant trois fois de robe.

Anne lança un terrible regard à Marius. Puis elle promena le même regard sur la place où dix charrettes à foin, un troupeau de vaches, deux tramways, un omnibus et un grand nombre de véhicules, à essence ou tirés par les chevaux, cherchaient à filer vers la route de Roquevaire ou la rue de la République. Puis son chagrin immense revint, la submergeant. Elle pensa à sa mère désespérée qui devait se ronger les ongles en attendant sa venue, à sa mère à présent naufragée sur cette terre battue par les vents, sans homme pour la soutenir, sans amis, ici on n'aimait pas les estrangères surtout lorsqu'elles étaient nées juives.

C'était là la vraie raison qui avait poussé le père à cacher son existence.

Cinq heures sonnaient à l'horloge communale lorsque la Torpédo freina sur la place de l'église. Sous le soleil ardent, deux vieux chevaux au plumet noir, attelés à un corbillard d'ébène frangé de fils argentés, attendaient sagement leur chargement. Sans s'attarder sur ce sombre équipage, les yeux d'Anne glissèrent sur la façade de l'édifice, montèrent jusqu'au paratonnerre du clocher, puis redescendirent sur la porte close. Le mistral couvrait tous les bruits. Les cigales s'étaient tues. A chaque mugissement du vent, des tourbillons de poussières et de papiers s'engouffraient dans les rues vides. Le village paraissait mort.

Anne quitta la voiture et marcha vers le parvis. Elle n'avait jamais été pratiquante. Catéchisme et communions n'étaient que de vagues étapes perdues dans ses souvenirs, des obligations dues aux parents, des sauf-conduits pour la vie. Vis-à-vis de Dieu, de tous les dieux, elle gardait une sorte de neutralité qui garantissait son indépendance. Elle eut cependant de l'appréhension en poussant le vantail qui s'ouvrit en couinant. Dans la fraîcheur de la nef, elle écarquilla les yeux, emplissant ses prunelles d'un monde sombre et doux. Elle vit aussi ces centaines de visages tournés vers elle.

Les Gémenosiens s'interrogeaient. D'où sortait cette belle jeune femme vêtue sobrement d'une robe à la mode, les épaules couvertes d'un foulard de soie et chaussée d'escarpins de prix ? L'allée étroite menait au chœur où, sur sa croix de bois patinée, souffrait le Sauveur. Face à l'autel, il y avait un cercueil ordinaire surmonté d'un bouquet ordinaire. Anne s'était attendue à un faste, à des travées fleuries, à des couronnes enrubannées. Elle s'avança vers le curé statufié dans ses habits de cérémonie mortuaire. La brume légère de l'encensoir flottait sous les voûtes silencieuses. Anne glissait comme une ombre vers le cercueil en entendant battre son propre cœur. Elle cherchait sa mère et Adèle. Ces dernières devaient être au premier rang. Pourtant elle avait beau chercher à droite et à gauche, elle ne découvrait que des visages hostiles. Soudain, elle les vit. Elles avaient été reléguées derrière un pilier. A ce moment, la porte couina de nouveau et Marius Botey fit une entrée aussi remarquée que celle de sa compagne. Les têtes se dévissèrent une fois de plus pour lorgner l'élégant intrus qui alla s'accouder sur le bénitier avec la nonchalance d'un dandy blasé.

Les langues se délièrent. Qui sont-ils ces deux-là ? Le murmure se propagea jusqu'aux Bastille qui n'avaient pas encore cédé à la curiosité. Georgette, Colin et Dédé essayaient de rester dignes et les chapelets oscillaient entre leurs mains jointes, toutes mouillées de fausses larmes. Il se passait quelque chose. Derrière eux, on ne priait plus. On chuchotait tout bas comme le font les agasses lorsqu'elles disent du mal de quelqu'un. Ils entendirent un bruit de pas. Colin fut le premier à rompre le recueillement factice du trio. Anne était presque arrivée à sa hauteur. Il se tourna un peu pour l'étudier et demeura bouche bée. C'était la fille de la photo.

Donc ce n'était pas Mathilde jeune. Une inconnue qui comptait assez pour trôner sur la table de chevet de son père. « La jeune sœur de Mathilde », pensa-t-il.

Sœur de la juive lui semblait une bonne option, la plus plausible. A l'évidence, elle était venue pour l'héritage. Une race de corbeaux, il allait sûrement en rappliquer d'autres. La stupeur se peignit sur son visage et sur ceux de son frère et de sa mère lorsque l'inconnue dépassa le banc et se pencha au-dessus de la plaque de cuivre du cercueil, où le nom de Grégoire Bastille était gravé.

Nom de Dieu ! Voilà qu'elle déposait un baiser sur la caisse. Les yeux exorbités, Georgette regardait cette scène avec horreur. Une femme, pas même en deuil, une envoyée du diable, salissait la mémoire de son homme. Elle faillit s'évanouir lorsque l'inconnue dit au curé d'une voix assez forte :

— C'était mon père.

Un coup de canon tiré à l'intérieur de l'église aurait eu le même effet. Les fidèles en restèrent abasourdis, tétanisés. L'effet de surprise passé, chacun tenta d'apercevoir les visages des Bastille. Une jubilation les gagna tous. Cette histoire s'annonçait savoureuse, pleine de rebondissements, bien meilleure que les feuilletons publiés dans les journaux. On voyait bien à la mimique que faisait le curé que ce dernier n'était au courant de rien. Lui qui savait tout, lui qui confessait les jeunes, les vieilles, les bigleuses, les tordues, les putes, les madones, les jaloux, les voleurs, les politicards, les soûlards, les usuriers et tous les mourants de la commune, demeurait la bouche ouverte.

Mais que faisait donc la fille de Bastille ? Bien sûr que c'était sa fille. Même nez, même bouche, même volonté dans le menton. Elle allait en faire voir à ses frères et surtout à la Georgette qui suffoquait sur son banc.

Anne alla chercher sa mère et Adèle. Elle dut forcer Mathilde qui pleurait en se tordant les mains. Elle l'embrassa, lui parla très tendrement avant de la saisir par la taille et l'emmener vers le banc où le maire et les siens se poussèrent pour leur faire de la place.

Le Grand Jo ne voulait pas de bordel dans sa commune. Cette fille allait le semer. Il suffisait de la regarder. Elle ressemblait à Grégoire en pire. Elle avait certes de beaux yeux dorés, mais des yeux d'une dureté qui mettait mal à l'aise et pénétrait jusqu'au plus profond de la cervelle, là où chacun gardait ses secrets et ses tares. Le maire se fit rapidement une opinion sur cette petite trop bien peignée et trop jolie : une vraie testarde, une vraie fouineuse, donc une vraie chieuse.

« On aurait pu prévoir le coup », se dit-il en pensant soudain au notaire. Il venait d'avoir une illumination. S'il y en avait un qui connaissait les histoires de famille, c'était bien Chastier. Il chercha le notaire du regard et le trouva dans l'ombre de la chaire. Lorsque leurs regards se croisèrent, le visage de l'officier public s'éclaira tout à coup de son vieux sourire rusé qui retroussait ses lèvres sur de courtes dents jaunes.

« Fumier, il savait tout et il ne m'a rien dit. » Le Grand Jo était furieux d'avoir été tenu dans l'ignorance par un homme qui se disait son ami. L'autre aussi dans la caisse se disait son ami. Sacré Grégoire. Il en fallait des tripes pour cacher l'existence d'un enfant. L'avait-il reconnue au moins cette belle fillasse ? Elle était plus que belle, et pas du tout fillasse. Il corrigea son appréciation à la hausse et sentit soudain une bouffée de chaleur dans le bas-ventre. Le désir le prit. En plein milieu de l'église.

En pleines funérailles. Sous le tendre regard de la Vierge qui, du haut de son socle de marbre, tenait l'Enfant Jésus. Franc-maçon, athée, les scrupules ne l'étouffaient pas lorsqu'il parlait des méfaits de la religion. Mais, en ces instants de souffrance et de chagrin, il fut pris d'un remords. Son désir s'affaissa. Le curé secouait enfin l'encensoir autour du cercueil tandis que les fidèles priaient pour l'âme du défunt.

La fin de la cérémonie fut bâclée. Il n'y eut pas de condoléances. Dans son coin, Marius se détachait comme un envoyé de Dieu ou du Diable, immobile, observant la foule versatile qui passait devant lui. Les femmes le regardaient sans détour, le trouvant séduisant avec ses cheveux argentés et son visage mâle, un peu abîmé par la vie. Les hommes le jugeaient d'un coup d'œil rapide, le classant « coureur de jupons, noceur, joueur et dangereux ».

Colin vit en lui un autre juif. Dédé, l'intuitif, pensa qu'il était un ami très intime de la jeune salope. Georgette était incapable de réfléchir. Ses envies de meurtre bloquaient les rouages de son cerveau et une brume rouge brouillait sa vision. Sans l'aide de ses deux fils, elle se serait effondrée.

Marius se décida à rejoindre Anne. Elle n'eut pas à lui présenter Mathilde. Il l'avait déjà rencontrée à plusieurs reprises à Marseille lorsqu'elle et Grégoire venaient rendre visite à leur fille.

— Je partage votre peine, dit-il en l'embrassant affectueusement.

— Oh Marius...

Mathilde eut une poussée de larmes. Elle n'arrivait pas à admettre la réalité. Qu'allait-elle devenir sans Grégoire ? Sa fille avait sa vie à Marseille et elle ne songeait pas une seule seconde à se retirer dans la grande ville, loin de la tombe de l'être chéri. Pourquoi n'était-elle pas morte avant lui ? Elle se laissa conduire par Adèle et sa fille.

Il fallait se rendre en cortège au cimetière. Le mistral et le soleil leur firent cligner des yeux. Ce n'était pas un jour pour un enterrement. Rose, brun et crème, ses petits drapeaux tricolores claquant entre les rues, le village semblait peint pour un mariage. Il y avait même une voiture blanche décapotable devant l'église. Colin et Dédé louchèrent en voyant la Torpédo aux chromes étincelants et aux sièges de cuir rouge. Cette merveille devait appartenir à l'homme aux cheveux grisonnants. Ils en éprouvèrent de la jalousie.

Le corbillard s'ébranla derrière le curé et les enfants de chœur. Le cordon sombre des hommes et des femmes se forma, respectant la hiérarchie et les degrés d'intimité que les uns et les autres avaient eus avec le défunt. Il y eut un moment difficile lorsque les deux veuves se retrouvèrent côte à côte. Le maire eut le génie de les séparer en leur demandant de se tenir de part et d'autre du corbillard.

Au cimetière, Anne sentit sa poitrine se serrer. On descendit le cercueil au fond de la tombe ; les cordes crissèrent sur le bois. Le curé prononça quelques mots sur Grégoire, le repos des âmes et la bonté du Seigneur. Elle n'avait pas assez connu ce père, elle aurait voulu qu'il lui apprît les secrets de la nature, elle aurait voulu partager son amour pour la terre. Elle avait été volontairement coupée de ses racines et, à présent, tout son être aspirait à les retrouver. Elle était une femme de passion, elle jura d'honorer le nom de ses ancêtres et de perpétuer la tradition.

Quelques œillets furent jetés dans la tombe et on se sépara dans la tension. A aucun moment Georgette n'avait ouvert la bouche. Pas même pour prononcer amen. Elle était toute raide. Elle accumulait de la haine par tonnes. Ses fils eurent beaucoup de mal à la déloger du bord de la tombe. Elle y consentit quand Mathilde s'en alla.

Colin et Dédé étaient comme deux chiens de garde et ils étaient prêts à mordre quiconque ferait de la peine à leur mère. Ils eurent un regard féroce pour l'homme aux cheveux grisonnants qui s'entretenait à l'écart avec le curé. Qu'est-ce qu'ils avaient à se raconter ces deux-là ?

Marius avait rattrapé le prêtre avant la sortie, puis il l'avait insensiblement conduit dans une allée transversale.

— Vous avez été parfait, mon père, lui dit-il avec ce ton sincère qu'il réservait aux interlocuteurs privilégiés du *Petit Provençal*, aux hommes politiques, aux parrains corses et aux grands financiers de Marseille.

— Vous me flattez, je ne pouvais pas faire moins pour Grégoire, il a toujours été un défenseur de l'Eglise malgré ses fréquentations socialistes... et généreux pour la paroisse.

Marius ne s'était pas trompé. Il ne se trompait jamais sur les hommes. Il allait être facile d'en faire un allié pour sa maîtresse. Ce tête à tête, le rédacteur en chef l'avait prévu avant son départ de Marseille.

— A ce sujet, je voudrais qu'au nom de sa fille Anne, vous acceptiez ce petit don, dit Marius en donnant au prêtre une enveloppe qu'il venait de sortir de sa poche.

— Je ne sais...

— Pour les messes, mon père, pour les messes. Anne y tient.

Le curé avait une bonne bouille ronde et naïve. Le genre d'homme qui se rangeait toujours du côté du plus fort. L'épaisseur de l'enveloppe l'impressionnait. Il la tenait avec le même respect qu'il tenait la patène dorée servant à l'oblation de l'hostie.

— Dieu bénisse mademoiselle Bastille... et vous aussi mon fils.

— Je le lui rendrai, répondit Marius avec un sourire enjôleur. Si vous avez besoin de quoi que ce soit, mon père, voici ma carte.

Marius posa sa carte sur l'enveloppe et prit congé du représentant de Dieu. Ce dernier attendit qu'il disparaisse derrière les tombes pour lire le bristol.

Marius Botey, rédacteur en chef du « Petit Provençal ».

Le nom et le titre lui fichèrent un coup. Le contenu de l'enveloppe le fit basculer définitivement dans le camp de la demoiselle Bastille. Cinq cents francs en billets neufs, une manne du Ciel. Il allait s'en payer des gueuletons à l'hôtel de la vallée de Saint-Pons avec ce pactole. Une rafale de mistral faillit les lui arracher des mains. Il y vit la colère du Ciel et promit tout haut d'en consacrer une partie à la réfection de la sacristie.

Marius était très satisfait de lui. Le curé était dans sa poche. A présent, Anne bénéficiait d'un appui de poids. Elle allait en avoir besoin ; elle lui avait fait part de son intention de vivre quelque temps à Gémenos pour soutenir sa mère.

— Et tes papiers pour le canard ? avait-il demandé sur un ton de reproche et de mauvaise humeur.

— Je les écrirai là-bas et tu les recevras en temps et en heure. Gémenos n'est pas en Afrique, que je sache !

Anne n'était décidément pas une fille facile. Il la rejoignit alors qu'elle était abordée par maître Chastier. Le notaire était un petit homme sec. Il sentait une drôle d'odeur. Le nez de Marius remua et chercha. C'était de l'antimoustique. On se parfumait comme on pouvait dans une commune en partie marécageuse depuis l'extension du complexe des dirigeables.

— Je compte sur vous et votre mère demain matin à 10 heures pour l'ouverture du testament, dit-il.

— Ne peut-on attendre ? se plaignit Mathilde.

— Nous y serons, trancha Anne. Venez, Marius va nous emmener en voiture au Grand Mas.

— Je vous rejoins, répondit Marius en souriant chaleureusement au notaire avant de le tirer familièrement par le coude.

Les notaires avaient aussi leurs faiblesses. Tels de petits empereurs, ils aimaient conquérir, jouer avec l'or et les rentes de leurs clients, anticiper sur les gains, spéculer dans l'immobilier. Et justement, Marius avait quelques bons tuyaux sur les futures occupations des sols des communes environnantes et les projets de la mairie de Marseille.

En cinq minutes, il en fit le second allié d'Anne.

Georgette était éreintée. Elle avait du plomb dans les jambes, des aigreurs d'estomac, des brûlures à la gorge, le cerveau gelé. L'apparition de cette fille l'avait complètement détraquée. Le docteur l'avait ramenée en calèche au Grand Mas. Ses fils la trouvèrent prostrée, face à la grande horloge toujours à l'arrêt.

Ils avaient bu le coup au café Roubaud et dit beaucoup de mal de leur sœur.

— Maman? s'inquiéta Dédé.

Elle ne bougea pas. Les deux frères s'accroupirent devant elle.

— Petite maman, t'en as de la peine, t'en fais pas, il est au Ciel maintenant, dit Colin en lui prenant les mains.

Il ne pensait pas un mot de ce qu'il disait. Il voulait simplement qu'elle réagisse. Elle cligna des yeux, mais retomba aussitôt dans l'apathie. Colin insista.

— Garde espoir, c'était un homme juste, tu verras demain, c'est toi qui auras la grosse part.

Cette fois, quelque chose se débloqua dans la cervelle de Georgette. Elle se racla la gorge avant de grogner méchamment.

— Tu es un imbécile. L'esperanço es lou pan dei malhuroux [1].

La joie éclaira le visage des deux frères. Ils retrou-

1. L'espérance, c'est le pain des malheureux.

vaient leur mère. Ils en eurent la confirmation lorsqu'elle ajouta :

— Donnez-moi du vin, il faut que je reprenne des forces.

Dédé lui apporta une bouteille et un verre. Elle s'installa devant la fenêtre et ne quitta plus des yeux la petite maison d'Adèle. A moitié cachée par un massif de lauriers, la voiture captait les rayons du soleil de tous ses chromes.

— Le carrosse de la petite traînée, murmura-t-elle.

Elle vida deux verres d'un trait. Puis elle se mit à maudire Grégoire d'avoir engrossé la juive. Elle l'avait connu cavaleur. Elle détestait ses comportements d'animal en rut, mais elle avait joué le jeu de la femelle en chaleur jusqu'au mariage. Après son premier accouchement, elle s'était drapée de vertu, refusant toutes les variantes amoureuses et le poussant à courir les putes.

Quelle honte à l'église ! Quelle honte ! En ce moment, tout le village devait jaser. Même d'ici, elle entendait rire les lavandières du quartier de Versailles. Quelqu'un devait payer pour ce crime. Et là-bas dans la cabane d'Adèle, il y avait des victimes toutes désignées.

Marius partit à la tombée de la nuit, laissant Anne avec sa mère et Adèle. La jeune fille se sentait mieux. Mathilde avait peu à peu repris le dessus. La foi, qu'elle n'avait jamais véritablement entretenue, s'imposait. Elle brûlait en elle, elle brûlait dans son regard. A la lumière des étoiles, le futur devenait clair et net. Plus rien au monde n'importait sinon le moment où elle rejoindrait son amour là-haut. Des millions d'autres y étaient parvenus, dans ce paradis décrit par les sages, et tout comme eux elle y parviendrait. Tout ce qu'elle demandait à Dieu, c'était qu'on ne fasse pas de mal à sa fille.

Le mal, Anne le percevait. La nuit était hostile. De mauvaises pensées rampaient tout autour de la maisonnette. Elles venaient du Grand Mas. Et demain, elle allait devoir les affronter.

5

Place Jean-Jaurès, il y avait plus de monde qu'à l'accoutumée. Ce n'était pas un hasard. Au n° 8, se trouvait l'étude de maître Chastier. Le notaire était dans son bureau. Depuis 6 heures du matin, il se forçait à la tâche, mais il n'avait pas la tête à étudier les documents. Il n'éprouvait aucun intérêt pour les clauses et les chiffres éparpillés devant lui. A 9 heures, il comprit qu'il n'arriverait à rien. Il pensait uniquement à deux choses : à la séance de 10 heures et aux propos alléchants du rédacteur en chef du *Petit Provençal.* Ce Marius Botey avait été envoyé par la divine Providence pour que lui, Alphonse Alfred Pierre Chastier, insignifiant notaire de Gémenos, devînt le nouveau baron Haussmann. Les Gémenosiens avaient placé beaucoup d'économies chez lui ; il saurait les utiliser. Sur le marbre de la cheminée, un homme nu avait été figé en pleine course par un habile sculpteur sur bronze. Ce bel athlète aux muscles saillants tendait une couronne de laurier vers un vainqueur invisible. Il représentait la gloire. Chaque fois qu'il le regardait, Chastier se sentait dans la peau de ce vainqueur.

Quant à la séance… une plaie. L'argent était la seule chose qui intéressait la sinistre Georgette. Il ne devait pas se laisser déborder par une créature aussi répugnante ; ces deux imbéciles de Colin et de Dédé étaient comme l'argile entre les mains d'une pareille manipulatrice. Seul Dieu savait avec quoi elle allait leur monter le bourrichon. Il devait défendre la demoiselle et sa mère, c'était un devoir d'officier public et un investissement pour le futur.

« Stratégie habituelle pour les cas difficiles », pensa-t-il. Stratégie qui consistait à parler, parler, les assommer de textes de lois. La seule difficulté serait de se faire écouter.

L'heure approchait. Il alla à la fenêtre et observa le mouvement des piétons. Sur la place, les badauds étaient figés. Le trio infernal arrivait.

Georgette, caparaçonnée de deuil, le sac en bouclier sur le ventre, encadrée par Colin et Dédé, jetait des regards mauvais. Ces saloperies de Gémenosiens étaient venus au spectacle. La boulangerie, le café Vénuse, l'épicerie, la mercerie, tous les commerces regorgeaient de monde. Des têtes se pressaient derrière les carreaux des devantures. Des femmes se tenaient aux fenêtres, par grappes, les aïeules en noir poussées par leurs filles, toutes penchées au-dessus des ruelles encaissées qui donnaient sur la placette. Les plus hardies, celles qui se disaient ses amies, occupaient le trottoir face à l'étude de maître Chastier. Georgette les salua à peine. Elles bavassaient sur son compte, c'était sûr. Elles se turent, retenant leur souffle. Mathilde, Adèle et la bâtarde arrivaient en sens inverse. Peut-être allait-on assister à une empoignade ?

Georgette aperçut aussi ses rivales. Ce fut comme si on lui avait donné un coup de fouet sur les reins. Elle se précipita vers la chaîne de cuivre qui actionnait la clochette de l'étude et la secoua avec hargne. La porte s'ouvrit devant le visage blême du clerc et madame Bastille mère le bouscula.

— Allez zou, vous autres, dit-elle à ses fils qui lambinaient.

— Si madame et ces messieurs veulent bien me suivre, demanda le clerc d'une voix obséquieuse.

Georgette détestait ce cafard à grosses lunettes. Elle détestait la pénombre de l'endroit. Elle détestait l'odeur de poussière et d'encre qui s'en dégageait. Ça sentait le piège et la combine. Le clerc les entraîna dans une pièce assez grande, couverte de rayonnages remplis de dossiers, leur proposa de s'asseoir sur des chaises cannées et s'en alla recevoir les trois autres clients qui venaient d'actionner la clochette.

— Surtout n'ouvrez pas le bec ! intima Georgette.

Colin et Dédé hochèrent du menton et se préparèrent au face à face. Des pas résonnèrent sur le dallage, se rapprochèrent. Georgette gonfla sa poitrine et serra les dents. L'instant d'après, elle se vidait comme une chambre à air, dépitée. Le cafard avait fait entrer les trois poufiasses dans une autre salle. La porte refermée, il revint auprès des Bastille.

— Maître Chastier vous recevra dans cinq minutes.

— On avait dit 10 heures ! répliqua Georgette en regardant sur sa gauche.

Il y avait là, coincée entre plusieurs douzaines de cartons bourrés de papiers, une mauvaise pendule, imitation bronze, qui marquait 10 heures moins une. Le clerc, qui avait suivi son regard, haussa les épaules.

— Maître Chastier a eu une matinée chargée. Il y a eu beaucoup de morts ces derniers temps et, avec cette crise mondiale, nous devons réviser tous nos placements.

Sur cette explication, il retourna derrière une table où croulaient des piles de dossiers poussiéreux. « Maudit cafard, c'est ça, fais tes comptes, vole les imbéciles », se dit Georgette, le regard mauvais. Le clerc prit un porte-plume, le trempa dans un encrier et aligna des chiffres. Immédiatement, le craquement de la plume sur le papier mit les nerfs de Georgette à vif.

Colin et Dédé restaient sagement assis. La pièce était triste à crever. Des paperasses, il y en avait partout. Les étagères semblaient les vomir. Les deux frères n'avaient pas idée de ce que pouvaient contenir les feuilles jaunâtres, les chemises sanglées, les boîtes écornées, les grosses enveloppes brunes. Toutes les histoires de familles du village reposaient entre ces quatre murs. Rien de tout cela n'avait la moindre valeur à leurs yeux et ils plaignaient sincèrement le clerc à lunettes pour qui la vie ne devait être qu'un long exercice d'écriture ennuyeux. A ce poste de tâcheron, l'avenir ne paraissait plus mériter le moindre effort.

Tandis qu'eux...

Colin se voyait déjà propriétaire. Toute la nuit, il avait pensé à acheter un tracteur. Dédé, lui, avait rêvé d'une voiture blanche et décapotable. La Torpédo de l'inconnu, c'était exactement ce qu'il lui fallait pour promener des filles blondes entre Cassis et Marseille. Il leur tardait de connaître les parts de chacun. Lorsque le notaire parut sur le seuil, ils se levèrent d'un bond. Chastier les salua sèchement et les invita à venir dans son bureau.

Mathilde, Adèle et Anne s'y trouvaient déjà. Georgette y vit une faveur et la jalousie empourpra son visage. Elle allait se plaindre, mais son regard croisa celui d'Anne et elle perdit pied. Cette jeune salope avait le don de vous refroidir.

— Asseyez-vous, je vous prie, dit le notaire en désignant des chaises capitonnées mais défraîchies.

Maître Chastier crut les tenir. Il énonça les formalités d'usage, en s'appliquant à les noyer sous les mots. Les deux trios étaient séparés d'un bon mètre. Il les jaugeait tour à tour d'un œil expert. Tous, sauf la demoiselle Bastille, avaient adopté l'attitude habituelle des héritiers. Ils n'étaient pas assis négligemment, le dos appuyé au médaillon, mais semblaient prêts à sauter. Leurs muscles tendus les rendaient rigides et tremblants. Même Mathilde avait été gagnée par cette hyperexcitabilité mécanique dont les symptômes étaient proches de ceux de la tétanie. La demoiselle restait décontractée, les jambes croisées, le regard énigmatique derrière les longs cils de ses paupières à demi baissées. Elle le déconcerta au moment où, après avoir fouillé dans son sac et ouvert un étui d'argent, elle alluma un fin cigare, tira une bonne bouffée et souffla un rond parfait de fumée. Dans ce bureau, c'était une première. Etrangement, Colin et Dédé éprouvèrent une sorte d'admiration. Et puis l'odeur du tabac chassait cet épouvantable relent d'antimoustique. A croire que le notaire pulvérisait des litres de teinture alcoolique de pyrèthre dans son cabinet. Georgette était outrée. Elle cherchait un moyen d'attaque. Et elle n'hésita pas quand Chastier confirma l'identité de la jeune salope.

— Qui nous dit que c'est vrai ? lança-t-elle.

— J'ai là un extrait de naissance de la mairie du Ve arrondissement de Marseille. Mademoiselle Bastille a été reconnue par feu votre époux le 8 août 1906.

— Qui nous dit que ce n'est pas un faux? insista-t-elle. Vous savez très bien de quoi ces gens-là sont capables.

— Expliquez-vous, je ne vous comprends pas.

— Dois-je vous mettre les points sur les i ! Ces gens... ces juifs ont tous les vices quand il s'agit d'argent !

— Madame Bastille, un peu de tenue...

— De la tenue ! Vous voulez que j'aie de la tenue devant une femme qui a volé mon mari ?

Georgette avait les joues et les veines du cou gonflées. Ses yeux mitraillaient les trois femmes qui, elles, restaient dignes. Elle attendait ce moment-là depuis des années. La grosse artillerie, des salves de reproches et de gros mots, elle allait leur en donner à ces moins-que-rien. Chastier éleva la voix et la terrassa :

— Et moi, maître Chastier, notaire de mon état, représentant de la loi, je confirme la légitimité d'Anne Amélie Rebecca Bastille, à qui je verse une pension depuis vingt-quatre ans. A présent, vous allez vous taire, nous allons procéder à l'ouverture du testament.

Douze tintements lointains indiquaient qu'il était midi. Le soleil cognait sur la nationale mais Mathilde, Adèle et Anne n'avaient pas conscience de la dureté de ses rayons ni de la violence du mistral. Elles marchaient courbées contre le vent, la mère soutenant la fille, la servante ouvrant le chemin. Mathilde ne reconnaissait plus le paysage aimé. La séance de l'héritage l'avait anéantie. La plus grosse part avait été pour les Bastille. Dans un sentiment de repentir — c'était la seule raison qu'elle pouvait invoquer —, Grégoire avait donné les bonnes terres à Colin, le Grand Mas et les vergers à Georgette et les cinq sixièmes de l'argent à Dédé. La maigre part, une oliveraie abandonnée, une maison en ruine sur la route de la chapelle Saint-Clair ainsi qu'une somme de vingt mille francs, leur était revenue. Pour sa part, Adèle entrait en possession de trois mille francs et de la grande pendule de la salle à manger.

Elles avaient une semaine pour quitter le cabanon. Anne encaissait le drame avec un surprenant détachement. Bien sûr, elle en voulait à son père, d'abord d'avoir cédé à la voix d'une conscience qui privilégiait les enfants et les femmes légitimes depuis la nuit des temps, et ensuite pour tout le mal qu'il faisait à celle qui l'avait véritablement aimé et qui l'aimait encore. Mais elle relativisait l'événement, se rappelant les avertissements de Marius à propos de ce monde paysan âpre et dur qui ne ressemblait en rien à celui de la ville.

« Ils sauront reconnaître mon sang ! » se jura-t-elle tout bas en se redressant face au mistral qui lui transmettait sa colère.

Le lendemain, elles prirent le chemin de la chapelle Saint-Clair. Gabi, l'un des anciens journaliers de Grégoire, dépêché par maître Chastier et ayant de l'estime pour Mathilde, les conduisait. Elles avaient pris place dans sa charrette tirée par une vieille jument. Pratique et prévoyante, Adèle avait chargé pelles, balais, copeaux de savon et chiffons.

— Vingt-cinq ans que j'y suis pas allée dans cette baraque ; on y entreposait les olives du temps du père de Grégoire, les chasseurs y cassaient la croûte lors des battues. A mon idée, ça sera guère propre ! Vingt-cinq ans de pluie, de gel et de mistralade, ça vous tue n'importe quelle maison inhabitée.

Côté mistralade, cela ne s'arrangeait pas. On avait l'impression que le roi des vents prenait son élan du haut de Garlaban pour partir à l'assaut de la Sainte-Baume. Il arrivait à la vitesse d'un train lancé à toute vapeur, pliait les cyprès des cimetières et secouait la chevelure de la garrigue avant de gifler les fières falaises de la montagne sacrée. Anne l'avait entendu mugir toute la nuit. Elle avait eu l'impression que d'effrayantes cavales surgies des paluds essayaient de détruire le cabanon.

La maison était au bas de la colline, adossée à des

restanques envahies d'herbes folles. En l'apercevant, Adèle s'écria :

— Qu'est-ce que je vous disais !... Peuchère, on va en avoir du travail pour la remettre en état.

Anne se redressa pour mieux contempler le piteux héritage. Le toit n'était pas crevé mais les fenêtres béantes laissaient présager le pire. Quant aux mille oliviers, on ne pouvait plus rien en tirer ; ils étaient redevenus sauvages au milieu des ronces et des genêts qui se disputaient âprement la terre.

— L'argent servira à rénover la maison et à relancer l'exploitation, dit Anne. Allez viens, maman, courage, nous allons nous battre à présent.

Anne sauta de la charrette, qui ne pouvait entrer dans la propriété, et força sa mère à descendre. Gabi aida Adèle puis donna plusieurs coups de pieds sur le portail de bois coincé par des accumulations de terre. L'obstacle vermoulu céda. Anne fut la première à pénétrer dans l'oliveraie à l'abandon. Elle releva sa robe jusqu'aux genoux. L'angoisse s'en allait, Anne se sentait dans son élément. Sous sa poussée, les herbes jaunes, les euphorbes et les thyms pliaient et elle les tassait tandis que des dizaines de sauterelles lui chatouillaient les mollets et les bras. Dans son dos, Adèle ruminait contre ce lieu oublié de Dieu et des hommes tout en s'accrochant à Mathilde. Gabi usait de sa serpette pour dégager le chemin.

Anne parvint à la maison et la toucha du plat de la main. Les pierres craquelées étaient brûlantes. Il s'en dégageait de bonnes ondes. Elle croyait à la mémoire des pierres. Elle soupira d'aise, mais son sentiment de bien-être se dissipa dès qu'elle s'approcha de l'entrée. La porte avait été arrachée et reposait en travers de trois marches fendues. A l'intérieur, reste d'un saccage, d'un ouragan ou d'un tremblement de terre, des tas de gravats et de détritus recouvraient le sol. Des poutres pendaient lamentablement du plafond effondré. La gorge serrée par ce qu'elle découvrait, elle avança prudemment.

« Papa, pourquoi nous as-tu fait ça ? Oh papa... »

Les larmes venaient, les larmes qu'elle refusait en toute circonstance embuaient son beau regard d'ambre. Elles glissèrent sur ses joues. Jamais encore elle n'avait autant ressenti de révolte. Les quatre pièces qu'elle explora n'étaient que d'étroites tanières dévastées. La cuisine disparaissait sous un monticule de vieux scourtins et de sacs en toile. Près de la fenêtre, un poêle antique auréolé de poussières scintillantes semblait le seul à avoir été épargné par les vandales. La porte grillagée de son foyer béait.

Et là, dans son lit de cendre, un gros rat la regardait en montrant ses dents aiguës. Cette rencontre la rendit folle. Elle ramassa un solide morceau de bois et s'en servit comme d'un pilon. Elle bourra, écrasa l'animal à coups répétés en criant. Il fallut l'intervention de Mathilde pour qu'elle cesse.

— Anne ! Anne ! Arrête !

Elle lâcha son arme de fortune et tomba dans les bras de sa mère. Elle avait besoin de réconfort et de tendresse. Mathilde lui caressa les cheveux, déposa de tout petits baisers sur sa tempe. C'était à elle à présent de se montrer forte.

— On s'en sortira, tu verras, dans six mois, personne ne reconnaîtra cette maison et placée comme elle l'est, à flanc sud de colline, elle fera des envieux. Tu me l'as dit toi-même, il faut se battre... Je veux que ma petite fille soit fière de sa mère comme je suis fière d'elle. Crois-tu que je ne connais pas la vérité concernant tes activités au journal ?

Anne se détacha un peu de sa mère et la regarda avec une légère appréhension.

— C'est impossible.

— Pas pour une mère.

— C'est Marius qui te l'a dit.

— Marius n'y est pour rien. Dimanche après dimanche, pendant toutes ces années passées, j'ai appris à te connaître et j'ai retrouvé presque mot pour mot certaines de tes idées écrites noir sur blanc... Et voilà que ma petite fille si courageuse, qui défend haut et fort la liberté, recule dès la première épreuve. Que dois-je en penser ? Mon instinct maternel m'aurait-il trompée ? Anne Bastille serait-elle aussi pleutre que ses frères ?

— Maman ! Je n'ai rien en commun avec eux !

— Prouve-le !

— Eh bien, pour commencer, vidons cette cuisine. Elle nous servira de campement. Après, nous irons au village pour trouver des maçons et des menuisiers et j'ai aussi besoin de vêtements solides...

En un instant, Anne retrouva sa fougue et se jeta sur le tas de scourtins et de sacs. Cette maison, elle allait en faire un palais.

La nouvelle propriétaire du Grand Mas faisait pour la dixième fois le tour du verger. Georgette n'en finissait pas de jouir du décor. Tout était à elle, à elle ! Ce n'était pas une simple jouissance mais plutôt une extase, quelque chose qui vous enveloppait comme une bannière de velours et vous chauffait les sens, quelque chose de suave qui vous titillait l'âme. Presque le paradis.

Presque... Pour la dixième fois, elle passa devant le cabanon. Ce matin, elle avait vu les trois garces en compagnie de Gabi. Aussitôt, elle s'était promis de faire une sacrée réputation à ce dernier. Dès la veille, elle avait dicté à Dédé les lettres de licenciement des trois paysans qui travaillaient à l'année pour le compte de Grégoire. A charge pour Colin, qui avait hérité de la majeure partie des terres, de recruter son personnel. Elle voulait couper tous liens avec ce passé honteux.

A elle la reconnaissance. A elle les ronds de jambes et le respect. A sa mine réjouie et à son air décidé, lorsqu'elle était sortie de l'étude de maître Chastier, les curieux du village avaient compris qu'elle et ses fils étaient les grands gagnants du testament. Pour la première fois de sa vie, elle avait mis la main au porte-monnaie pour payer la tournée dans le café Roubaud. Et là, entourée des braillards admiratifs, elle avait commencé son travail de sape, disant qu'en aucun cas on ne devait aider Mathilde et la fillasse manucurée, que l'honneur du village était en jeu, parce qu'on était en Provence et pas chez les juifs d'Alsace, moitié allemands, moitié voleurs et sorciers.

— Si vous les laissez s'incruster, il en viendra d'autres et quand ils seront en nombre ils vous chasseront de la commune et transformeront l'église en sygo… en sygano… en temple diabolique. Je vous le dis, foou se marfisa du jhudieou de toutei lei caïre[1] si vous ne voulez pas que le malheur, la ruine et la maladie vous prennent. J'en sais quelque chose. Mon Grégoire, c'est leur sabbat qui l'a tué raide. Oui, cassé raide comme une vieille branche rongée de l'intérieur par les vers. Heureusement qu'on l'a enterré vite, heureusement. Ah ! Seigneur Jésus, j'espère que là-haut on lui pardonnera.

Ces « heureusement » cachaient quelque chose de terrible mais personne ne put en savoir plus. Qu'est-ce qu'il avait donc le Grégoire pour qu'elle invoque tout haut le Ciel ? Peut-être allait-il se changer en bête immonde, en loup-garou ? Et tout cela à cause d'une juive. Volontairement provocateur, Toine, le patron du café, proposa de se rendre au cimetière, de sortir la caisse, de l'asperger d'essence et de craquer une allumette. En fumée le monstre Grégoire. Colin et Dédé le traitèrent de fada et demandèrent à leur mère de se taire. Georgette eut le dernier mot, avançant que le curé l'avait déjà aspergé d'eau bénite et que cela suffisait à chasser toutes les saletés juives que Mathilde avait plantées à l'intérieur du corps de son brave mari. Elle se rendit ensuite dans les trois boulangeries, les quatre épiceries, chez la modiste, la marchande de chaussures, à la mercerie… partout où il y avait quelqu'un pour l'écouter sur le terrible sort de Grégoire et la méchanceté des juifs. Quand elle quitta Gémenos, le mal était fait. Il allait se répandre

1. Il faut se méfier du juif de tous côtés.

comme une lèpre jusqu'aux fermes les plus reculées de la commune.

Il n'empêche que, pour la dixième fois, elle contemplait ce maudit cabanon en cherchant comment faire plus de mal. Elle ne parvenait pas à comprendre pourquoi une part de l'héritage leur avait échappé.

« Cette belle oliveraie... cette maison si bien située... il y a même un puits... » Elle avait la certitude d'avoir été spoliée. « Chastier et le gros cafard à lunettes ont dû s'entendre avec la Fusch... Je vais leur faire un procès. »

Puis elle pensa qu'un procès pouvait coûter cher. Les avocats savaient faire traîner les affaires. Avocats, notaires, juges, élus, elle les classa définitivement dans le genre « vermine ».

Elle eut enfin une idée lumineuse. Ce n'était pas grand-chose. Juste de quoi la soulager et lui rendre sa bonne humeur. Elle se dirigea vers la grange qui flanquait le Grand Mas et, une fois à l'intérieur, alla tout droit vers l'établi où une lourde meule à pédale servait à aiguiser les faux et les outils tranchants. Elle trouva aussitôt ce qu'elle cherchait : un marteau à boule. Elle le soupesa. Il était parfait. La tête d'acier trempé luisait. Elle l'essaya pour le plaisir sur la mâchoire d'un étau, desserrant l'étreinte au moment de la frappe. Il tinta et rebondit, élastique et vivant dans sa main.

Un sourire éclaira le visage de Georgette. Quittant la grange, elle entra dans le Grand Mas. Son sourire ne la quittait pas ; il s'agrandit pour devenir grimace lorsqu'elle pénétra dans la salle à manger.

— A nous deux ! lança-t-elle en pointant le marteau vers la belle pendule.

Cinq jours s'étaient écoulés depuis leur arrivée dans la maison de l'oliveraie. Le mistral était tombé. Les chants des rouges-gorges avaient remplacé les plaintes du vent. Et le miracle était en partie accompli. La cuisine et une pièce attenante étaient habitables. Des fenêtres neuves venaient d'être posées, une cuisinière à charbon, sur laquelle mijotait une daube de mouton, ronflait sous la hotte fraîchement repeinte. Un buffet, une armoire, une table, quatre chaises et deux lits avaient difficilement trouvé leur place dans l'espace restreint, mais ce mobilier suffisait aux trois femmes qui le comparaient à celui du château de Versailles. La maison retentissait de mille bruits. Du rez-de-chaussée à l'étage, les maçons italiens aux babils incessants cassaient et retiraient les parties malsaines. Trouver une équipe d'ouvriers n'avait pas été facile.

A Gémenos, Anne s'était heurtée à des refus. Dès qu'elle se présentait chez un artisan, on la regardait de biais et on lui répondait qu'en cette saison tous les maçons étaient sur les chantiers ; ou bien alors, on lui annonçait des prix si élevés qu'elle préférait ne pas entamer de discussion. Certains ne daignaient même pas la recevoir et elle percevait, derrière le mépris qu'ils affichaient, toute la haine accumulée depuis l'affaire Dreyfus. Elle ignorait tout du travail de sape de Georgette. Beaucoup cependant n'aimaient pas l'arrogante mère Bastille et ses fils. Le menuisier du village était de ceux-là et ce fut avec lui qu'elle passa commande des fenêtres et des persiennes.

Restait à trouver les maçons. A l'Idéal Bar, où le patron détestait Dédé Bastille, elle téléphona à Marius qui lui conseilla de se rendre chez maître Chastier. Ce dernier s'empressa de régler l'affaire et, le lendemain, une entreprise d'Aubagne passait un contrat avec elle.

— Dans deux mois, tout sera terminé et nous aurons chacune notre chambre, dit Anne avec une sorte de ravissement.

Assise sur un parapet, qui marquait la frontière entre la terrasse dallée prolongeant l'avant de la maison ct l'oliveraie, elle astiquait cuivres et casseroles en compagnie de Mathilde et d'Adèle. La vieille servante avait préparé elle-même la mixture composée d'une solution d'acide oxalique et de terre pourrie. La recette marchait à merveille. Deux chaudrons resplendissaient déjà sous le soleil. Au désespoir de sa mère, Anne s'était cassé deux ongles.

— La campagne, c'est pas fait pour toi, ma fille, lui répéta-t-elle en la voyant se redresser, une main sur les reins.

— Il faudra bien que je m'y fasse.

— Je préférerais te savoir à Marseille avec tes amis. C'est là-bas qu'est ta carrière, pas ici au milieu de l'herbo et des niéros.

Herbe et puces, en provençal, sonnaient étrangement dans la bouche de Mathilde qui avait gardé une pointe d'accent alsacien.

— Et moi je préfère les niéros de la campagne à celles de la ville, répondit Anne en riant... Maman, ma petite maman, rassure-toi, quand tout sera rentré dans l'ordre et que j'aurai la garantie que toi et Adèle pouvez vivre décemment ici, alors je me préoccuperai de mon sort et je reprendrai mes activités à plein temps à Marseille. Crois-moi, c'est la meilleure solution... Hein Adèle que j'ai raison?... Adèle?

Adèle n'écoutait pas ou ne voulait pas écouter. Le regard rivé sur la marmite qu'elle serrait entre ses cuisses, elle frottait le métal avec acharnement. Elle bougonnait des mots tout bas.

— Adèle, qu'est-ce qui ne va pas? demanda Anne.

Sans ralentir le mouvement de son chiffon sur le récipient, elle répondit :

— La pendule.

Anne et Mathilde ne comprenaient pas. Elle précisa :

— L'horloge, mon héritage, il faut aller la chercher.

Adèle avait toujours été en admiration face à cet objet précieux qui craignait les courants d'air comme un être humain. De son vivant, Grégoire se moquait d'elle. Mais elle en savait plus que lui sur le moteur, les rouages, l'échappement, le régulateur, la suspension du balancier. Elle seule savait régler le levier du carillon. Personne n'avait le droit de la remonter à part elle. Elle ne pardonnait pas les traces de doigts sur le boîtier. Lorsqu'il y avait des invités, Grégoire disait souvent : «Buvez, chantez, mais surtout ne touchez pas à la pendule d'Adèle.»

— Mon Dieu, c'est vrai, on a oublié de déménager la pendule, souffla Mathilde.

Elle s'en voulait de ne pas y avoir pensé plus tôt. A présent, elles allaient devoir faire le siège du Grand Mas pour la récupérer. Anne lut le désarroi dans le regard de sa mère.

— Je m'en occupe avec Gabi ; vous restez ici. La Georgette me craint. Croyez-moi, elle ne me fera pas de misère.

Haletante, le visage déterminé, pareille à un boxeur qui s'apprête à monter sur le ring, Anne quitta aussitôt le muret, trempa ses mains dans un baquet d'eau, s'aspergea le cou et appela Gabi. Le paysan sarclait les mauvaises herbes. Il avait accepté de travailler jusqu'en décembre dans l'oliveraie. Cinquante-quatre ans, célibataire, il n'était pas exigeant. Cinq francs, un repas et deux litres de vin par jour suffisaient à ses besoins.

— Monsieur Gabi, attelez la charrette, nous allons au Grand Mas.

— Les couvertures ! Prends des couvertures ! cria Adèle qui avait retrouvé la joie de vivre.

Gabi était soucieux. Il savait que Colin était aux champs et Dédé à Marseille. La mère Bastille occupait le Grand Mas. A elle seule, elle représentait un danger. Elle pouvait les recevoir à coups de fusil. Allez savoir ce qui se passait dans la tête de cette folle. Tout en menant sa jument sur la route cahoteuse, il jetait de temps à autre un œil sur la demoiselle. Celle-là non plus n'était pas facile. Elle appartenait à une génération qu'il ne comprenait pas.

Trop moderne. Trop intelligente. Trop têtue. Trop belle.

— Excusez-moi, mademoiselle...

— Oui Gabi ?

— Je sais que ça va pas vous plaire, mais j'ai idée qu'on devrait attendre le retour de Colin avant de demander l'horloge.

— Et pourquoi donc ?

— La Georgette, elle s'emporte moins devant son aîné.

— Ce ne sont pas des cris qui vont nous faire reculer. Et puis le droit est de notre côté ! Alors on y va tout de suite, on reste poli et on repart avec le bien d'Adèle.

— Comme vous voudrez, mademoiselle.

Les épaules de Gabi s'affaissèrent. Décidément, il ne la sentait pas, cette promenade.

Le roulement de la charrette alerta Georgette. Elle cessa de fouiller dans la commode. En cinq jours de recherches, elle n'avait pas trouvé grand-chose de précieux. Pas de beaux billets cachés dans les draps. Pas de pièces d'or dans les boîtes en fer. Elle jeta un œil à travers la persienne.

— Tè, en voici de belles canailles.

Cette visite, elle l'attendait depuis deux jours. Déplissant sa robe et son chemisier brodé, accrochant un collier à son cou, elle descendit solennellement à la rencontre de la morveuse de la ville et du larbin.

Anne n'eut pas le temps de frapper à l'huis. La porte s'ouvrit brusquement. Georgette, déguisée en bourgeoise, apparut souriante. Elle avait appliqué une couche trop épaisse de maquillage pour cacher tout ce qui se fendillait. Le rouge de ses lèvres tranchait comme celui d'une cerise Montmorency posée sur une nappe blanche.

— Quel bon vent vous amène, voisine? dit-elle d'une voix sucrée.

Ces mots tombèrent tel un bloc de glace dans la conscience d'Anne. Elle resta sur ses gardes.

— Nous venons chercher la pendule d'Adèle.

— Ce n'est pas trop tôt, elle nous encombrait cette vieillerie. On l'a remisée dans la grange. Vous pouvez aller la prendre.

Gabi n'en revenait pas. La Georgette ne gueulait pas. La bouche en cul de poule, elle prenait des airs de grande dame. Tournant le dos, Anne fit signe à Gabi d'emmener la charrette. Un Gabi perplexe et une Anne en alerte se dirigèrent vers la grange. A l'entour, le soleil écrasait le paysage. Une brume de chaleur liquéfiait l'horizon. Le ciel en fusion asphyxiait les arbres et l'air brûlant grésillait d'insectes. Il n'y avait aucun être humain en vue. Pas de Colin, ni de journaliers.

Lorsque Gabi poussa l'un des deux lourds battants de la porte, le jour métallique découpa un rectangle lumineux à l'intérieur de la grange.

— Oh non! s'écria Anne en portant ses deux mains au visage.

La pendule, ou du moins ce qu'il en restait, reposait près de l'établi. Le bâti sculpté en noyer avait été défoncé. Le mécanisme, vidé en une tripaille de ressorts, de roues dentées et de vis, s'étalait sous le cadran qui avait perdu la moitié de ses chiffres romains. Le balancier tordu se dressait comme le bras de cuivre d'un cadavre.

— L'ordure, l'ordure, se mit à répéter Anne.

Elle vit alors se dessiner une ombre à côté de la sienne et de celle de Gabi. Elle se retourna lentement. Une Georgette réjouie contemplait l'épave mécanique. Poussant jusqu'au bout son audace et sa méchanceté, elle était venue donner le coup de grâce.

— Surtout, n'oubliez pas les aiguilles.

Les tenant à la main, elle les balança aux pieds d'Anne. Ce fut une provocation de trop. Le sang d'Anne se retira. Elle devint blanche. Ses yeux flamboyèrent. Georgette eut l'impression qu'un démon venait de prendre possession de la jeune femme. Elle recula, la peur au ventre.

— Putain de moi ! jura Gabi. Qu'est-ce que je fous ici ?

Le regard d'Anne s'amenuisa. Il alla de Georgette aux outils de l'établi, glissa le long du mur où étaient accrochés les faux, les pelles et les louchets, tomba sur un amas de bois. Il y avait là exactement ce qu'il lui fallait pour riposter : une hache au tranchant épais.

Georgette et Gabi la virent se diriger vers l'instrument, s'en saisir et le soupeser. Georgette détala en criant :

— A l'aide ! A l'assassin !

Gabi eut le courage d'étendre ses bras en une barrière dérisoire.

— Mademoiselle ! Pas de sang ! Pensez à votre mère !

Tenant la hache à deux mains, elle évita le paysan. Elle y pensait, à sa mère. Elle agissait en son nom. Pour l'honneur, comme aurait dit un Corse du Panier. Elle avait tout de l'écorcheur du Moyen Age qui part à l'assaut d'un château. Gabi s'interposa de nouveau.

— Calmez-vous ! Cherchons un arrangement.

— M'arranger ? Jamais ! gronda-t-elle.

Pour la seconde fois, elle contourna Gabi. Le pauvre homme ne savait pas comment arrêter cette furie. Il eut cependant un contentement. Elle ne poursuivait pas la mère Bastille. La robe remontée au-dessus des genoux, Georgette venait d'atteindre un chemin au fond du verger et elle continuait à lancer ses appels au secours.

Anne contrôlait sa rage. Elle entra dans le Grand Mas, alla directement à la salle à manger et trouva aussitôt sur quoi frapper. Le vaisselier et son contenu valaient bien la pendule. La hache monta très haut au-dessus de sa tête et retomba dans un fracas assourdissant sur les supports en bois de chêne. La partie supérieure du meuble craqua. Des assiettes en moustiers se brisèrent. Elle s'acharna pendant près de cinq minutes, éventrant, cisaillant, réduisant à néant les services de porcelaine et des douzaines de verres en cristal. A un moment, Gabi, qui redoutait le retour de Colin, l'arrêta. Elle était au bord de l'épuisement et de la crise de nerfs. Lorsqu'il la ramena à l'oliveraie, elle s'effondra dans les bras de sa mère et pleura longtemps.

6

Plusieurs jours s'étaient écoulés depuis l'affaire de la pendule. Trois avaient été nécessaires pour négocier une trêve. Gabi avait alerté le curé et le notaire. Les deux hommes avaient convaincu rapidement Colin de ne rien tenter contre sa sœur. Puis ils se partagèrent la tâche. Chastier alla parlementer avec la demoiselle Bastille tandis que le curé tentait d'amadouer la Georgette. La mère Bastille plia devant l'homme d'Eglise. Le père Etienne savait décrire les tourments de l'enfer ; il devait s'inspirer des peintures de Jérôme Bosch car il vouait les pécheurs à d'abominables tortures où huile bouillante et tenailles chauffées au rouge tenaient une bonne place. Il connaissait les démons par leurs noms. Tous ces êtres de cauchemar, Georgette les avait en tête jusqu'à ce qu'elle promît de vivre en bonne intelligence avec Mathilde et Anne. Elle eut alors droit à l'absolution. A présent, on craignait la réaction de Dédé, mais ce dernier était toujours à Marseille pour affaire.

Anne songeait à tout moment à ce gâchis. Comment pouvait-on en arriver là ? Par quel processus l'être humain tombait-il dans la haine et l'abjection ? Convoitise et jalousie suffisaient à le rendre fou, bestial, barbare. Assise seule dans la cuisine rafistolée où pendaient les tresses d'ail et les bouquets de thym, elle réfléchissait à ce phénomène. Elle éprouvait un certain malaise à l'analyser. Et si des millions de gens ressemblaient à Georgette ? Sa main la démangeait. Il fallait qu'elle prenne des notes, qu'elle écrive. Chaque jour le facteur lui apportait des monceaux de dossiers et de journaux. Par lettre, Marius lui avait demandé de se remettre au travail. Marius lui manquait. Marius si élégant. Marius si brillant. Marius, qui organisait d'une façon magistrale sa vie comme un jeu, devait être en ce moment même en conférence au *Petit Provençal*. Elle l'imagina en bretelles au milieu des rédacteurs fatigués et de l'éternel brouillard bleuté rejeté par les fumeurs. Elle eut un petit pincement au cœur en pensant à Martine, la secrétaire aux longues jambes. Cette garce devait rouler des hanches sans se cacher, maintenant qu'elle n'avait plus de rivale.

Ecrire… C'était si difficile à Gémenos. Son sang s'était épaissi ; son sang charriait cette terre qu'elle voulait faire sienne. Ici, la nature était trop généreuse, l'esprit se diluait dans l'immensité bornée par des montagnes gigantesques devant lesquelles on se sentait minuscule. Anne regrettait les immeubles, le bruit des voitures, les foules bigarrées, les grands magasins, les théâtres, les fêtes, les folles nuits à l'Alcazar. Elle avait l'impression d'être à des milliers de kilomètres de la fabuleuse cité qui drainait à elle toutes les richesses de l'Afrique et de l'Orient.

Qui aurait reconnu la brillante spécialiste des questions allemandes ? Hier encore, elle était la plus convoitée des femmes, celle qu'on désirait accompagner aux premières, celle qui vous terrassait d'un seul regard ou entrait à jamais dans vos rêves interdits. Aujourd'hui, les ongles cassés, la mine défaite, courbaturée, les épaules meurtries, dans sa robe bleue de coton achetée six francs cinquante au marché d'Aubagne, elle buvait l'eau du puits, se levait au chant du coq et s'endormait avec le cliquetis des aiguilles à tricoter d'Adèle. Elle contempla la pile des journaux d'outre-Rhin. Jamais elle ne pourrait rattraper le temps perdu. Deux d'entre eux avaient glissé sur la table : le *Berliner Tageblatt* et le *Völkischer Beobachter*. Le premier parlait de la crise mondiale qui broyait l'Allemagne, du chômage et du vol d'essai de l'hydravion géant Dornier Do X ; le second vantait les mérites d'Hitler. On pouvait y lire en caractères gras cette phrase de Goebbels : *Le Führer est le plus grand de nous tous. Il est l'instrument de la Volonté Divine qui façonne l'Histoire grâce à une passion neuve et créatrice.*

L'horreur s'insinua en elle. Si on n'y prenait pas garde, cet Hitler allait devenir le dieu des imbéciles, des bornés et des revanchards. L'Allemagne était un chaudron dans lequel mijotaient tous les malheurs de l'humanité. Elle ne put s'empêcher d'y associer des dizaines de millions de Georgette en uniforme brun levant le bras. C'était une image exagérée, mais elle fut le moteur qui la poussa à s'emparer d'un cahier d'écolier et d'un crayon. Elle mordilla sa lèvre inférieure, chercha un fil conducteur et se mit à griffonner le papier d'une écriture courte et serrée.

Alors que la France, fatiguée, voit partir un président du Conseil, fatigué, et que nos parlementaires, fatigués, réduits à des débats techniques, se fatiguent d'alliances en compromis avec des gouvernements éphémères, l'Allemagne se livre au grand courant nazi de M. Hitler, à la marée montante des chemises brunes et noires qui s'avance vers nos frontières pour nous entraîner, consentants ou non, vers la catastrophe...

Le crayon vola de page en page. Quand Gabi se montra, elle bouclait son troisième article.

— Alors on y va aux oliviers ? demanda-t-il.

— Mais bien sûr qu'on y va ! répondit-elle joyeusement en refermant son cahier.

Gabi ne comprenait rien à cette demoiselle. Deux heures auparavant, elle était boudeuse, irascible, inabordable et il avait préféré remettre à plus tard leur entretien. A présent, elle rayonnait. Quelque chose la transfigurait. Il lorgna du côté des bouteilles de vin, rangées contre le buffet, et supposa qu'elle avait peut-être bu. Puis il chassa cette idée stupide. C'était lui faire injure que de la comparer à ces ivrognasses aux cheveux sales qui boivent en cachette quand rien ne va. La demoiselle était d'une autre trempe. Sa joie, elle avait dû la tirer de l'intérieur, le curé disait que c'était possible.

Anne le suivit jusqu'à la plus haute des restanques où Mathilde et Adèle retournaient la terre à coups de bêche. Elles la traitèrent en riant de fainéasse. Elle se récria :

— J'ai travaillé sur mes articles !

A quoi, Adèle répondit :

— Tu as dû beaucoup te fatiguer les doigts de la main droite.

La vieille servante était comme une équerre noire au-dessus du sol qu'elle ébourrait consciencieusement et sans hâte. L'outil était un prolongement de ce vieux corps aux mains tordues et, à la vue de cette femme usée par les durs travaux de la campagne, l'angoisse creusa un peu la poitrine d'Anne. Jamais elle ne deviendrait comme Adèle.

Gabi l'attendait près d'un grand olivier dont il caressait le tronc. Gabi aimait les arbres. Surtout les cades et les chênes kermès qu'il appelait les arbres libres, des arbres qui résistaient à tout, même au mistral de janvier qui fendait les rochers entre lesquels ils poussaient. Il classait l'olivier parmi les fragiles. Trop de sécheresse le rendait stérile. La grosse pluie, les vents de mer, le froid, la proximité d'un amandier, un rien pouvait nuire à sa croissance.

— On a de la chance, dit-il. Z'ont pas eu le temps de redevenir sauvages, les bougres. Dans un an, on récoltera.

— Dans un an ? s'écria Anne.

— Pardi, il faut bien ça pour qu'ils se refassent une santé. Avec du bon fumier, une bonne taille, une bonne protection et le bon Dieu, on devrait faire du cinquante à soixante kilos de fruits par arbre. C'est du rentable.

Anne se livra à un rapide calcul mental. A raison de deux francs cinquante le litre, leurs mille oliviers rapporteraient vingt-deux mille cinq cents francs.

Comparée à son salaire de deux cents francs par semaine, cette somme avait de quoi séduire. Mais en y réfléchissant, on comprenait qu'elle était à peine suffisante pour subvenir aux besoins de Mathilde et d'Adèle. Il fallait tenir compte des intempéries, des frais d'exploitation, de la fluctuation des cours. Comme l'avait envisagé sa mère, elles allaient devoir cultiver leur potager, élever des volailles et des lapins.

— Et ces olives, on ne pourra pas les récolter? demanda Anne en montrant les fruits qui parsemaient les feuillages argentés.

— Bien sûr qu'on pourra, répondit Gabi, et ce sera même vite fait, vu qu'y en a à peine trois à quatre kilos par arbre.

Anne réalisa combien le métier de la terre était difficile. Il y avait la théorie et la pratique. La théorie, elle l'avait assimilée. Elle connaissait les caractéristiques des deux espèces qui composaient leur oliveraie : la Pigalle et la Salonenque. Toutes deux d'un bon rendement en huile de qualité supérieure. Son arrière-grand-père s'était singularisé en plantant des oliviers différents de ceux qu'on trouvait autour de la Sainte-Baume. La Pigalle était robuste et résistante, la Salonenque donnait parfois trois cents fruits au kilo et jusqu'à cent kilos par arbre. Toutes ces olives! il y en avait tant de sortes différentes; la grosse Olivière, rougeâtre et molle, l'élégante Lucques, la Belgentiéroise, à la chair blanchâtre, la Tanche, confite en saumure, la très rare Araban, la rustique Arbequine, la douce Meski, la fondante Voliotiki... Anne aurait pu en citer beaucoup d'autres. Elle les avait découvertes dans un livre spécialisé où tout ce qui concernait l'olive était décrit. Mais ce qui paraissait facile en quinze chapitres et deux cents pages l'était beaucoup moins lorsqu'on passait à la pratique.

— La terre, plus on l'aère et plus elle produit, continua Gabi. Vous vous souvenez de l'aération. On en a parlé hier. D'abord, arracher les mauvaises herbes, ensuite, labourer pour que l'air oxygène en profondeur et que les pluies d'automne imbibent bien la terre.

Elle s'en souvenait très bien. Gabi montra Mathilde et Adèle qui tournaient autour d'un arbre en grattant le sol, puis il lui désigna un outil posé contre une souche.

— Prenez cet essaido et faites pareil.

L'essaido était pourvu d'un manche en bois et d'une plaque de métal pointue qui avait la forme d'un large croc. On le plantait dans le sol et, d'un petit mouvement de levier, on soulevait une motte. En répétant l'opération, on obtenait un sillon et il suffisait de croiser les sillons au pied des arbres pour éliminer les mauvaises herbes. Anne avait tous les détails en tête. Elle prit l'essaido. Il était beaucoup moins lourd que la hache du Grand Mas. Se servir de cet instrument allait être d'une facilité déconcertante. D'un rapide mouvement circulaire, elle le ficha dans la terre. A sa grande surprise, il pénétra à peine la couche caillouteuse et sèche. Le manche vibra et tressauta entre ses mains. Elle recommença. A la cinquième tentative, elle fut en nage et une douleur commençait à poindre dans ses poignets. Gabi, qui la surveillait en souriant, eut de la peine. Cette demoiselle de la ville ne valait rien aux champs. Si elle continuait ainsi, on allait devoir chercher le docteur Ratier pour lui décoincer les articulations.

— Nom de Padiou ! Vous vous y prenez mal ! Vous êtes raide comme une planche. Il faut de la souplesse. Regardez, je vais vous montrer.

Il cracha dans ses mains et prit son propre outil. Ecartant les jambes, il lui fit décrire un cercle, laissant glisser le manche entre ses doigts noueux, le bloquant après le choc. Il n'avait pas cherché à l'enfoncer. En été, on travaillait en superficie. C'était en octobre, lors des fumures, qu'il était nécessaire de labourer en profondeur. Ses gestes naturels firent impression sur Anne. Elle essaya de l'imiter pendant un bon quart d'heure, puis, dégoûtée, elle jeta l'essaido. Cet instrument de torture l'avait meurtrie. Des ampoules forcées suintaient sur les parties délicates et charnues de ses paumes. Elle les contempla. Elle avait les mains fichues. Ses reins étaient en bouillie. Elle ne parvenait plus à se redresser complètement. A ce rythme, elle allait ressembler à ces grand-mères cassées qui clopinaient en s'appuyant sur leurs cannes.

— Je rentre, lança-t-elle.

— Il y a du collodion dans le tiroir gauche du buffet, lui dit Adèle.

Anne fut vexée. Le collodion était une solution de fulmicoton. Appliqué en couches, il cicatrisait plaies et ampoules. La vieille renarde n'avait eu nul besoin de se déplacer pour constater les dégâts. Lorsque Anne s'éloigna, Gabi s'approcha des deux femmes.

— Elle tiendra pas longtemps.

— Eh bien, c'est tant mieux, soupira Mathilde ; quelquefois je me dis qu'on n'aurait pas dû écouter Marius.

Marius leur avait conseillé de ne pas la ménager si elles voulaient qu'elle retourne à la ville où étaient sa vraie place et son avenir. Il avait certainement raison, mais Mathilde redoutait l'entêtement de sa fille. Anne menait sa vie comme un combat et elle n'acceptait jamais la défaite.

— Es une viande courrejhouè, elle s'en remettra, dit Adèle.

— J'aime pas quand tu parles ainsi.

— Tu préfères que je le dise en français. Eh bien je le dis : ta fille est une viande coriace. Il y a une moitié de Bastille en elle, elle s'en remettra, puis elle repartira vers la ville toute durcie à l'extérieur et à l'intérieur. Ce Marius est un malin, il sait ce qu'il veut et il fait ce qu'il faut pour l'équilibre de notre petite Anne. A Marseille, il y a beaucoup de gens pas comme il faut et il vaut mieux être solide pour les affronter.

Les gens pas comme il faut, Dédé n'aimait qu'eux. Ah ! Marseille, source de tous les pouvoirs et de tous les plaisirs, comment avait-il pu se passer de cette Babylone grouillante, gouailleuse, féroce envers les pauvres et tendre avec les riches ?

La nuit tombait, les feux rouges et blancs des vapeurs se déplaçaient sur la mer violine. Les îles se dressaient, noires sous le crépuscule croissant. Une odeur d'iode et d'algues s'exhalait des rochers battus par les vagues et, en redressant la tête, Dédé pouvait voir briller les premières étoiles. C'était l'avantage des voitures décapotables. Assis confortablement sur un siège de cuir, on en prenait plein les mirettes, les naseaux et les oreilles.

Depuis deux jours, il était en possession de son auto et il en était fier. Une Lorraine-Dietrich 1927, type sport « Le Mans », six cylindres de 3 500 cm^3, bleu foncé, avec une croix de Lorraine d'argent sur la calandre. Sa voiture. S'il avait pu la faire tatouer sur son front, il l'aurait fait. Depuis deux jours donc, il se promenait d'est en ouest et du nord au sud, de l'Estaque à la Penne-sur-Huveaune et d'Allauch au vieux port. Pour que tout Marseille reconnût en lui l'un de ces nouveaux chevaliers richissimes qui écumaient la côte, il avait quadrillé presque tous les quartiers de la ville au volant de son bolide, évitant toutefois le Panier, où zonaient un tas de salopards qui se feraient un plaisir de lui rayer la carrosserie.

— Aïe... Ne me mange pas trop vite.

Délaissant le spectacle des étoiles, il baissa la tête et contempla la nuque blonde contre son ventre. La fille faisait de son mieux. Ce n'était pas une professionnelle ; elle travaillait dans une parfumerie-savonnerie, rue Saint-Ferréol. Ils s'étaient rencontrés la veille dans un bastringue, près de l'Opéra. Elle s'appelait Colette. Une grande bavarde célibataire qui allait sur ses vingt-quatre ans. Elle avait été éblouie par la liasse de billets qu'il avait montrée en payant son verre. Deux tangos plus tard, elle se frottait contre lui. A présent, la bavarde se taisait. La bouche pleine, elle arrondissait ses lèvres sur la chair gonflée de ce nouvel amant qu'elle trouvait un peu vulgaire et exubérant. Dédé mit les mains sur le volant. Aussitôt, il se sentit plus puissant. Cet excès de virilité se manifesta par le coup de reins qu'il donna au moment crucial. La sève monta dans son membre et l'image du visage d'Anne s'imposa.

— Avale ! Avale ! Nom de Dieu.

Abandonnant le volant, il plaqua ses mains sur les cheveux qu'elle avait soyeux et la maintint vigoureusement jusqu'au dernier de ses spasmes. L'ondée du plaisir se retira. Dédé retrouva son sens pratique. Il souleva le visage de sa partenaire et vérifia s'il ne restait pas une goutte. Il aurait été d'une humeur exécrable si le siège avait été sali. Colette était osseuse. Sa longue face un peu triste avait quelque chose de romantique ; elle avait de beaux yeux, mais aucune flamme n'y brillait.

— Qu'est-ce qu'on fait maintenant ? demanda-t-elle.

— On roule un peu, puis on va à l'Alcazar.

Rouler et se montrer plaisaient à la fille ; Dédé en était conscient. Elle aimait la parade. Il en ferait ce qu'il voudrait. Il actionna le démarreur et vérifia la jauge. Il en était à son troisième plein d'essence. La Lorraine-Dietrich quitta le terre-plein et s'engagea sur la route de la corniche. Le rêve continuait et il allait continuer longtemps grâce à l'argent du père.

Dédé s'était activé depuis le décès. Après avoir envoyé sa démission à la direction militaire des dirigeables, il avait retiré vingt mille francs pour ses besoins urgents. Puis il avait placé le reste en actions, bons du Trésor et placements divers. Ce portefeuille devait lui assurer un revenu de sept cents francs par mois. Somme ridicule pour quelqu'un qui désirait briller dans le monde. Sa demi-pension au Grand Hôtel lui coûtait déjà quinze francs par jour. Il envisageait d'exploiter les vergers pour le compte de sa mère moyennant une part des gains. Avec vingt hectares de cerisiers, de pommiers, d'abricotiers, de pêchers et d'amandiers, il y avait moyen d'arrondir son pécule sans se fatiguer. Il lui suffisait de se parer du titre de patron, d'engager quelques immigrés italiens et de prendre 10 % des bénéfices. D'après ce qu'il savait, son père en tirait cent mille francs par an.

Seigneur, que la vie s'annonçait belle ! La décapotable grondait, le vent sifflait à ses oreilles, et à ses côtés une fille l'admirait. Il imagina que c'était Anne. Un jour peut-être, il aurait sa sœur, il l'aurait de bas en haut jusqu'à l'âme. Il en ferait la reine de Marseille. De lacet en lacet, il s'approchait du cœur de la cité et, soudain, elle lui apparut tout illuminée. Des milliers d'immeubles s'étageaient sur les flancs du port. Des cascades électriques tombaient le long des enseignes, les lumières dansaient dans les eaux du Vieux-Port, un fleuve de phares et de lanternes coulait inlassablement. Il se dirigea vers cette embouchure bruyante et colorée, redressant le buste et klaxonnant.

Il fallait qu'on le remarquât, il allait remonter la Canebière.

Georgette leva les yeux vers saint Jean. Aucun conseil ne vint du visage extatique dont elle voyait le blanc de l'œil sous les paupières écaillées. Comme elle, le saint Jean était malade. Il perdait sa peinture. Il valait mieux ne pas l'éclairer à la flamme d'un cierge, on aurait vu ses taches de plâtre. Et à quoi bon dépenser trois sous pour quelqu'un qui ne vous écoutait pas ? Il était dans l'ombre. C'était bien fait pour lui. Il n'avait qu'à aider les chrétiens quand ces derniers lui demandaient de punir les juifs.

— Et pourtant, je suis pas gourmande, je veux juste que la Mathilde, vous la connaissez, c'est celle qui a pris mon mari, je veux qu'elle se casse une jambe... et qu'un bon froid lui descende sur la poitrine.

Elle parlait très bas. Les ombres agenouillées dans la nef avaient l'ouïe fine. Elle darda un œil suspicieux vers les veuves de guerre qui serraient leurs chapelets en récitant des grâces. La plupart se tenaient sous la Vierge encerclée de cierges allumés. Une profonde tristesse et un espoir infini tordaient leurs faces jaunies. Georgette les compara à des oiseaux de malheur et préféra rompre sa discussion avec le saint. Elle se signa en vitesse et respira un grand coup en sortant de l'église.

Que faire ? Elle avait promis au curé de ne plus semer le désordre dans la commune. Même Colin s'y était mis. Son grand fils la tenait pour responsable de ce qui était arrivé. Il était devenu blême en découvrant la pendule brisée ; sa colère avait éclaté plusieurs heures après un interminable apéritif chez Toine. Seul Dédé la comprenait. Son Dédé. Son tout-petit. Son bébé... Où était-il ? Tout ce temps à Marseille, pour quoi faire ? Cette ville effrayante, pleine de traînées, d'aventurières, de négresses, d'Arabes et de Chinoises pouvait dévorer son tout-petit. Cela faisait vingt-trois jours qu'il avait pris l'omnibus. Elle le revoyait encore en casquette, son sac de marin sur le dos, costumé de laine anthracite, ses chaussures marron cirées.

— Bonjour Georgette, tu es bien pensive, dit une femme qu'elle reconnut à peine.

— J'ai trop prié.

— Ah ! Ça fait du bien.

— Oui, ça soulage.

— Porte-toi bien.

— Toi aussi.

Prier, quelle perte de temps ! Réciter des « Notre Père » ou bien ses tables de multiplication, chanter des cantiques ou *La Marseillaise*, lire la Bible ou le journal, quel ennui... Tout en marchant d'un pas décidé, Georgette pensait à toutes ces inventions de l'esprit qui avaient fait des hommes des moutons. Gémenos était plein de moutons tremblants devant le curé, le maire, le docteur, le notaire, plein de ruminants qui se laissaient tondre jusqu'au trognon. Inconsciemment, elle se dirigeait vers le café Roubaud. Elle avait deux mots à dire à Toine. Cette cagaduro[1] de comptoir poussait Colin à boire. Cela devait cesser. A la fontaine du Cours, elle rencontra la veuve Pignol qui tenait le restaurant du Bar Moderne. Elles avaient été à l'école ensemble. De ce temps où toutes deux portaient les tresses et des rubans, elles gardaient le souvenir des griffures et des

1. Chiure.

morsures qu'elles avaient infligées à leurs camarades. Roselyne Pignol était la seule femme de Gémenos qu'elle respectait. Son degré de virulence titrait autant que le sien. Elle essaya de l'éviter, mais l'énergique tenancière la harponna.

— Eh, tu me fais la tête ?

— Pardonne-moi, mais j'étais ailleurs, je sors de l'église.

— Faut pas trop y aller, tous ces machins avec les amen, ça ramollit le cerveau. Quand j'ai perdu mon pauvre Riri, je m'étais dit : « Rosie, il faut que t'ailles tous les jours à la messe. » J'ai pas tenu quatre jours. Y a des choses bien plus importantes à faire ici-bas… Toi, par exemple, tu devrais surveiller un peu plus ton Dédé.

— Mon Dédé ! Mais il est à Marseille.

— Eh bien, il l'est plus.

— Quoi ?

— Je viens de l'apercevoir chez Toine. Il est beau comme un cœur ; on dirait un comte ; il lui manque plus que le monocle et la raie au milieu.

— Oh !

Ce fut sa seule réponse. Ce oh lui arrondissait la bouche et les yeux. Il provoqua même un vide dans sa tête. Georgette était sonnée. Derrière son air affecté de veuve courageuse, Roselyne se délectait.

— Va voir par toi-même.

— Et comment que j'y vais ! gronda Georgette.

Le sang avait comblé les vides. Elle en avait le goût dans la bouche. Il bouscula à grands jets sa fausse dignité. Il réveilla de bas instincts. Elle n'en revenait pas. Son Dédé adoré qui avait vécu trente-quatre ans près d'elle, ce cher petit pour qui elle avait tant versé de larmes quand il était parti au service militaire, ce garçon qui lui confiait ses secrets amoureux, cet ingrat qui n'était pas rentré directement au Grand Mas pour l'embrasser, allait l'entendre. Oui l'entendre, tout comte et crétin de première classe qu'il était.

Ceux qui la virent passer dans la rue Massilié s'écartèrent. Georgette avait les poings et le visage fermés. Elle marchait très vite, la tête en avant. Une mèche de cheveux s'était détachée de son lourd chignon, battant comme une aile grise devant son regard fixe. Deux des boutons de son chemisier sautèrent, révélant le ruisseau de sueur qui coulait de son cou.

Une voiture de riche stationnait devant le café Roubaud. Encore un qui allait donner de l'argent à Toine. C'était ce qu'elle pensait en entrant dans la salle enfumée. On rigolait fort là-dedans. Elle cria :

— Où est-il ?

— Madame Bastille, quel honneur ! s'exclama Toine qui remplissait des verres.

— Maman ?

— Dédé ?

Le cercle des braillards se brisa. Georgette y chercha son fils.

— Maman, je suis là, tu me reconnais pas ?

— Comment veux-tu qu'elle te reconnaisse ? fit Bonasse. Regardez, madame Bastille, il est pas beau le Dédé ?

L'épicier était en admiration. Cendre, le meunier, et toute la bande partageaient ce sentiment. Georgette avait un blocage. Peut-être était-elle en train de dormir et de faire un mauvais rêve ? Elle allait se réveiller, ne plus sentir cette odeur de tabac et d'alcool, ne plus voir cet être qui l'appelait maman. Ce Dédé en costume blanc à fines rayures bleues, l'œillet à la boutonnière, les cheveux plus foncés, chaussé de chevreau mat cousu main, n'était pas l'enfant qu'elle avait porté dans son ventre. Il n'avait plus de barbe. Disparus le collier et la moustache. Plus un poil. La peau était lisse. Et il avait une de ces bouches ! Epaisse, avec des lèvres pareilles à des tranches de foie de génisse. Avant, il y avait les poils pour la cacher. A présent, elle s'étalait en un sourire conciliant, disproportionnée par rapport au nez court et aux yeux noisette.

— Maman... Je ne te plais pas... C'est pour toi que j'ai fait des frais...

— Menteur !

— Mais c'est vrai !

— Va retrouver ta comtesse !

— Qu'est-ce que tu racontes ?

Toine se tordait de rire. Cendre et Bonasse essayaient d'être sérieux ; ils y parvenaient en se mordant l'intérieur des joues. Ce face à face était trop comique. Le reste de la bande pouffait.

— Madame Bastille, une petite prune ? proposa Toine en agitant une bouteille oblongue au-dessus du comptoir.

— Garde ta prune pour les ivrognes du quartier ! Et, monsieur le comte, tu rentres à la maison !

— Maman, j'ai rien fait de mal.

— Tu me fais honte, c'est pas du mal ça, la honte

que peut ressentir une mère devant son fils dévoyé ! Comte ! En te regardant mieux, j'ai envie de dire maquereau !

Dédé était comme un petit garçon ayant fait une grosse bêtise. Penaud, il suivit sa mère alors qu'à l'intérieur du café les rires éclatèrent. Georgette reprit son pas de course. Elle se languissait d'arriver au Grand Mas. Là-bas, elle allait pouvoir vider sa colère, ouvrir les vannes et le noyer sous des tonnes de reproches. Elle avait parcouru une vingtaine de mètres quand elle s'aperçut qu'il n'était plus derrière elle. Elle se retourna et eut un choc terrible. Il était au volant de l'automobile et la contemplait avec appréhension. Elle rebroussa lentement chemin. L'air ne parvenait plus à ses poumons. Cet engin rutilant ne pouvait pas appartenir à Dédé. « Mon Dieu, pensa-t-elle, faites qu'il ne soit pas devenu voleur. »

Quelques curieux apparurent sur le pas des portes et des magasins. Un muletier du vallon de Sigarasse commanda à ses bêtes de ne plus bouger. Dédé se tassa sur son siège. Georgette était face au capot. Elle examinait bizarrement la croix de Lorraine argentée qui brillait sur la calandre. Se déplaçant de plus en plus lentement, elle fit le tour du véhicule et parvint à hauteur de son fils.

— C'est quoi ça ? murmura-t-elle d'une voix blanche.

— Eh, une voiture pardi !

— Ne me prends pas pour une idiote...

— Elle est à moi.

C'était dit. Dédé se rengorgea. Il la mettait au défi.

Georgette ne voulut pas admettre ce qu'elle venait d'entendre. Son attachement excessif à l'argent et sa pingrerie en prendraient un rude coup si c'était vrai. Elle eut un rire de crécelle. Elle mit la plaisanterie de son fils sur le compte de l'alcool.

— Sors de là-dedans. Si son propriétaire arrive, tu vas devoir te rendre chez le garde pour t'expliquer. Allez zou ! Je veux pas d'histoires.

— Mais c'est moi le propriétaire ; tu veux voir les papiers et la facture. Ils sont dans ma mallette, à l'arrière, dans le coffre. Tu ferais mieux de monter, tout le monde nous regarde.

Le monde, quel monde, les Gémenosiens ? Mais elle s'en foutait de ces minables. Elle essayait de chiffrer le montant de l'achat. En la matière, elle était ignare. Elle connaissait le prix des lessiveuses, des bouilloires, des lanternes à incandescence à bec renversé, des fers à repasser, du sac bavolet qu'elle venait de s'acheter chez la modiste. Elle était cependant incapable de mettre un prix sur une voiture. Et quelle voiture ! On n'en avait jamais vu de pareille dans le village. Celles qui passaient à l'unique pompe à essence qu'on venait d'installer à Gémenos étaient toutes noires, semblables à de petits corbillards poussiéreux.

— Tu l'as payée combien ? demanda-t-elle d'une voix encore plus basse.

— J'ai fait une affaire. C'était une occasion… Monte maman, je t'en prie.

Dédé commençait à sentir la rougeur de la honte lui échauffer les joues. Ses copains du café les regardaient et parlaient entre eux. Il pouvait presque lire sur leurs lèvres les mièvreries sarcastiques qui lui étaient destinées : fils à sa gentille maman, le joli bébé poudré de Georgette, le minot du Grand Mas...

— Combien ?

Ce n'était plus qu'un filet de voix, un chuintement sur sa langue sèche. Georgette tremblait de rage.

— Quatre mille francs, mentit-il.

Il l'avait payée le double. Un coup de massue assené sur le crâne de sa mère aurait eu le même effet. Un voile noir flotta quelques instants devant le regard de Georgette. Quatre mille francs ! Blanchisseuse, en s'esquintant la santé dix heures par jour sur le linge des autres, elle gagnait cette somme en cinq ans. L'argent de Grégoire était monté à la tête de son fils.

— Acabaire [1], souffla-t-elle.

Elle se détourna et partit. Dédé lui laissa prendre un peu d'avance et démarra. On vit alors cette chose étrange : le fils en voiture suivant la mère qui marchait d'un air buté. A aucun moment, même sur l'interminable ligne droite de la nationale, Dédé n'essaya de réduire la distance qui le séparait de Georgette. Il avait bien trop peur qu'elle jette des pierres sur sa Lorraine-Dietrich.

1. Gaspilleur.

7

Anne s'accrochait. Elle avait résisté à Marius. Après une absence de quatre semaines, son amant avait réapparu, un bouquet de roses à la main.

— Marseille et nos amis se languissent de toi, avait-il simplement dit avant de raconter les derniers potins.

Sur la Canebière, on se battait pour aller voir le dernier film de Greta Garbo, *La Chair et le Diable* ; on espérait la venue de Maurice Chevalier dont la chanson *Parade d'Amour* était sur toutes les lèvres ; Camille Roumisse avait invité tout le gratin à un bal masqué sur le thème « Antoine et Cléopâtre »... Marius était un redoutable tentateur. Elle l'avait écouté, et remercié lorsqu'il l'avait félicitée pour ses articles.

— Ton isolement à la campagne a du bon, il te donne du recul et une meilleure vision des événements... Toutefois, j'ai le sentiment que tu es trop pessimiste. A la rédaction, certains collègues trouvent que tu n'es pas objective et je ne te parle pas de nos lecteurs. Une ou deux nuits au champagne t'égaieraient les idées. Enfin tu es libre de tes choix...

Son choix, elle n'en démordait pas. Il pesait chaque jour plus lourd. Il lui apportait son lot d'angoisses. Elle redoutait les nuits quand le sommeil tardait à venir. L'écriture et les infusions de racines de valériane, préparées par Adèle, ne suffisaient plus à compenser l'inexorable montée de l'anxiété. Elle croyait sa présence indispensable. Elle s'accrochait. Sa mère avait besoin d'elle. Mathilde essayait de lui faire croire le contraire. Même Adèle s'y était mise. Les deux femmes n'avaient que Marseille et ce brave Marius à la bouche. A les écouter, le paradis était quelque part entre Endoume et lc Canet. Gabi était bien le seul à rester neutre. Le paysan se contentait de l'initier aux métiers de la terre et elle le suivait dans tous ses déplacements à travers champs.

Gabi grimpait le long du sentier qui menait à la chapelle Saint-Clair. A un moment, il s'arrêta et renifla l'air. Il avait l'œil vague et inquiet de quelqu'un tracassé par un problème.

— Le mistral va se lever, dit-il.

Anne regarda le ciel puis la montagne. Elle ne vit rien de particulier. Son odorat chercha un indice. Toutes les senteurs montèrent à sa tête. Les démêler lui était impossible. Coriandre, armoise, fenouil, sauge et thym, en une seule et lourde fragrance, parfumaient l'air immobile et brûlant. Elle n'essaya pas de questionner Gabi. Il ne révélait pas certains de ses secrets, elle en avait fait l'expérience avec les sources cachées non loin de l'oliveraie.

— Vous n'avez pas à les connaître, lui avait-il dit,

ces eaux, c'est bon pour les grives et les lièvres, pas pour les hommes.

Elle se contentait de ce qu'il voulait bien lui montrer et c'était déjà beaucoup.

— C'est pas beau ça ! s'exclama-t-il en esquissant un large geste du bras face à la plaine étalée à leurs pieds.

Anne était trop ancrée à sa fatigue pour apprécier la beauté du paysage. Des oliviers, des milliers d'oliviers en ordre de bataille encerclaient les champs où des hommes couchaient les blés à coups de faux. Indifférents à l'ardeur du soleil et aux piqûres des mouches, ils foulaient l'or que leurs femmes liaient en gerbe. Au loin, sur les aires de Saint-Michel-d'Aubagne, les pailles volaient vers le ciel, les grains blonds battus se détachaient, les fourches de bois et les fléaux dansaient en cadence au-dessus des vans en peau de porc. Aussi loin que portait le regard, des paysans se livraient à un rituel qu'Anne ne parvenait pas à faire sien. Et plus loin encore, dans les brumes de chaleur, au-delà de Saint-Mitre et de la Penne, il y avait Marseille qu'elle devinait, Marseille la dévoreuse de vie et de talents, Marseille qui l'appelait.

— Bon, c'est pas le tout, mais il faut s'y mettre, dit Gabi en déposant la besace qu'il portait à l'épaule.

Anne comprit qu'ils étaient parvenus sur le terrain dont ils avaient parlé la veille. C'était une oliveraie morte, irrécupérable. Trop élevée et loin des chemins praticables, elle avait été abandonnée au début du siècle après une terrible sécheresse qui avait fait tomber ses fruits avant maturité. Depuis, elle avait subi toutes sortes d'agressions avant d'étouffer sous les ronceraies. Les keïrouns et les neïrouns l'avaient rongée. Les cochenilles avaient sucé ses sèves. Les rats, les lapins et les étourneaux s'en étaient pris aux écorces et aux olives. Attaquée de toutes parts, elle attendait le feu pour renaître de ses cendres.

— Vous voyez celui-ci, le grand qui a la tête penchée vers le rocher, on va s'en occuper, expliqua Gabi en prenant une serpe. Sûr, c'est pas la saison. Ce travail, c'est juste pour votre apprentissage.

Il lui mit l'outil entre les mains et fouilla dans sa besace pour en retirer un licoussin semblable à une petite hache. Anne fronça les sourcils. La serpe avait l'aspect d'une arme du Moyen Age. Elle n'était pas très adroite, l'expérience des semaines précédentes l'avait prouvé. Certes, ses mains s'étaient durcies, mais elles préféraient toujours les porte-plume et les crayons. Elle contempla le vieil arbre mourant qui était né trois cents ans plus tôt d'un bouturage et que des générations d'hommes avaient amélioré par des greffes. Le licoussin de Gabi le débarrassa des mauvaises plantes qui s'accrochaient à ses racines.

— Pauvre de lui, dit Gabi en considérant l'arbre.

— Qu'est-ce qu'on fait à présent ? demanda Anne qui redoutait un peu la leçon pratique.

— Taille de rajeunissement, on le déshabille de bas en haut.

— Jusqu'en haut ?

— Tout ! A poil l'olivier ! On va lui enlever des moulons de branches. D'habitude on fait ça tous les quinze à trente ans. Celui-ci, ça fait au moins cinquante ans qu'il n'est pas passé chez le coiffeur. On va couper là et là. Faites comme moi.

Il s'agissait de ravaler les charpentières sur la moitié de leur longueur. En quelques coups de licoussin, Gabi fit sauter plusieurs branches avant d'inviter Anne à continuer.

— A la serpe, c'est plus facile, affirma-t-il.

Elle en doutait. Elle essaya à blanc, fouettant l'air avec la lame. Puis, visant la base d'une branchette, elle frappa de toutes ses forces. Le fer se ficha dans le bois et y resta. Gabi leva les yeux au ciel. Un «bonne mère» mourut entre ses lèvres. Il ne tirerait jamais rien de cette demoiselle. Intérieurement, il s'en félicitait. Plus vite elle serait dégoûtée de la terre, plus vite elle retournerait à la ville et entre les bras de monsieur Marius. Et tout le monde s'en trouverait ravi, à commencer par cette brave Mathilde qui se rongeait les sangs.

Anne décoinça la lame et, les mâchoires crispées, l'œil rivé sur la branchette, recommença à frapper. A sa troisième tentative, le bois céda.

— Ah! Ah! s'exclama-t-elle en toisant Gabi du regard.

— Ouais, c'est bien ce que je pensais, cet oouliviè, es pas de boueno tencho.

— Cet olivier n'a pas la couleur solide! Qu'est-ce que ça veut dire?

— Ça veut dire que s'il était sain, j'aurais eu le temps de faire une sieste avant de la voir tomber, cette branche.

— Vous n'êtes pas de bonne foi! fulmina-t-elle. Vous êtes bien comme tous les hommes d'ici qui croient les femmes bonnes à rien. Moi aussi je parle le provençal et j'en connais les mauvais dictons. Un homme de paiho voou uno fremo d'or, c'est bien ce que vous dites par ici ou ailleurs, sur les bords de la Durance ou à Arles.

En disant : « Un homme de paille vaut une femme d'or », sa colère creva, ses yeux étincelèrent, et sa langue pointa comme celle d'une vipère. Elle faisait des moulinets avec sa serpe devant le visage du paysan. Gabi s'écarta avec prudence. Elle pouvait lui donner un mauvais coup sans faire exprès.

— Je ne suis pas faite d'or mais de bonne et solide chair et je vais te le prouver, homme de paille !

Sur ces mots, elle se remit à tailler avec frénésie toutes les grosses branches charpentières. Elle bougeait tant que les cigales, sensibles aux mouvements, se turent. On entendait ses han ! à cent pas à la ronde. Les cheveux collés par la sueur, la poitrine en feu, le coude et le poignet douloureux, elle se concentrait sur sa tâche, étonnant Gabi par la justesse des coups. Elle déshabilla le bas de l'olivier, puis grimpa sous la couronne bleutée des feuillages sans demander d'aide. Dans un envol de jupons, Gabi vit les jambes blanches, la chair tremblante des cuisses, un vague bout de dentelle. Il jugula aussitôt l'envie qui prenait naissance dans ses tripes. Des femmes, il en avait peu connu, sauf au bordel, où il se rendait une fois par mois. Celle-ci était aussi inaccessible que la Vierge Marie. Il la regarda travailler ; elle s'usait les forces à toute vitesse et elle le comblait au-delà de ses espérances. Ce soir, la femme de paille, ce serait elle. Anne allait de branche en branche. On aurait cru qu'elle avait taillé toute sa vie.

Depuis des jours, elle étudiait les manuels d'agriculture, les dessins et les schémas, les différentes façons d'entretenir l'olivier. Sur le plan théorique, ses connaissances étaient réelles. Elle savait, qu'avec des carbonates, on pouvait éliminer le neïroun et la plupart des parasites en traitant les arbres au mois de mars. Et elle aurait pu apprendre à ce bouseux de Gabi que l'olive contenait des vitamines A, B et C et du carotène bon pour la croissance, le fonctionnement de l'œil, la digestion et contre toutes sortes d'affections, mais elle se doutait bien que le paysan se fichait des invisibles vitamines. Pour lui prouver qu'elle n'avait nul besoin de ses conseils, elle entreprit de dédoubler les branches secondaires. Elle ne s'y prenait pas très bien mais elle y parvenait sans trop de casse. Elle eut même assez de clarté d'esprit pour rappeler à Gabi que ce dédoublement ne servait à rien si on ne mastiquait pas soigneusement les blessures infligées à l'arbre.

— Le mastic, c'est cher, lui répondit-il. Je vous montrerai comment l'utiliser sur les bons arbres.

Trois heures s'écoulèrent. Trois heures pendant lesquelles la paralysie gagna peu à peu les muscles d'Anne. Trois heures qu'elle mit à profit pour se perfectionner et essayer d'entrer dans la peau d'une femme de la terre. Elle pratiqua l'incision annulaire, qui consiste à enlever un anneau complet d'écorce, elle s'exerça au sécateur sur des branchettes fragiles, dans les tailles délicates de formation et de fructification. Vint le moment où le vieil olivier n'avait plus rien à offrir. Elle l'avait déshabillé de bas en haut, un peu massacré. Elle quitta la fourche sur laquelle elle était assise, refusa la main que lui tendait Gabi, mais pas la gourde qu'il secoua devant ses yeux.

— Soif, peut-être ?

Et comment ! Elle avait l'impression que sa langue était un morceau de cuir collé au palais. Elle s'empara avidement de la cougourdo vernie, qui était en fait une courge vidée, et la porta à sa bouche. A la première gorgée, elle recracha le tout. C'était du vin, un vin lourd et piquant. De plus, il était chaud. Sa réaction fit sourire Gabi. Le paysan goguenard semblait la mettre au défi ; elle le releva et but l'affreuse bibine en deux longues lampées. Lorsqu'elle s'essuya les lèvres, Gabi commenta :

— C'était pas mal pour un début. A mon avis, le résultat est un peu bancal, mais c'est juste une question d'entraînement et de savoir-faire. Celui-là, vous l'avez définitivement tué, il est bon pour la cheminée. Voyons ce que vous pourrez faire sur ce Belgentiérois.

Il désigna un autre olivier qui ne ressemblait pas à celui sous lequel ils se tenaient. Le Belgentiérois donnait des olives vertes vendues en confiserie. On le trouvait surtout dans la vallée du Gapeau, entre Méounes et Solliès-Toucas, à l'abri des violences du mistral. L'avoir planté sur l'étrave rocheuse de la Sainte-Baume, face au couchant, était une aberration. Il était peut-être né à la suite d'une erreur dans les semis. Cependant, il existait bel et bien et tendait ses touffes sauvages vers le ciel. Anne soupira violemment et marcha hardiment vers lui, malgré les douleurs et son exaspération. Elle ne voulait pas fléchir devant Gabi.

Pendant trois jours et trois nuits, Dédé avait subi les assauts verbeux de sa mère. Georgette savait mener les sièges. Les premières heures, il avait résisté vaillamment, s'expliquant, arguant qu'un riche propriétaire moderne se devait de posséder une belle voiture, un compte en banque, des actions et des amis puissants à Marseille. Il s'était réfugié derrière la table massive de la salle à manger et une bouteille de cognac ramenée d'une épicerie de luxe rue Saint-Ferréol. Sa mère allait et venait. Elle criaillait, se prenait la tête, le traitait d'ingrat, de noceur, de vaurien, de marrido. Marrido, dans la bouche de Georgette, prenait toutes les intonations. Ce mot qui signifiait méchant, malicieux ou dangereux, en français, elle l'associait à la grêle, à la merde, à l'âne rouge du diable. Parfois, elle était à court d'images et Dédé la voyait disparaître dans la cuisine où, dans un grand fracas de couverts et de casseroles, elle jetait :

— Bourrique ! Bourrique de fils !

Lui se cuirassait au cognac, papillotait des yeux lorsqu'elle revenait en chassant des mètres cubes d'air de la croupe et du ventre. Son envahissante maman était un véritable ouragan.

Toute la nuit, la première nuit, il l'entendit marcher, pousser des meubles, gueuler. Elle ne voulait pas qu'il dorme et s'échappe sournoisement par le rêve. Il devait l'écouter, se repentir, se mettre à genoux. Au matin, il n'était plus question d'argent mais de la femme qui se cachait là-dessous. Oui, une femme, une poufiasse parfumée de Marseille qui lui avait tourné la tête et le reste. Pour preuve, elle tenait entre deux doigts un long cheveu blond.

— Je l'ai trouvé dans ton carrosse, lui avait-elle susurré en posant violemment la cafetière sur la table de la cuisine.

Il n'avait su quoi répondre. Il n'avait même pas eu le réflexe de lui dire que, dans une décapotable, un tas de choses pouvaient se déposer et il n'avait pas osé lui faire remarquer que c'était peut-être un poil de chien. Elle lui aurait sûrement versé le café sur le crâne. Il s'en voulait, il avait pourtant passé la voiture au peigne fin.

Il l'écouta versifier sur les malheurs d'une mère, les maladies vénériennes. Elle lui rappela, par de longues tirades, comment Gontrand le menuisier était mort d'apoplexie par la syphilis, après avoir perdu le nez et les lèvres, puis la vue et l'ouïe.

— Pauvre homme, il avait des chapelets de boutons partout, on aurait dit que des lentilles lui poussaient sous la peau… et tous ces trous, il avait plus rien dans le gosier. Quand il buvait de la vinasse, ça lui ressortait par le nez avec la morve…

Elle avait le don de vous dégoûter de l'amour et d'introduire le doute dans votre esprit. Dédé se promit de rendre visite au docteur Ratier. La Colette qu'il trimbalait dans Marseille avait pu coucher avec n'importe qui.

Enfin, Georgette cessa de le harceler au sujet de cet écart sexuel qu'elle jugeait surtout ruineux pour le portefeuille de son fils inconséquent. Dédé redevint le petit chéri, sa chair aimée, vers midi, le troisième jour. Dans cette ultime phase de la crise, elle se mit à pleurer. Les larmes de sa mère, c'était ce que Dédé redoutait le plus. Elle ouvrit les vannes après avoir déposé le plat de daube fumant sur le carreau de faïence qui protégeait la nappe fleurie de pâquerettes. La daube était le plat favori de ses deux fils mais, depuis le partage, Colin ne venait plus manger avec sa femme et ses enfants au Grand Mas. L'aîné avait pris son indépendance après avoir loué une maison aux Petits Mellets, à plus d'un kilomètre du Grand Mas.

— Mange, lui dit Georgette en reniflant.

Dédé prit la louche et touilla. Les morceaux de macreuse, les couennes de lard gras et le bouquet garni remontèrent à la surface de la sauce qui fleurait le vin. Quand elle le vit se servir, elle pleura. Il s'y était préparé mais, malgré tout, il se sentit coupable. Coupable de l'attrister, coupable d'être un mauvais garçon, coupable de penser qu'elle lui gâchait le plaisir de savourer la viande moelleuse et les pommes de terre fondantes.

— Tu ne vas pas me regarder manger, prends une assiette et un verre, maman, je suis là à présent… et je t'aime.

A trente-quatre ans, les « maman, je t'aime » étaient difficiles à extirper du cœur, mais Dédé était sincère. Il avait une adoration pour sa mère. Plus jeune, il l'avait désirée très fort et plusieurs fois un feu était passé dans ses yeux et dans son ventre, qui avait tout brûlé. Ne restait plus qu'un vague tourment de chair, une tentation qu'il assouvissait avec les femmes de passage.

— Oh mon petit, si tu savais... Je n'ai plus que toi à présent... plus que toi...

Des pleurs, elle passa aux sanglots. Ces moments insupportables, il en avait vécu des centaines. La viande refroidissait. Il prit le parti d'agir. Il se leva, alla jusqu'au buffet. Devant le meuble neuf, il marqua un temps d'arrêt. « Mais ? » Ce « mais » intérieur de surprise précédait l'image du beau vaisselier sculpté qui, de génération en génération, avait abrité les porcelaines des Bastille. Il n'était plus là. A la place, se trouvait ce gros buffet rustique en chêne, encadré de guirlandes de feuilles de vigne. Il ouvrit l'un des panneaux et un autre « mais ? » se superposa au premier. Le service bleuté et doré avait disparu. A la place, des assiettes blanches plates et creuses, toutes simples, reposaient en piles sur une pièce de coton qui tenait toute la longueur de l'étagère. Curieux, il ouvrit l'autre panneau. Il ne reconnut rien de l'inventaire dressé par le notaire. Des tasses à café à la soupière, tout paraissait neuf et bon marché. Se saisissant d'une assiette et d'un verre, il se dit qu'il éclaircirait ce mystère plus tard. L'un des tiroirs contenait les couverts d'argent. A leur vue, il se rassura.

Les coudes sur la table, ses beaux cheveux gris et bouclés en désordre, Georgette sanglotait toujours. Colin disait de sa mère qu'elle était un réservoir à larmes et un moulin à paroles. Il n'avait pas tout à fait tort.

Dédé lui servit de la daube et remplit un verre de

vin du pays d'Aix. Puis il se força à lui caresser la nuque. C'était un geste difficile, réservé aux grandes occasions, quand il avait beaucoup à se faire pardonner. Il la flatta comme on flatte un chien de chasse. Ce contact fit pousser un gémissement à Georgette. Dans un ultime jaillissement de larmes, elle balbutia des « oh, mon Dédé », puis vida d'un trait le verre de vin. C'était fini. De reniflement en reniflement, elle retrouva son calme et quand il revint s'asseoir face à elle, elle eut pour lui le plus maternel des sourires.

La viande était froide. Dédé la recouvrit du jus chaud puisé dans la daubière et la goûta. Georgette le guettait.

— C'est bon, lui dit-il en enfournant un morceau dégoulinant dans sa large bouche plantée de larges dents.

Elle rayonna. A son tour, elle planta couteau et fourchette dans la chair souple et avala sa bouchée. Trop d'amertume traînait encore en elle. Son goût en souffrait. Pour lutter contre cette anesthésie, elle se versa un second verre de vin. Dédé l'imita. Au bout d'une demi-heure, ils ouvrirent une seconde bouteille, puis, lorsqu'elle lui apporta les oreillettes au sucre, elle annonça qu'elle avait découvert des choses intéressantes dans le cellier. Dédé pensa aussitôt à de l'or et une bouffée chaude empourpra sa face.

— Ton père en avait gardé.

— Gardé ?

— De l'absinthe, trente-cinq litres cachés sous les bouteilles de bordeaux.

Dédé était un peu déçu. L'absinthe, interdite à la consommation, se revendait aussi cher que l'opium, mais il était inutile de prendre des risques pour une si petite quantité.

— Tu veux la revendre ? lui demanda-t-il.

— Qui te parle de revendre ! On va se la boire…

— Y paraît que ça rend gaga.

— Pfttt ! Des histoires… Y a rien de meilleur pour la tête… Je peux te le dire, on en buvait tous les soirs avant la guerre et j'ai jamais vu quelqu'un se prendre pour Napoléon ou se jeter dans un gouffre. Si tu savais comme on se sent bien après.

Georgette, que le vin enflammait déjà, alla chercher la drogue alcoolisée dans le cellier. Avec appréhension, Dédé, qui supportait mal l'alcool ordinaire, la vit revenir. Elle tenait une bouteille verte et deux petites cuillères percées de trous. Elle avait non seulement découvert la boisson interdite mais le matériel qui allait avec.

— C'est pas un apéritif ?

— Apéritif ou digestif, c'est pareil. Y a que le résultat qui compte. Bon sang, tu fais le tron de l'air avec ta voiture et tu as peur d'un petit verre d'absinthe offert par ta mère !

Dédé l'observa attentivement. Elle avait une idée derrière la tête. Si elle espérait lui tirer les vers du nez au sujet de la blonde, elle se trompait. Il devait cependant ne pas la contrarier, elle risquait de recommencer à l'accabler de reproches.

— Je veux bien essayer… juste un demi-verre, pas plus.

— A la bonne heure, mon fils se comporte en homme.

Georgette prépara l'absinthe. L'alcool vert se mélangea au sucre en passant à travers les trous de la cuillère. L'eau qu'elle ajouta en fit une potion laiteuse. Dès la première lampée, Dédé sentit le geyser de feu dans son crâne. Il en fut tout secoué. L'absinthe agissait, il était en route pour un voyage tumultueux et fantasque. D'abord, tout fut beau et magique. Le Grand Mas lui parut tel un palais. Au-dehors, la Lorraine-Dietrich brillait. Il se sentit magnifique. Sa mère était une reine, la meilleure des reines mères de Provence ; il l'emmènerait à Marseille où, fortune faite, elle recevrait les notables dans un château sur le Roucas Blanc. Puis de demi-verre en demi-verre, l'angoisse et la tristesse prirent le dessus. Dédé se mit à souffrir de ce cadre qui respirait le travail de quatre générations de paysans. Les dégoûts de la terre lui revinrent. Enfant, il avait supporté les puanteurs du fumier, les humeurs des saisons, les colères du grand-père, la boue, la grêle, le mistral, les cueillettes interminables. La rupture de ses parents et son entrée comme apprenti aux dirigeables avaient été parmi les meilleurs moments de son existence. A l'idée de sacrifier sa vie aux pommes, aux cerises, aux figues et à l'élevage de volaille, un écœurement lui soulevait l'estomac. Il n'avait pas dit à sa mère qu'il comptait monter une sorte de société agricole dont il serait le lointain directeur.

Ecartant ses mains, il les contempla. Etait-ce l'effet de l'alcool vert, il les vit couvertes de cals. Il les voulait douces pour les femmes aux peaux de pêche, il les voulait expressives, semblables à celles des artistes ou des banquiers. Jamais il n'aurait les vilains battoirs de son frère. Jamais !

Battoirs, paluches, louches... L'absinthe provoquait des hallucinations... Des mains grossières l'entouraient. Il secoua violemment la tête pour chasser cette ronde de mains baladeuses.

— Qu'est-ce que tu as ? demanda Georgette d'une voix lointaine et pâteuse.

Elle avait l'œil vague, la bouche boudeuse, la joue droite calée dans le poing. Il ne désirait pas lui parler de ses intentions ; il eut soudain l'envie de lui demander où était passé le vaisselier.

— Pourquoi t'as changé le meuble ?

Elle suivit son regard et il comprit aussitôt qu'il venait de gaffer. Elle se redressa d'un bloc, s'empourpra, étouffa. Les mots ne sortaient pas de sa gorge. Ils s'empêtraient dans le larynx coincé par le gonflement des veines. Elle abattit son poing. Tout se débloqua.

— C'est ta sœur !

Sa sœur, quelle sœur ? Dédé eut du mal à renouer avec les événements de juillet. Pourtant, il y pensait souvent à la fille de Mathilde ; il y pensait tellement qu'il n'arrivait pas à croire qu'elle avait quelques pintes de sang des Bastille.

— Anne ?

— Evidemment Anne ! La salope qui a débarqué de Marseille ! C'est d'elle que je te parle !

— Mais qu'est-ce qu'elle a à voir avec le vaisselier ?

— Qu'est-ce qu'elle a à voir, je vais te le dire.

Georgette raconta sa version de la pendule. La fille de la juive et ce sournois de Gabi étaient venus réclamer la part d'Adèle.

— ... La loi, c'est la loi. Ça me faisait mal au cœur de voir partir ce bien, mais ton père l'avait décidé... Enfin, on va pas revenir en arrière... Je t'en prépare une autre ?

Dédé n'eut pas le temps de répondre. L'absinthe coula dans le verre. La main de sa mère tremblait. Toutes les rides du visage se creusaient à l'évocation de ce pénible souvenir ; elle cherchait à apitoyer son fils et elle parvint à tirer deux larmes de ses yeux rougis. Elle aussi était sous l'effet de l'alcool vert ; elle ne se contrôlait plus très bien.

— ... Elle voulait la vaisselle en prime.

— Les Moustiers !

— Oui, la belle porcelaine de ta grand-mère... Je l'ai aussitôt flanquée à la porte. Et comme je te le dis, elle est revenue tout casser avec une hache. Une folle. A te douna l'escooufestre[1] !

— Et Colin ?

— Ton frère n'était pas là et quand il a su ce qu'il s'était passé, il a tout fait pour éviter le scandale. On peut pas compter sur lui.

— Putain, souffla lentement Dédé avant de porter le verre à ses lèvres.

Il garda le coude levé jusqu'à la dernière goutte. Sa vision s'embruma un peu plus. Son cerveau ne véhicula plus que des mauvaises pensées et il écouta

1. A te donner l'épouvante.

sa pauvre maman qui avait tout perdu. Même l'honneur du nom. Ce nom de Bastille sali, foulé du pied par une juive qui se pavanait tous les dimanches au marché d'Aubagne. Qui allait réparer l'affront si ce n'était lui ? Il y eut de longs silences troublés par le bourdonnement des mouches qui piquaient sur les restes de la daube et les taches de sauce. Le soleil, qui entrait à flots dans le Grand Mas, ne parvenait pas à chasser les ténébreuses idées que Georgette avait mises dans le crâne de son fils. Lorsque la première poussée de vent fit taire les cigales et que la bouteille d'absinthe vidée de son poison fut ramenée à la cuisine, Dédé se leva d'un pas chancelant. Il allait venger sa mère.

8

Le soleil glissa ses dernières clartés entre la pointe du Bec Cornu et la rondeur de Garlaban. Dans un ultime embrasement, les toits d'Aubagne rougeoyèrent, et le vent, qui avait fait une apparition timide, s'essouffla et mourut. Les dieux bienveillants de Provence s'en allaient avec le crépuscule. Anne se traînait derrière Gabi. Elle était cassée. Des orteils aux cervicales, son corps fourmillait de douleur. Maudits oliviers, elle ne parvenait même pas à les chasser de son esprit. Ils étaient trop nombreux à Gémenos. L'œil d'ambre de la jeune fille en était rempli. Elle pensait à toutes les opérations de préparation du terrain des olivettes. Débarrasser le sol de toute végétation spontanée, extirper pierres et racines, défoncer en profondeur le sol, planter en automne à raison de cent vingt pieds à l'hectare, cinquante litres d'eau à la mise en terre des jeunes plants.

— Six mille litres d'eau à l'hectare, murmura-t-elle avant d'ajouter : Mais je deviens folle !

La maison était au bout du chemin. Elle paraissait

neuve. Les maçons venaient de remplacer les tuiles manquantes et les chambres du premier étaient habitables. En fait, c'était comme si la vie pouvait commencer. Anne en était effrayée. Le rituel immuable qui s'y attachait déjà la révulsait. A chaque heure, sa tâche ; à chaque jour, sa peine ; à chaque saison, le même espoir. Comme d'habitude, Mathilde et Adèle triaient des légumes sous le couvert des molles branches de l'unique figuier. On aurait dit qu'elles avaient toujours été là, assises sur leur chaise de paille, à écosser des haricots, les jambes écartées sous leurs amples jupes qui recevaient des poignées de graines. Comme d'habitude, elles cessèrent leur travail pour la regarder venir avec unc compassion qui mettait les nerfs d'Anne à vif.

Gabi, qui avait pris de l'avance, leur marmonna quelques mots avant de se rendre au puits. Il allait se débarbouiller, rentrer chez lui au village et sacrifier une heure au comptoir du Bar Moderne. Anne redressa le buste et se dessina un sourire.

— Quelle journée ! lança-t-elle aux deux femmes qui la jaugeaient.

— Tu es dans un sale état, fit remarquer Mathilde.

— Ça fait pitié à voir, ajouta Adèle.

Elles n'exagéraient pas. Anne était tout égratignée. Sous ses cheveux courts ébouriffés, son minois pointu s'émaciait, des poches plombaient l'or de ses yeux. Evidemment, cette têtue souriait, se donnait l'apparence d'une fille de Gémenos aux reins solides. Elle ne tomba pas dans le piège tendu.

— Les tailles n'ont plus aucun secret pour moi ;

Gabi est un excellent professeur, répondit-elle. Le plus dur, c'est de grimper aux arbres.

Mathilde et Adèle se retinrent de rire. Ce couillon de Gabi n'avait pas emporté d'échelle, la forçant à faire le singe dans les oliviers. C'était un miracle qu'elle fût encore entière et qu'elle tînt sur ses jambes.

— Tailler est une chose, récolter l'olive en janvier est une autre histoire, dit Adèle. Tu souriras moins lorsque tu auras les bouts de doigts gelés.

— A vous entendre, l'agriculture, c'est l'enfer ! riposta Anne.

— Eh bien oui, ma petite, dit Mathilde, c'est un peu ça les métiers de la terre ; on se fait pas vieux sous le soleil et la neige de la Sainte-Baume et on y meurt plus facilement de pneumonie qu'à la ville. Je veux pas voir ma fille vieille avant l'âge, je veux pas la voir se flétrir et s'abêtir.

— Que sais-tu des maladies de la ville ? Moi je peux te dire qu'on meurt plus rapidement dans les taudis du Panier qu'à la campagne, on meurt sur les chantiers du port, on meurt par dizaines avant cinquante ans aux savonneries, aux messageries maritimes et, avec la crise mondiale, c'est par milliers que les ouvriers vont être condamnés au chômage. J'en sais quelque chose, la Lyonnaise de Madagascar accuse un déficit de treize millions, les établissements Louis-Besson de l'Est-Africain, sept millions, les sucreries marseillaises ne vont pas mieux. Les banques s'apprêtent à fermer leurs guichets, les prix à la production de soie, dont dépendent de nombreux investisseurs marseillais, viennent d'être divisés par cinq... La liste des catastrophes annoncées est longue et cette ville magnifique dans laquelle vous voulez me renvoyer est à la veille d'un cataclysme sans précédent !

Mathilde écoutait religieusement sa fille. Une admiration sans borne se peignit sur son visage. Anne parlait avec aisance comme... comme... Elle n'avait pas d'exemple si ce n'était le curé. Mais si ce dernier avait la parole facile, il n'en prêchait pas moins sans conviction, rabâchant en les arrangeant à la sauce provençale les textes des évangiles. Chez Anne, la pensée était toujours en mouvement, la culture se bonifiait à la faveur des événements, la certitude n'avait d'égale que sa franchise. Quand elle cessa d'agiter l'épouvantail d'une catastrophe annoncée, elle entendit la vieille Adèle murmurer :

— Je comprends pas grand-chose à ce que tu racontes mais à tes paroles on devine que tu n'es pas faite pour parler aux cigales. Y a que ceux de la ville qui auront de bonnes oreilles pour t'écouter. Si le maire en savait le quart de ce que tu as dans la caboche, il serait depuis longtemps député.

— Peu de femmes ont la chance d'être journalistes, dit Mathilde, c'est un métier d'homme. Tu dois retourner à Marseille et te défendre, nous défendre, il y va de notre avenir dans cette société où les femmes ne sont pas à leur juste place. Nous n'aurons jamais le droit de vote, le droit de nous exprimer, de faire des lois, si toi et tes consœurs renoncez à vous exprimer.

Pauvre maman, elle croyait encore au combat des suffragettes. Combien étaient-elles en France dans son cas ? Une dizaine au plus dans les quarante-deux grands quotidiens et hebdomadaires. Au mieux, les femmes de ce pays pouvaient espérer une « fête des mères » comme en Allemagne.

— Quelle chance vraiment ! jeta Anne avec amertume. Une chance qui me donne le droit de signer sous un nom d'homme avec la bénédiction d'un rédacteur en chef qui exerce son droit de cuissage !

Au regard navré de sa mère, elle comprit qu'elle venait de la décevoir. Les mots avaient dépassé sa pensée. Elle s'en voulut. Marius Botey n'exerçait aucun droit sur elle. Il y avait entre eux une parfaite égalité, chacun respectant la liberté et les désirs de l'autre. Cependant, elle ne se reprit pas. Au contraire, dans un sursaut de fierté, elle ajouta :

— Je suis la seule qui soit capable de tenir tête à Georgette et à ses fils ! Tant qu'ils n'auront pas digéré l'héritage, ils tenteront de vous nuire. Ne serait-ce que pour cette raison, je reste ! J'ai choisi de me battre sur ce bout de terre, respectez ce choix !

— Taou choousis tan qu'à la fin s'engagno, répondit Adèle en tapotant la main de Mathilde.

Anne en avait assez d'argumenter. Elle s'en alla, en méditant sur ce dicton que la servante venait de lui mettre en tête : *A force de choisir, on finit par se tromper.* A vingt-quatre ans, elle n'avait pourtant pas l'impression d'avoir fait beaucoup de mauvais choix. Elle ne put s'empêcher de se retourner avant d'entrer dans la maison. Mathilde et Adèle la suivaient d'un même regard soucieux et découragé qui, à lui seul, justifiait sa conviction qu'elle était la plus apte des trois à remettre à flot cette propriété.

Elle ne chercha pas à grignoter, ni à se rafraîchir le visage. *A force de choisir, on finit par se tromper,* elle tenait le début de son prochain article. Elle grimpa dans sa nouvelle chambre meublée sommairement d'un lit de sangles, d'une armoire rafistolée et d'une table en pin sur laquelle s'empilaient documents et correspondances. Dans les coins, des montagnes de journaux empuantissaient l'air d'une odeur d'encre. Ces montagnes grandissaient de jour en jour ; la veille, Anne avait reçu cinq numéros de *Paris-Soir*, deux du très radical *Progrès de Lyon*, deux du socialisant *L'Œuvre* et le dernier exemplaire de la monarchiste *Action française.* Marius exagérait dans ses envois et le facteur de Gémenos se plaignait de ce surcroît de poids.

En pénétrant dans la pièce, Anne donna un coup de pied dans le tas des *Gringoire.* Cela lui fit du bien. Elle détestait ce nouvel hebdomadaire profasciste et antisémite qui tirait à six cent cinquante mille exemplaires, et si elle le lisait attentivement, c'était pour mieux cerner la mentalité et l'idéologie de ses futurs adversaires ; elle n'en doutait pas un seul instant, un jour, elle aurait à les affronter directement. Elle ne sentait plus la fatigue. Son crayon ne trembla pas entre ses doigts. *A force de choisir...*

Deux heures plus tard, après avoir dressé un sombre portrait de l'économie et de la politique mondiale, dans lequel Marseille tenait une place de choix, elle acheva sur ces mots : *Il n'y a pas simple réduction, ralentissement des affaires sur la Canebière, il y a presque arrêt. Cet état morbide ne se traduit pas par de l'inquiétude, mais par du découragement, par un pes-*

simisme si profond que les commerçants et les industriels ne savent plus à quel saint se vouer. Gageons que les Marseillais ne seront pas tentés par l'extrémisme et qu'ils se souviendront de leurs mauvais choix historiques. Après avoir été sous le joug de Rome, puis de Paris, se mettront-ils sous celui de Berlin au risque de perdre à jamais leur liberté ?

— Ouf, soupira-t-elle en s'affaissant.

Instantanément, la fatigue reprit possession d'elle. Elle eut du mal à quitter sa chaise, à marcher droit, à trouver une serviette de toilette dans l'armoire, à descendre au rez-de-chaussée. Il y avait du bruit dans la cuisine. Sa mère et Adèle préparaient le repas du soir. Ses pieds effleurèrent le sol. Les deux femmes qui papotaient ne la virent pas filer.

Le jour avait été vaincu. La nuit et ses hordes d'étoiles achevaient leur conquête. Près du puits, sur son chêne, une cigale craquetait. L'arrivée d'Anne fit taire cette résistance. La jeune femme aimait par-dessus tout ce moment de grâce qui appartenait aux fées, mais elle savait aussi que la nuit allait apporter son lot de démons. Agitée par un pressentiment, elle se tourna vers la Sainte-Baume. La masse noire de la montagne la dominait. Elle eut la sensation d'être une proie livrée à une bête gigantesque et cruelle. Elle mit cette impression sur le compte de la fatigue et entreprit de s'en débarrasser avec l'eau fraîche du puits.

Dédé avait erré comme une âme en peine dans le verger, puis il s'était rendu aux confins des terres du Grand Mas où son frère bouleversait les champs avec un tracteur. Lorsqu'il aperçut de loin Colin sur son Ford, il ne put s'empêcher de le traiter de pauvre bouseux. Ce n'était pas avec un tracteur acheté d'occasion aux domaines qu'on pouvait en imposer dans ce bas monde. Il n'alla pas lui demander de venger leur mère. Cet égoïste aurait refusé. Il s'en retourna sur le chemin, pestant contre la poussière qui salissait ses souliers vernis.

Ses idées ne s'éclaircissaient pas. Au contraire, elles s'obscurcissaient au fil des minutes. Elles se fondaient avec la nuit. Il n'aurait pas dû boire l'absinthe. Il avait entendu parler du delirium tremens et, pendant un moment, il crut en avoir les symptômes, poursuivi qu'il était par une chouette qui hululait. Il se rassura un peu en apercevant le rapace qui chassait. Le cri de cette hulotte éveilla parmi les herbes des milliers de grillons et, en quelques instants, l'air étouffant fut chargé de lancinantes stridulations. Ces messages nocturnes le firent frissonner. Qu'allait-il faire ? Il avait sur lui son briquet. Mettre le feu ? Trop dangereux. Toute la commune pouvait être détruite. Il réfléchissait mais il réfléchissait mal. L'alcool vert enfumait son cerveau. Il était presque impossible de mettre le feu à une oliveraie qui venait d'être nettoyée, mais il n'avait pas conscience de la stupidité de sa réflexion. Il verrait sur place.

Lorsqu'il mit le pied sur le terrain de Mathilde, il hésita. Les yeux dans le vague, la respiration courte, il marcha sur le côté, chemina selon un itinéraire compliqué, évitant plus d'obstacles qu'il n'en existait. Une restanque se dressa soudain devant lui ; elle n'était pas haute mais elle lui parut infranchissable. Quand il se décida à prendre appui sur les pierres sèches qui bosselaient cette antique barrière, il glissa et se cogna la tête.

— Pourriture ! jura-t-il.

Du sang coula mais ce n'était pas grave. Cet incident aurait dû le calmer. L'élancement douloureux qu'il ressentit ne fit qu'ajouter à son trouble et à sa colère. Il se mit à penser, comme sa mère, à ces sales juives qui avaient ensorcelé la colline. Il regretta de ne pas s'être rendu à Saint-Zacharie ou à Signes pour parer aux maléfices ; dans ces deux villages, les sorcières en connaissaient un rayon sur le mauvais œil.

La restanque escaladée, il distingua une faible lumière entre les feuilles des oliviers. La maison, qui aurait dû lui appartenir — cette supposition lui paraissait juste —, était à une centaine de mètres de l'endroit où il se tenait. Il ne savait toujours pas comment porter un rude coup au moral de ses occupantes. De la tactique... Oui, il devait appliquer une tactique ; il aimait bien ce mot. Le journaliste du *Petit Provençal*, ce Marc Aurèle, dont les papiers l'agaçaient et le fascinaient, l'employait souvent au sujet des parlementaires qui affaiblissaient l'Etat. Dans sa tête, où tout s'embrouillait, la tactique qui consistait à miner la résistance de l'ennemi s'imposa lumineusement. Un plan grossier s'échafauda.

Un : couper la corde du puits.

Deux : étrangler quelques lapins.

Trois : saigner le cheval de trait que la Mathilde venait de louer à ce fumier de maire.

Quatre… Il n'avait rien pour le quatre. Il haussa les épaules. Les trois premières phases de sa guérilla le satisfaisaient. Sa mère allait être contente. Il fila vers la gauche de la maison mais ne fit que quelques pas. Le cylindre d'entraînement de la corde du puits grinçait. Quelqu'un actionnait la manivelle. Sur le coup, son beau plan-tactique et son courage s'effilochèrent. Il allait rebrousser chemin lorsqu'une voix se mit à fredonner un air de Dranem qu'il reconnut aussitôt. L'absinthe avait du bon ; elle entretenait cette partie de la mémoire où s'accumulaient toutes les futilités et les stupidités de l'époque. Malgré lui, le refrain du plus gros succès de ces quatre dernières années parvint au bout de sa langue :

— *Est-ce que je te demande si ta grand-mère fait du vélo, si ta p'tit' sœur est grande, si ton p'tit frère a un stylo.*

La voix était jeune. Anne ! Il ne pouvait s'agir que de sa demi-sœur. Mû par une curiosité dévorante, il s'avança jusqu'à la lisière de l'oliveraie et se laissa tomber à genoux derrière un tronc. Anne ramenait contre sa poitrine nue le seau plein d'eau.

Elle allait se laver. Il ne la voyait pas très bien mais le peu qu'il apercevait à la clarté des étoiles et du quart de lune accroché à la cime du chêne suffisait à éveiller sa concupiscence. La jeune femme portait seulement une culotte droite, l'un de ces modèles de soie ou de jersey à monture caoutchoutée, le genre de culotte brodée que les filles enlèvent délicatement en faisant sauter les minuscules boutons dorés de la bride montée à l'envers. Il en savait quelque chose : Colette raffolait de ces culottes.

Anne n'avait plus aucune appréhension. Une chouette venait de lancer son cri amical. Elle aimait cet oiseau dont le nom grec, *glaux*, signifiait : « celle qui resplendit ». Elle en avait tant vu perchées sur des livres dans les ex-libris qu'elle en avait fait l'un de ses animaux fétiches. Ici, on croyait que l'entendre portait malheur. Ayant posé le seau sur la margelle, elle s'accroupit et trouva la boîte de fer dans la cavité prévue pour la recevoir. La boîte contenait un savon à la glycérine. Machinalement, elle jeta un regard circulaire et inutile avant de retirer sa culotte.

Dédé vit les mains de la demoiselle descendre. Elle allait le faire, oui, elle allait l'enlever. Son cœur se serra. Il sut que cet instant allait s'enfoncer dans sa vie comme un pieu. C'était terrible d'arriver à voler l'image nue de la femme qu'il désirait le plus au monde. Il ne comprenait pas cette envie et il ne voulait surtout pas croire qu'elle était du même sang que lui.

Anne fit sauter les boutons, tira sur l'élastique et libéra son ventre. Aussitôt, elle se sentit libre et lorsque l'eau coula sur son corps, elle éprouva un plaisir de naïade. Si Dédé avait eu de la culture, il aurait pu la comparer à la belle Eglé et savoir qu'il était fatidique à l'homme de rencontrer une nymphe près de sa source ou de son puits, mais la culture de Dédé ne s'étendait pas au-delà de l'histoire des quatre ou cinq saintes honorées à Gémenos et à Aubagne.

A force d'aiguiser son regard, il parvint à deviner des détails. Elle avait les fesses légèrement cambrées, la poitrine plutôt généreuse pour une fille de sa minceur, des jambes longues, interminables, des jambes à vous emprisonner le buste. L'ombre blanche bougea lentement. Les blanches mains glissaient sur la blanche peau, descendaient sur la courbure des hanches, passaient et repassaient dans la fourche des cuisses écartées.

Le sang de Dédé fusa avec la force de cent torrents furieux. Son imagination débridée par l'absinthe lui fit croire qu'elle se caressait. Il ne put s'empêcher de déboutonner sa braguette et de toucher son sexe qui avait durci. Il ferma les yeux, pensa « chatte » et vit en effet la chatte de sa maîtresse tout ouverte, cette large brèche aux chairs roses toute mouillée lorsqu'il y mettait la langue. Cette image ne lui convenait pas, il la chassa. Ce qu'il voulait, c'était voir la chatte d'Anne.

Anne frottait, évacuait la fatigue accumulée le long de ses muscles. Elle éprouvait même un début de plaisir lorsque ses doigts s'insinuaient entre les pétales de ses chairs et elle en souriait. Au moins, cela lui prouvait qu'elle était encore normale de ce côté-là. Elle n'était pas toutefois femme à se masturber au chant des grillons. Elle fit redescendre le seau dans le puits, le remonta, le vida sur elle à petits coups. Et il y eut ce craquement dans l'oliveraie, ce bruit de branchette cassée. Elle se figea.

— Il y a quelqu'un ? demanda-t-elle.

Question stupide qui rencontra le vide. Elle se saisit de la serviette et couvrit sa poitrine. Un mouvement dans la pénombre attira son attention.

— Qui est là ?

Elle était certaine qu'il ne s'agissait pas d'un animal. Elle avança prudemment vers l'olivier derrière lequel s'agitait une ombre. Parvenue à cinq pas de la cachette, elle cria :

— Sors de là !

Elle pensait trouver l'un des garçons de la ferme voisine, et, stupéfaite, elle découvrit la trogne en sueur de Dédé. Il fourrageait nerveusement le haut de son pantalon. Ses mains essayaient de dissimuler son sexe. Il s'affolait et se trouvait ridicule.

Anne éclata de rire. André, son demi-frère, la demi-tare des Bastille, pris en flagrant délit d'espionnage intime, la queue à la main, le regard fuyant. Elle l'avait peu vu à l'église et chez le notaire, mais elle l'avait vite jugé. André était un faible, le type d'homme qu'une femme peut mener par le bout du nez.

— Allons, du courage, regarde-moi, tu es venu pour ça ! lui dit-elle.

Retirant la serviette, elle le défia de sa nudité. Dédé ne levait pas les yeux. Son cœur martelait sa poitrine. La honte, irrépressible, lui donnait des vertiges. Son désir tomba à zéro mais il n'arrivait pas à se rembrailler. Ses mains dissimulaient une pauvre limace blanchâtre et molle. Il aurait voulu mourir sur place.

— Dois-je te gifler pour que tu te rinces l'œil... Peut-être que je ne te plais pas... Peut-être est-ce une coïncidence ? Tu te promenais ou tu préparais un mauvais coup ou tu braconnais ou...

— Non, tu es belle, gronda-t-il.

On aurait dit une bête. Anne recula. Elle le vit bondir et s'enfuir. Quelques instants plus tard, elle l'entendit crier et ce fut alors qu'elle se mit à trembler de peur et de dégoût.

Dédé sauta la restanque, déboula sur le chemin, courut à perdre haleine et vint violemment heurter la porte d'entrée du Grand Mas. Quand Georgette lui ouvrit, il pleurait silencieusement.

— Dédé ! Mon Dieu !

Elle essaya de le prendre dans ses bras mais il se dégagea brusquement et reprit sa course folle dans la maison, fonçant à l'étage vers sa chambre. Derrière lui, sa mère criait :

— Dédé ! Qu'est-ce que t'as fait ?

Il en avait assez de l'entendre. Tout ce qu'il lui arrivait était de sa faute. Elle l'avait envoyé là-bas pour une expédition punitive et il en revenait avec un poison dans les entrailles : Anne ! Anne ! Anne qu'il désirait et qu'il aimait plus que tout au monde.

— Dédé !

Elle fit irruption dans la chambre alors qu'il chargeait son sac de voyage de vêtements en vrac. Elle le prit par les épaules et le retourna rudement.

— Oh ! Sainte Vierge !

Ses yeux s'agrandirent de stupeur. Du sang séché maculait le front de son fils. Il était blessé. Il avait tué quelqu'un... Mathilde... Une joie se mêla à l'inquiétude. Elle voulut toucher ce sang béni.

— Ce n'est rien ! se rebella Dédé en la repoussant.

— Je te protégerai, on dira aux gendarmes qu'elles sont venues nous menacer avec un fusil !

— Mais qu'est-ce que tu racontes ?

Dédé n'en pouvait plus. Elle revint contre lui pour l'étouffer de sa tendresse de pieuvre.

— Mon petit n'est pas un assassin, il a voulu défendre sa maman !

Les mains maternelles cherchèrent à emprisonner son visage. C'en était trop ; elle lui donnait envie de vomir.

— J'ai rien fait, tu entends, rien ! J'y suis même pas allé à l'oliveraie ! Y a pas de mort, pas de blessé. Rien ! Y a que ton peuchère de fils qui en a marre de toutes les comédies de sa mère. Pendant trente-quatre ans, mi siou ben arrapa[1] à tes affectueux débordements, maintenant c'est fini, je m'en vais.

— Il a pas les idées claires, c'est l'absinthe. Allonge-toi, je vais te faire une tisane.

— L'absinthe n'y est pour rien. Je fous le camp à Marseille !

Il l'écarta si violemment qu'elle tomba sur le lit. Il s'empara à toute vitesse de ses derniers effets, puis fila hors de la chambre sans un regard pour sa mère. Georgette était abasourdie. Elle ne pouvait même pas pleurer. La voiture démarra. Elle l'écouta s'éloigner sans parvenir à respirer. Quelque chose d'extrême et de lugubre passa dans la fixité de son regard ; quelque chose qui reflétait la mort, mais cela s'éloigna très vite. Elle n'était pas femme à se pendre. La corde, elle la réservait à d'autres.

— Dédé, souffla-t-elle.

Les larmes purent enfin sortir.

1. Je me suis bien attrapé.

9

— Mistral ! Mistral ! Dis-moi où est mon fils ?

Georgette se tourna face au vent. Il soulevait la terre, tordait les cyprès, secouait les oliviers, poussait les femmes en noir le long du mur du cimetière. Sa colère durait depuis trois semaines. On ne l'avait jamais vu si dévastateur, si envahissant. Il avait dicté sa loi à l'été. Elle reçut la rafale, son convoi d'odeurs et de poussière. Ce salopard charriait toutes les misères de Provence, il hurlait contre Dieu et le Diable mais ne lui parlait pas d'André.

— Eh bien, puisque tu veux rien dire, prends ton plaisir et va-t'en ! On a besoin de pluie à présent !

Elle croyait, comme beaucoup de femmes de la Sainte-Baume, qu'on pouvait entendre la voix des proches ou discerner des signes dans le ciel lorsqu'il mugissait et déchirait les minuscules troupeaux de nuages ; mais cet égoïste prenait réellement son plaisir sur les courbes et les creux des montagnes. Georgette reprit le chemin du cimetière. Le dimanche après-midi, toutes les veuves de la guerre de 14 se donnaient rendez-vous autour des tombeaux. On y apprenait les petits secrets de Gémenos quand, les larmes essuyées et les prières achevées, les endeuillées à vie s'aidaient les unes et les autres pour nettoyer les pierres.

Le portail rouillé, grand ouvert, avait été calé par des morceaux de bois pour ne pas battre. Georgette prit le soin de le franchir la tête haute, le bouquet d'œillets blancs en travers de sa poitrine bardée de dentelles grises en point d'Alençon. Avec trente œillets à cinq sous pièce et son ensemble acheté au Nouveau Comptoir de la Mode d'Aubagne, on ne manquerait pas de la remarquer.

Son entrée ne passa pas inaperçue. Les Gémenosiennes la guettaient. Elles n'ignoraient pas le départ de Dédé. Clémentine Bastille, la femme de Colin, leur avait tout raconté au lavoir. Comment la mère Bastille avait fait irruption dans leur maison pour se jeter aux pieds de Colin, hurlant que ses fils ne l'aimaient plus et l'abandonnaient comme une chienne. Comment, dans l'apaisement et la méchanceté retrouvés, elle avait décidé d'isoler Mathilde, Adèle et la jeune poufiasse de Marseille en s'alliant avec les puissants propriétaires, les patrons des moulins à huile, les minotiers et tout ce qui comptait sur la commune. Elle avait pour elle la légitimité et l'argent. De la chance aussi. Chastier, le notaire, s'était absenté pour affaires à Paris. Il n'était plus là pour aider la Fusch et sa bâtarde et elle en avait profité pour répandre le bruit qu'il trafiquait dur avec les banquiers juifs, répétant que toutes les économies du village allaient être englouties.

Georgette sentit les regards peser sur elle. En

imposer lui plaisait. D'agréables chatouilles aux épaules la firent se redresser encore plus et elle passa, altière, au milieu de l'allée principale, répondant d'un signe bref du menton aux salutations des pauvres créatures en fichu noir. Une ombre vint cependant entacher la félicité du moment. Elle n'avait pas la plus belle tombe du cimetière. L'édicule gris et moisi, rectangulaire, était surmonté d'une croix qui avait perdu un bras. Les noms des Bastille et des Bonifay s'y succédaient, rognés par les intempéries. Elle le contempla de loin d'un œil morne comme on contemple une ruine ; puis son œil vira au noir.

Un beau bouquet de roses rouges trônait au centre de la pierre. Elle faillit se précipiter pour l'arracher et le piétiner, mais une veuve et un vieillard voûté sur ses deux cannes se recueillaient devant une chapelle toute proche. Ils appartenaient à une famille dominante de Gémenos et elle ne pouvait se livrer en spectacle sans perdre un crédit durement acquis. L'onde qui l'agitait se dilua en chaleur. S'approchant de la tombe familiale, elle compta les roses. Trente. Les juives l'avaient précédée avec le même nombre de fleurs. Des roses à sept sous ! Elle eut un regard de commisération pour ses œillets à cinq sous. Ces salopes faisaient tout pour la rabaisser. Et des roses rouges ! Ce n'était pas l'usage pour les morts. Ce devait être une coutume de leur race. Peut-être bien un moyen d'ensorceler les corps en décomposition.

— C'est ça, murmura-t-elle en se souvenant que les sorcières de Signes prétendaient que la rose rouge portée sur soi favorisait le contact avec les forces invisibles.

Son regard dévia vers la veuve et le vieillard qui s'attardaient. Ceux qui passaient dans l'allée compatissaient silencieusement à son malheur tout récent. Grégoire n'en était qu'à son soixante-deuxième jour de voyage dans l'au-delà et une règle non écrite voulait qu'on attende le quatre-vingt-dixième jour avant d'enterrer définitivement le chagrin d'autrui.

Pour donner le change, après avoir déposé le bouquet sur le rebord de la tombe, elle enfouit sa face dans ses mains. Sous sa méditation de sainte statue, elle n'avait pas le « Notre Père » en tête, mais des jurons en provençal et en français. Les roses, elle les balayait mentalement, elle les écrasait dans la poubelle de l'entrée où s'entassaient les bouquets défraîchis.

Soudain, le mistral hurla, sifflant lugubrement entre les grilles de fer forgé, les ailes sculptées des anges et les croix de fer tordues. Des pétales se détachèrent des fleurs honnies. Georgette le remercia de son aide. Puis elle eut une petite pensée pour son homme qui se desséchait à l'intérieur, vu qu'en deux mois les vers avaient fait leur œuvre. Frissonnante d'une peur irrationnelle, elle se mit à l'imaginer dans sa caisse fendue, avec ses paupières collées et son nez aminci sur les cartilages. En quelques secondes, son cher Grégoire ne fut plus qu'un horrible cadavre noirci. Et il pouvait revenir la hanter… oui la hanter… Maudites roses rouges !

Elle demeura pantelante, assaillie par des pensées

affreuses, jusqu'à ce que ses voisins lèvent le siège et que l'allée soit vide. Alors, elle fut plus rapide que le mistral. Se détendant, elle arracha le bouquet de Mathilde et d'Anne, le remplaça par les œillets et se signa sur un amen triomphant. Toujours en guettant les alentours, elle s'en alla, les roses à la main. Son intention était de les jeter discrètement aux ordures. Une tombe abandonnée et bancale lui permit de s'en débarrasser sans éveiller la curiosité. La pierre déplacée laissait voir le trou aux cercueils. Et le trou paraissait assez large pour y fourrer les roses. Sans relâcher sa surveillance, elle se baissa et enfonça le bouquet. Elle avait si peur d'être surprise qu'elle se coupa la main à l'arête de la pierre. Le sang coula, mais les roses tombèrent dans les ténèbres.

Trois minutes plus tard, Georgette marchait d'un pas alerte vers le Grand Mas. C'était un merveilleux dimanche.

Tous les dimanches, Anne avait le cafard. Le mistral n'arrangeait rien. Au petit matin, elle s'était rendue à la première messe en compagnie de sa mère, puis au cimetière pour déposer les roses achetées la veille sur le marché d'Aubagne. Même dans cette jolie petite ville, elle n'avait pas retrouvé le moral. Le vent malmenait les gens. Il entrait dans les têtes pour souffler la discorde. Quand il soufflait si fort, les affaires tournaient au ralenti. Marchands, maquignons, paysannes, colporteurs, fromagers et bergers se querellaient à propos de tout et de rien. Les acheteurs erraient d'étal en étal, se faisant harponner par les vendeurs acharnés à mendigoter des fonds de porte-monnaie.

Elle avait réellement la sensation qu'elle n'appartenait pas à leur monde. Tous ces gens descendus des collines ou qui affluaient du quartier populaire du Général et qui s'entassaient sous les tentures de toiles du cours Legrand, houleux et parlant fort, aussi vindicatifs et violents que le mistral, lui semblaient sortir d'un monde révolu. Elle était trop tournée vers la modernité et l'avenir de la planète pour se complaire parmi les volailles et les cochons et écouter les braillements. Cette sensation ne l'avait plus quittée.

A présent, elle faisait de véritables efforts pour justifier sa présence à Gémenos. Ces efforts étaient d'autant plus grands que son apprentissage aux côtés de Gabi venait de s'achever et qu'elle devait patienter jusqu'à la mi-novembre pour participer à la cueillette des olives. Opération qui ne demandait pas d'expérience. En attendant, elle ne se voyait pas en compagnie d'Adèle, dépeçant des peaux de lapin et tordant le cou des poules. Elle n'imaginait pas une seconde qu'elle pouvait revendre ces peaux et ces poules sur un marché.

— Je fais fausse route, se dit-elle en revenant du puits, un seau plein d'eau à la main.

Dès le seuil, la nausée la prit. L'odeur épaisse des oignons qui cuisaient lui souleva l'estomac. Elle-même, malgré les gouttes de parfum dont elle parsemait son corps chaque matin, sentait l'ail et la sarriette. « Surtout, qu'elles ne me regardent pas comme une proscrite », se dit-elle en pénétrant dans la cuisine.

— Voilà l'eau pour les pommes de terre ! lança-t-elle avec gaieté.

Le ton n'y était pas. Mathilde et Adèle la contemplèrent avec ce regard qu'elle détestait. Elles avaient à la fois l'air d'institutrices fâchées et de chiennes battues. Anne rêvait d'une mère heureuse et enjouée et s'émouvait de voir une femme à protéger qui s'accrochait trop au souvenir de son père, à cet amour qui aujourd'hui faisait d'elle le bouc émissaire de Gémenos.

Mathilde se mit à marmonner dans cette langue étrange où se mêlaient provençal, latin et hébreu. Adèle découpait un poulet pour l'une de ses spécialités aux olives, tomates, ail et romarin. Elle hochait la tête d'un air entendu, comme si elle comprenait ce que baragouinait Mathilde.

— Qu'est-ce que vous avez toutes les deux ?

— On s'en sortira pas, répondit Mathilde.

— Comment ça, on s'en sortira pas ?

— Ils voudront pas de nos olives aux moulins du village.

— Qui, ils ? s'exclama Anne.

— Ceux qui écoutent les méchancetés de Georgette, répondit Adèle en frappant violemment la volaille avec le hachoir.

Le cou du poulet se détacha et Anne y vit une prémonition. Adèle avait du sang sur les doigts. Sur la table, les viscères s'étiraient, mais Anne ne savait pas lire les signes du destin comme le faisaient autrefois les prêtres romains.

— Elle raconte partout, poursuivit la vieille servante, que ta mère a le mauvais œil et que nos olives vont empoisonner toutes les huiles de Gémenos.

— On les portera à Aubagne, répliqua Anne.

— A Aubagne, mais ma pauvre petite, c'est pareil. Les mauvaises rumeurs, ça se répand plus vite que le choléra. Il va falloir en faire des kilomètres pour trouver un propriétaire de moulin qui voudra de nos olives ! On craint les mascas par ici... Oh, mon Dieu, on ne méritait pas ces malheurs. Si on nous entendait au moins dans le Ciel. A quoi ça sert tous ces saints et ces anges, je me le demande. Ils nous regardent, ils sourient comme des couillons mais ils ne nous rendent jamais justice. S'il y en a un qui m'écoute, qu'il aille arracher la langue de Georgette !

— Adèle ! s'insurgea Mathilde qui n'aimait pas les blasphèmes.

— Si au moins c'était vrai cette histoire de masca, continua Adèle, et tous ces pouvoirs que t'attribuent les gens, il y a longtemps qu'elle nous ennuierait plus cette grosse truie.

— Si j'avais les pouvoirs d'une sorcière, dit Mathilde, j'essaierais de rendre cette femme meilleure, pas de la détruire.

Adèle poussa un grognement de mauvaise humeur et trancha les deux pattes du poulet. Anne mesurait leur impuissance à lutter contre Georgette Bastille. Elle regarda avec tendresse sa mère qui n'avait rien d'une masca. Le doux visage fatigué de Mathilde n'exprimait aucune haine, aucune colère, juste de la tristesse. Elle pensa avec rancœur aux Gémenosiens et aux Aubagnais qui croyaient que sa mère, comme les mascas, revêtait l'accoutrement d'une vieille mendiante et s'accroupissait aux portes des églises. Ces idiots, pour se garantir, la nuit de sa visite, devaient placer un vase plein d'eau, couvert d'une culotte usée, près du trou de la serrure ou de la chatière. Elle les imaginait, tremblants, guettant l'arrivée de la sorcière. Toutes les nuits, ils espéraient sa noyade dans l'eau et désiraient entendre son cri pareil à ceux que font les souris quand les chats les saignent d'un coup de dents. Une chose était certaine, personne ne voudrait de leurs olives.

Anne n'avait pas la solution au problème. Elle réfléchissait, lorsque le bruit pétaradant d'une puissante voiture se fit entendre. Elle n'eut aucun mal à reconnaître la Torpédo de Marius.

— Marius ! s'écria-t-elle.

Il n'était pas venu la voir depuis plus de trois semaines, il avait été pris par l'actualité. La voir ! Elle n'était pas montrable. Elle sauta hors de sa chaise et monta dans sa chambre. Face à la glace, elle se trouva affreuse. Ses cheveux avaient poussé irrégulièrement, les cernes soulignaient ses yeux d'une couleur de plomb, des gerçures dues au mistral asséchaient ses lèvres et son teint d'ivoire avait subi le tannisage des campagnes.

— Il faudrait te repeindre et Fragonard n'est pas là pour user ses pinceaux sur ta figure, ironisa-t-elle.

L'attirail des artifices de beauté se trouvait dans une petite mallette en osier ; elle le répandit sur sa table-bureau et, choisissant deux sortes de crèmes, un crayon, un tube de rouge et une boîte de poudre, elle fit un demi-miracle qu'elle paracheva en changeant de vêtement. A la place du « sac », plein d'accrocs et froissé, dans lequel elle paraissait informe, elle enfila une robe légère et échancrée aux motifs colorés qui lui enserrait la taille ; puis virevoltant en se mirant, elle redescendit.

Marius, assailli par Mathilde et Adèle, la vit apparaître telle une amazone de la ville au sourire ravageur. Il se perdit un instant dans son regard d'or liquide qu'il trouva un peu triste. Elle avait dû en baver. Il n'eut même pas à tendre les bras ; elle s'y réfugia d'un élan.

— Qu'est-ce que tu m'as manqué !

— Toi aussi !

C'était une certitude. Depuis qu'elle vivait à Gémenos, il avait pris l'habitude de boire et de fumer un peu plus, ses performances de rédacteur en chef diminuaient et il était d'une agressivité telle que ses collaborateurs s'en étaient plaints au directeur du journal. Anne se trouvait à mille lieues de l'oliveraie. Le sentir tout contre elle la rendait folle de désir. Mathilde et Adèle n'existaient plus ; gênées, les deux femmes se rendirent au jardin pour arracher quelques radis et une salade.

Quand elles revinrent, dix minutes plus tard, Marius avait des traces de rouge à lèvres dans le cou et sur la bouche, les cheveux d'Anne étaient ébouriffés et son corsage malmené laissait voir un bout de dentelle du soutien-gorge. Mathilde en eut des rougeurs au visage, Adèle mit ses lèvres en cul de poule et acquiesça silencieusement. La tourterelle allait craquer, elle était mûre pour le départ, il suffisait de l'encourager intelligemment.

— Vous resterez à déjeuner, dit Mathilde.

— Bien sûr qu'il restera ! s'exclama Anne en s'agrippant à lui.

Il acquiesça d'un signe de tête et accepta le verre de vin blanc de Cassis que lui tendait Adèle. La vieille servante commençait à manœuvrer.

Quatre heures plus tard, le ventre plein et l'esprit folâtre, Marius demanda l'autorisation d'allumer un cigare. Adèle, malgré les regards courroucés de Mathilde, se mit alors à raconter leurs déboires. Derrière le voile bleuté de la fumée qu'il rejetait tout doucement, Marius avait le visage d'un homme qui remettait scs idées en place. Anne retrouvait le sérieux du journaliste et de l'analyste.

Celui-ci se dit qu'il tenait là le moyen de ramener sa jeune maîtresse à Marseille. La vieille servante lui tendait des perches :

— Vous et Anne avez des relations… A tous les deux, il vous serait facile de nous sortir des ennuis et de clouer le bec de Georgette… Evidemment, ce n'est pas à Gémenos que vous trouverez des appuis… Ni à Aubagne… A Marseille peut-être ?

— A Marseille, tout est faisable, répondit Marius.

Il fit semblant de supputer les différentes options qui se présentaient à son esprit.

— Je connais même quelqu'un qui peut vous acheter vos olives. Caillaux, Louis Caillaux, on a fait un portrait de lui dans le journal il y a quatre ans, lorsqu'il a été invité au mariage de Léopold de Belgique et d'Astrid de Suède.

— Le magnat du savon ? interrogea Anne.

— En personne.

Anne avait entendu les pires choses circuler sur cet homme et sur son épouse. On les disait proches de Spirito et Carbone, les chefs du milieu marseillais, et du député indépendant Simon Sabiani, le véritable maître de la ville.

— J'ai quelques scrupules, dit Anne. Ces gens-là sentent le soufre.

— Tu parles comme cette Georgette qui fait tant de mal à ta mère, répondit Marius. Il s'agit d'une dérisoire transaction commerciale, pas d'un pot-de-vin, et c'est toi qui devras la mener.

— Moi ! Il n'en est pas question.

— Prends tes responsabilités ! Tu veux sauver cette oliveraie afin que ta mère vive décemment, oui ou non ?

— Bien sûr que oui !

— Alors tu fais tes valises et tu rentres avec moi à Marseille.

— C'est que...

Elle s'arrêta de parler. Elle frissonnait des pieds à la tête, toute secouée qu'elle était dans son cœur, ayant une folle envie de partir et éprouvant dans le même temps des scrupules à quitter la maison. Mathilde se pencha et lui prit la main.

— Tu te souviens, hein, pas moins de deux francs le litre.

— Maman... Tu crois que vous vous en sortirez ?

— Nous pouvons tenir deux ans avec les provisions que nous avons accumulées, hein Adèle ? dis-lui, toi, qu'on peut tenir un siège.

— Pars tranquille petite, nous avons du bois,

mille livres de pommes de terre, des sous et le fusil de Gabi. Allez zou !

Soudain, Anne céda. Elle remonta dans sa chambre. Cinq minutes plus tard, elle en redescendit avec deux valises bourrées. Les embrassades et les câlins durèrent. Elle n'en finissait pas de serrer sa mère, et Mathilde dut la pousser vers Marius.

— Emportez-la vite avant qu'elle change d'avis !

— Maman...

— N'oublie pas, en dessous de deux francs, c'est du vol.

Anne s'en alla vers la voiture capotée et grimpa sur le siège du passager ; Marius claqua la portière derrière elle et embrassa tendrement les deux femmes qui lui chuchotèrent des mots aussitôt balayés par le mistral.

Deuxième partie

MARSEILLE

10

Rapide, puissant, interminable, le mistral hurlait toujours ; et Anne entendait Marseille gémir, cette vieille fille de joie toute de toits rouges vêtue, cette ville construite au gré des passions, des fortunes et des infortunes. Elle se boucha les oreilles avec le coussin. Elle avait l'impression que le vent la cherchait. Il poussait sur les volets de la chambre, puis repartait violenter la rue Paradis, toutes les rues, toutes les places, toutes les masures et les hôtels particuliers, bondissant de l'Estaque à Sainte-Marguerite, malmenant les pointus du Vieux-Port et les vapeurs en partance pour l'Afrique.

Il était 3 heures du matin et Marseille ne dormait pas ; on ne pouvait pas fermer l'œil quand la tempête secouait les maisons, arrachait les tuiles, rendait les animaux fous et les hommes craintifs. Elle imaginait les habitants du quartier guettant les caprices du vent. Calfeutrés chez eux, engoncés dans leurs principes et leur morale, ils devaient prier. Elle les aimait tant ces Marseillais, fiers de leurs certitudes, sûrs de leur devenir, riches de traditions millénaires.

Les Romains, les Goths, les Francs, les Maures, la peste et le choléra n'avaient pu les chasser de cette terre qu'ils tenaient de leurs ancêtres grecs et ligures. On faisait parti de ce clan lorsqu'on épousait ses coutumes sans condition.

Sans condition. Elle était trop libre pour ce sacrifice. Elle s'identifia au mistral qui revenait à la charge et se brisait sur les encorbellements et les saillies de la façade. Il frappa si fort aux volets qu'elle en eut le frisson et se pelotonna contre Marius qui, lui, dormait du sommeil des justes.

Ses yeux s'étaient accoutumés à la nuit, elle devinait le visage de son amant, cette sérénité de patricien trahie par une bouche trop sensuelle un peu entrouverte. Elle y promena son index, le chauffant au souffle léger qui s'échappait des lèvres. Depuis quatre jours, ils s'aimaient dans ce nid aménagé sous les toits. Ils essayaient de rattraper le temps perdu et épuisaient leur chair partout où le désir les prenait. Pas un fauteuil, pas un coin du tapis, pas même le bureau n'avait été épargné par leurs étreintes, mais c'était sur ce lit qu'ils assouvissaient leurs sens et que Marius s'était rendu, les bras en croix, après avoir été chevauché.

Son doigt glissa sous le menton, accrocha le drap et le repoussa en une vague blanche. Elle découvrit peu à peu le torse et le ventre. Elle en connaissait les moindres lignes, tous les reliefs, les duvets, les faiblesses. Le drap glissa encore et le doigt passa sur la verge. L'ongle joua un peu sur la peau endormie et Marius eut un très faible gémissement. Peut-être venait-il d'entrer dans le rêve d'une Shéhérazade ?

Anne abandonna le drap sur les cuisses et se rapprocha pour sentir cette peau. Une odeur de musc entêtante se mêlait à celle plus âcre de la sueur. Elle battit des paupières comme pour mieux chasser les ténèbres qui l'empêchaient de voir dans le détail l'objet de son désir. Ses narines palpitèrent, ses lèvres renflées par les baisers de la veille frémirent et le sang remué les fit s'ouvrir comme l'une de ces fleurs voraces de l'Amazonie. Sa langue goûta, s'enroula, traça des lignes de salive. Lorsque la bouche se referma sur lui, Marius prononça des paroles incohérentes ; Anne le rejoignait dans son rêve, Anne le dévorait, Anne devenait la grande prêtresse de Babylone et il se mit à haleter, à cricr...

Son propre cri l'avait réveillée. Georgette sortait d'un long cauchemar dans lequel elle était livrée aux flammes de l'enfer sous les yeux implorants de ses fils. La brûlure, elle la sentait encore sur sa main et son bras. Elle quitta péniblement le lit, pestant contre le mistraou qui donnait de violentes gifles à la maison. Neuf semaines de présence et tout un passé sous ce toit ne l'avaient pas accoutumée à la vaste demeure des Bastille. Du temps de son mariage, quand le père de Grégoire était encore en vie, elle ne se risquait jamais dans les autres chambres et passait des heures dans le salon à broder et à médire sur les Gémenosiens, en compagnie de voisines choisies pour leur mauvaise langue. « Qui s'assemble, se ressemble », disait toujours le grand-père Bastille avec le mépris de quelqu'un qui parle de la racaille.

Le vieux dictateur était mort salement d'une dysenterie qui avait provoqué un abcès au foie. Elle en avait éprouvé un plaisir certain ; elle se souvenait de l'enterrement et des regards complices, joyeux et discrets qu'elle avait adressés à ses amies.

Nom de Dieu qu'elle avait mal au bras. Et ce cochon de mistral ! En voilà un qui commençait à lui faire bouillir les nerfs. Il avait trouvé le moyen de décrocher les persiennes d'une fenêtre et le fracas qu'elles faisaient en se rabattant venait justement de la chambre du grand-père. Elle ouvrit la porte qui donnait sur la pièce rectangulaire prolongée par une alcôve dans laquelle s'oxydait le lit à barreaux de cuivre. C'était là que le vieux s'était vidé dans d'atroces douleurs. Il lui sembla voir une forme allongée sur le matelas poussiéreux. Ses poils se hérissèrent. Bang ! Bang ! faisaient les volets, évoquant les coups de marteau d'un géant sorti des enfers.

Georgette se précipita sur la lampe à pétrole ; il y avait une boîte d'allumettes près du socle de porcelaine. Les boîtes d'allumettes, elle en mettait partout. Il n'était pas bon pour le moral de rester dans le noir avec sa conscience, surtout depuis le départ de Dédé. Elle craqua le bout soufré sur la mèche, régla le débit de combustion au maximum et put repousser les ténèbres. Sur le matelas, il n'y avait rien. Elle alla à la fenêtre, l'ouvrit, lança un juron au mistral et crocheta les volets sur le montant de bois du bâti. L'effort lui fit mal au bras, elle se massa machinalement en chassant le froid que ce bougre de vent lui avait mis dans la chair.

Tout rentrait dans l'ordre. Elle renifla. Cette chambre puait la mort. Ce n'était pas un effet de son imagination. Un fumet de décomposition flottait dans l'air et se mélangeait à l'odeur des moisissures sèches et de la naphtaline camphrée. Elle pensa à un animal mort, peut-être un rat, et alla vers le lit, reniflant toujours comme un chien de chasse en tournant le museau dans tous les sens. S'accroupissant, elle regarda sous le châssis. Des peluches de poussières attendaient le balai d'Adèle et allaient l'attendre longtemps. L'intensité de la mauvaise odeur était la même.

— Il faudrait passer tout ça à la chaux vive, marmonna-t-elle en prenant la résolution de jeter matelas et sommier au dépotoir communal.

Lorsqu'elle prit appui sur le lit pour se redresser, la douleur au bras se fit plus vive. Elle l'examina et s'inquiéta. Il avait pris une drôle de couleur.

— Maudite coupure ! s'exclama-t-elle en touchant la plaie qu'elle s'était faite au cimetière.

Elle s'était pourtant soignée avec des compresses de millepertuis et des décoctions de lavande. Elle avait même avalé une dizaine de pilules Spark, des pilules miraculeuses qu'on donnait aux gens atteints de petite vérole. La main et le bras avaient augmenté de volume. Elle fronça des narines dont les pavillons se mirent à palpiter. L'odeur… elle se dégageait de son bras. Y avait du pus là-dedans. Y fallait purger et vite ! Elle sortit de la chambre et se précipita à la cuisine après avoir dévalé les escaliers en pestant contre les roses empoisonnées des juives.

Remuant les cendres de la cuisinière, elle ralluma

le feu avec du papier journal et des sarments. Quand le bois se mit à prendre, elle ajouta des bûchettes. Les flammes commencèrent à jaillir par l'ouverture circulaire de la plaque de fonte. Ce qu'elle allait entreprendre n'était pas facile. Elle l'avait vu faire au siècle dernier dans la ferme de ses parents quand le docteur n'était pas encore installé à Gémenos. Pour vaincre son appréhension, elle déboucha une bouteille de gnôle et but au goulot. Un tiers de litre lui brûla la gorge et l'estomac mais elle se sentit en état d'opérer. Elle prit un couteau à viande et en fit rougir la lame au feu. La tête commençait à lui tourner, ses oreilles bourdonnaient et, dans l'ivresse naissante, elle pensait bêtement à l'économie réalisée. C'était autant de francs de moins dans la poche du docteur Ratier. La lame, large de trois pouces à la base, s'effilait en une redoutable pointe aiguisée à la meule ; celle-ci noircissait et s'empourprait. Avant de s'en servir, Georgette eut un grand besoin d'alcool et un autre tiers de litre cascada dans son gosier. Tout lui parut enfin simple et sans conséquence, aussi facile que d'égorger un poulet ou vider un porc. Elle prit le couteau, serra les dents et appliqua la pointe de la lame sur la grosseur jaunâtre qui s'étirait du mont de la lune, juste en dessous du pouce, au cubital antérieur, un peu avant le coude.

— Dehors la pourriture ! cria-t-elle en perçant la peau.

La douleur grimpa d'un seul coup le long des nerfs et se vrilla en une plainte dans son cerveau. Elle ne passa pas à travers sa bouche ouverte, mais à travers ses yeux exorbités. Le pus avait jailli et coulait tel un jaune d'œuf pâle. Ça pissait en une saleté qui se répandait sur la plaque de la cuisinière en grésillant et ça sentait le cadavre exposé au soleil.

Georgette était cependant une femme courageuse. Grimaçant, elle facilita la pyorrhée en se servant des doigts de la main gauche comme d'une pince, puis elle vida le reste de la gnôle sur la plaie quand le sang parut. Ce geste provoqua le gémissement. La longue plainte d'une louve blessée à mort. Elle eut l'impression que son cœur allait s'arrêter, mais le muscle tenait bon. Elle reprit sa respiration, remonta dans sa chambre, s'entortilla la main et le bras d'un linge propre et se coucha avec la conscience de quelqu'un qui avait agi en professionnel de la chirurgie.

« Trois francs de moins dans la poche de Ratier », fut la dernière pensée de Georgette que l'excès d'eau-de-vie emportait dans le royaume de Morphée.

Marius avait du mal à se faufiler dans la circulation. Quatre jours et quatre nuits passés entre les bras d'Anne l'avaient laminé. Ses réflexes laissaient à désirer, sa vision ne portait pas au-delà du sommet de la Canebière et il avait l'impression que l'église des Réformés était un grand animal préhistorique guettant ses proies dans la brume légère qui venait de la mer. Le mistral en avait fini avec la Provence ; il était tombé d'un coup, laissant le champ libre aux nuages du levant, qui annonçaient les pluies d'automne, et aux Marseillais, libérés de son oppression.

Anne aussi se sentait mieux. Calée dans le siège passager de la Torpédo, une expression de béatitude sur le visage, elle se gorgeait des bruits et des odeurs de la ville, avec un plaisir de chatte de gouttière qui reconnaît son territoire. Tout ce grouillement sur les trottoirs, tout ce bruit, ces voix chantantes, le ronflement des roues de trams sur les rails, les hennissements des chevaux, les pétarades des camions, les grincements des freins lui donnaient le tournis. Des vagues d'hommes et de véhicules battaient le pavé, déferlaient des rues de la Palud, de Rome, de Noailles, des Pucelles, du Grand Cours, suivant les pentes naturelles qui menaient au port. Des hordes d'ouvriers et de colporteurs venus du Panier apportaient avec eux des relents de soupe à l'oignon et d'ail ; des femmes du Roucas et du Prado promenaient les senteurs sucrées et poivrées des parfums de luxe. Tous se mélangeaient en une joyeuse cacophonie au milieu d'Indiens en turbans, d'Arabes en burnous, de Noirs, de Chinois, de militaires, de religieuses et de prostituées, de banquiers et d'une multitude d'aventuriers cherchant leur voie dans ce vaste temple d'argent facile qu'était devenue la capitale de la Méditerranée.

Anne s'étira et posa une main tendre sur l'épaule de Marius. Elle était heureuse, elle avait repris cette familiarité légère de citadine, d'intellectuelle libérée, ce franc-parler de journaliste qui la mettait à égalité avec les hommes les plus puissants de la ville. Elle n'avait jamais ressenti cette liberté à Gémenos. Là-bas, elle était reléguée au rang d'esclave et elle avait encore en mémoire les paroles de Gabi qui, un jour, voyant qu'elle ne parvenait pas à arracher des plants de pommes de terre, s'était écrié :

— De fremo e de chivaou n'y a ges senso defaou[1].

Elle eut un soupir de soulagement. A présent, elle était à sa place, au cœur d'une cité où or et idées affluaient à gros bouillons, où, derrière les portes bardées de bronze doré des immeubles cossus, une partie de l'histoire du pays se jouait. Elle se mit à penser à Caillaux, l'homme que Marius avait contacté trois jours plus tôt par téléphone. Tout ce qu'elle en savait, c'était qu'il était paternaliste, dur avec ses ouvriers, semblable aux patrons du Second Empire qui brassaient pouvoir et fortune au mépris de l'humanité.

— Je n'aime guère ce Caillaux, dit-elle.

Marius parut agacé. Ce n'était pas la première fois qu'elle émettait ces réserves depuis leur retour à Marseille.

— On ne te demande pas de l'aimer. Et puis, tu ne le rencontreras même pas, il est en déplacement dans le nord de la France. Tu vas être reçue par le directeur des achats-ventes.

Elle n'ignorait rien de l'entrevue préparée par son amant, mais elle avait l'intuition que quelque chose allait modifier le cours de sa vie, quelque chose qu'elle n'avait pas prévu. Elle n'avait aucune prise sur les événements à venir et elle détestait cela. Lorsqu'ils dépassèrent la rue qui menait au *Petit Provençal*, elle regretta le temps béni où, tous les matins, elle se rendait au café du coin avant de grimper dans la ruche où elle donnait de la gueule, luttait, écrivait, se battait avec les secrétaires de rédaction. Elle se

1. De femmes et de chevaux, il n'y en a point sans défaut.

pencha pour repérer des têtes connues, mais Marius conduisait vite et louvoyait entre les omnibus et les charrettes. Alors, elle se renversa sur son siège et se rappela les paroles de sa mère : « Pas moins de deux francs le litre. »

Il n'avait pas la berlue, il venait de l'apercevoir, et ce ne pouvait être qu'elle dans une Torpédo blanche. Elle, Anne, elle dont l'image le rongeait nuit après nuit. Dédé fit une embardée et frôla une autre voiture.

— Mais qu'est-ce que tu fais ? s'écria Colette.

Il ne lui répondit pas. Elle ne comptait plus, elle ne pesait plus rien, moins que la culotte de soie noire qu'il venait de lui acheter. Il avait même envie de la virer sur-le-champ, mais sa conduite devenue acrobatique l'en empêchait. Il s'était décidé à suivre la Torpédo. De loin…

Il s'étonna du parcours. Ils allaient vers Sainte-Marthe. Il en eut la confirmation quand ils entamèrent la montée tortueuse qui menait au bourg. Le coin n'avait pas bonne réputation. Des usines poussaient sur les pentes de la colline depuis plus de quatre-vingts ans. Elles étaient pareilles à des verrues de briques noires sous le ciel sali par les fumées grasses qui s'échappaient des hautes cheminées.

— Quel horrible endroit ! s'exclama Colette.

— Tais-toi ou tu descends !

Elle se tut et reprit son observation ; elle remarqua que son Dédé en avait après l'auto blanche ; il ne put toutefois la suivre ; elle s'arrêta devant la barrière mécanique d'une usine. Ralentissant, il lut sur l'immense panneau qui surmontait l'entrée : COMPAGNIE DES SAVONS ET HUILERIES DE MARSEILLE CAILLAUX.

— Qu'est-ce que ça sent mauvais, ne put s'empêcher de dire Colette en sortant un mouchoir parfumé de son sac pour se le mettre sur le nez.

Excédé par sa stupide maîtresse, Dédé accéléra et prit la route de Saint-Jérôme. Désormais, il allait s'attacher aux pas d'Anne et de son soupirant. A tous leurs pas. Il allait en avoir les moyens. Les quatre cinquièmes de son argent avaient été placés en Bourse. On lui avait fait miroiter des intérêts énormes ; la crise monétaire et économique était sur son déclin selon les experts des officines en placements. D'ici le début de l'année 1931, il allait augmenter son capital et recevoir l'aval des banques pour se lancer dans de vastes opérations spéculatives dans le foncier ; et il songeait à racheter toutes les vieilles propriétés agricoles situées entre Aubagne et Allauch, dans cet est de Marseille promis à un développement gigantesque. Parvenu à ce stade de sa nouvelle carrière de capitaine des finances, il était évident que toutes les portes de Marseille allaient s'ouvrir devant lui, que les grands lui feraient des courbettes et qu'Anne le regarderait autrement.

— La vie est belle, lança-t-il en dépassant les cent kilomètres à l'heure sur la petite départementale où se traînaient les carrioles à bras, les attelages d'un autre âge et les paysans.

La barrière rouge et blanche frappée d'un STOP se releva. La Torpédo passa cette frontière et l'univers connu ne fut plus qu'un souvenir. Anne sentit soudain un poids énorme à la poitrine. Ce qu'elle voyait et sentait lui soulevait le cœur. Dans une vapeur soufflée par des chaudières géantes, sous les cheminées suintantes qui crachaient des nuages de suie, au pied des bâtiments striés de crasse, des ouvriers, les oreilles assourdies par le roulement continuel de berlines sur des rails et le va-et-vient de gros camions tachés de sang, charriaient des carcasses animales, des barils de suif, des sacs de coprah, des bidons de fer contenant des huiles d'olive ou de palme. Des câbles filaient à toute vitesse au-dessus des charpentes de fer et des blocs de briques, emmenant des nacelles débordantes de soude vers des ouvertures noirâtres pareilles à des gueules de dragon environnées de fumerolles. Une sirène rauque répondait aux coups de sifflets des contremaîtres, et la savonnerie dévorait et vomissait sans arrêt des flots d'hommes gris qui piétinaient dans la boue brune des rejets de toutes sortes.

— Bienvenue en enfer ! lui dit Marius alors qu'elle avait du mal à respirer l'épais remugle chimique et organique qui lui râpait les cloisons nasales et descendait en un gaz décapant dans ses poumons.

Sa poitrine était une forge dans laquelle le mal grondait. Georgette avait trop attendu. Elle croyait en avoir fini avec la pourriture lorsqu'elle s'était percé la main et le bras. La pourriture était revenue vingt-quatre heures plus tard. A présent, la chair gonflée était d'une couleur indéfinissable ; du jaune, du bleu et du marron se mêlaient au pourpre d'une fièvre qui la faisait claquer des dents malgré les cinq couvertures et les châles qui s'arrondissaient en une colline de laine sur elle. Elle tremblait tant que son lit de fer grinçait.

— T'en fais pas, maman, le docteur va arriver, lui dit Colin.

— Ratier... Il est pas foutu de soigner une chèvre, répondit-elle.

Malgré la douleur et la lave dans ses veines, elle n'avait rien perdu de sa verve fielleuse et elle se disait tout bas que c'était une honte de devoir faire appel à un charlatan ayant tué plus de gens au village que les boches pendant la guerre de 14. Et en plus, elle allait payer !

— T'aurais pas dû te saigner !

— Ça n'a rien à voir, c'est la juive qui m'a jeté un sort !

— Ne dis pas ça.

Elle voulut le remballer, mais la torture lancinante atteignit son épaule et elle grimaça. Clémentine, la femme de Colin, entra dans la chambre.

— Mémée, le docteur est là.

Georgette lança un regard furibond à sa belle-fille ; elle savait bien que cette voleuse de fils se réjouissait de la voir dans cet état. Le docteur Ratier se montra dans un costume noir décoré du chaînon d'argent de sa montre-gousset. Les verres en demi-lune de ses lunettes miroitèrent ; il huma la pestilence, vit Georgette sous son tas de plaids et fit signe à Colin et Clémentine de sortir.

— Que se passe-t-il ? demanda-t-il.

— J'ai fait une bêtise, répondit la malade soudain craintive et respectueuse.

Il le savait déjà. Clémentine lui avait tout expliqué. Mais il ne s'attendait pas à la découvrir dans cet état avancé. Lorsqu'il examina le bras et l'épaule, il eut en tête des «nom de Dieu, nom de Dieu!». Puis il écouta le cœur et les poumons avec son stéthoscope. Cet examen confirma la dégradation de l'organisme. La gangrène se répandait et il eut la vision de l'intérieur de ce corps, de ce microcosme cellulaire pourri, dans lequel se désintégraient les molécules albuminoïdes. Il leva les yeux au plafond et passa une main dans le reste de cheveux qui argentait son crâne rose, comme s'il voulait puiser des idées dans le savoir médical accumulé depuis Hippocrate et Galien jusqu'aux dernières trouvailles des chercheurs qui œuvraient dans les instituts.

Dans sa cervelle d'érudit, tout était décrit, répertorié : de la gastrite à l'angine de poitrine en passant par la goutte, les fièvres de Malte, la néphrite, l'urémie et l'aspergillose. Dans sa soif de connaître et de mieux soigner, il s'était abonné à des revues et correspondait régulièrement avec divers spécialistes qui lui avaient permis de diagnostiquer des colloïdoclasies, des angioleucites, des exstrophies et des staphylococcémies de toutes sortes. Il n'était pas un médecin de campagne ordinaire et il savait comment traiter les gangrènes. Il fallait débrider minutieusement les plaies, avec anesthésie à l'éther, nettoyage à l'eau oxygénée, lavage et pansement à l'éther, sans oublier la sérothérapie antigangréneuse qui consistait à injecter du sérum constitué d'antiperfringens, d'antivibrion septique, d'antiœdematiens, d'antihistolytique et d'une bonne dose de sérum anti-streptococcique.

Dans le cas présent, tous ces antimachins étaient inutiles. Face à Georgette, il n'avait pas à prendre de mesures d'urgence. Elle était foutue.

— Alors ? demanda-t-elle.

— Il faut vous reposer et vous purger par médicaments. Je vais faire l'ordonnance, dans cinq ou six jours, ça ira mieux.

Georgette se sentit aussitôt mieux malgré l'argent à dépenser. Ratier écrivait. Il pensait à l'enterrement. Elle allait terriblement souffrir, il prescrivit des suppositoires de cocaïne, du Nembutal et des somnifères, sans prendre la peinc de les doser exactement. Puis il prit congé, entraîna Colin au-dehors et lui fit part de l'issue fatale. L'aîné des Bastille pensa aussitôt au curé, à Dédé et au nouveau partage du Grand Mas. « Les cinq hectares du verger pour moi, la maison au frangin, ce serait bien », se dit-il.

Les bureaux s'étendaient à droite du complexe industriel, séparés de ce dernier par un immense bâtiment plat qui abritait le vestiaire des femmes et l'infirmerie. Anne y suivit Marius. Il y stagnait la même odeur épouvantable et celle plus agréable des savons exposés sur des étagères et des tables. La réception faisait office de musée et de vitrine. Deux grandes affiches vantaient les qualités du savon Caillaux. Sur l'une, une institutrice face à des fillettes désignait une phrase sur le tableau noir : *Quand vous serez grandes, faites votre lessive avec le bon savon blanc Chouette*, une tête de chouette était effectivement dessinée sur un coin du tableau. Sur l'autre, une cigogne tenait dans son bec un panier contenant des savons et Anne lut : *Le savon parfumé Cigogne des établissements Caillaux pour les linges délicats.*

Les mêmes savons s'empilaient en une pyramide sous le portrait du patron dont les yeux semblaient fixer les arrivants. Décidément, il était beaucoup plus antipathique qu'elle ne l'avait imaginé. Anne reconnut le rapace. Aucune sensualité. Pas de lèvres. Le menton pointu. Des rides profondes de prédateur entre les commissures et les joues creuses. N'avait-il pas absorbé plusieurs savonneries concurrentes après les avoir ruinées en exerçant des pressions sur les transporteurs ferroviaires qui répartissaient les wagons entre les producteurs ? Il n'était pas le seul. Depuis le début des années 20, les savonniers se livraient une guerre sans merci ; les marques Tempier, Roux et bien d'autres avaient disparu et, des quatre-vingt-dix entreprises du siècle dernier, il en restait cinquante. Elle se félicitait de l'absence de Louis Caillaux.

Un couloir bordé de bureaux s'enfonçait entre des étagères couvertes de battoirs pour lavandières. Chacun d'eux vantaient l'une des nombreuses sous-marques des savons Caillaux. Sainte-Marthe, Bonne-Mère, Arc-en-Ciel, Ménagère, Vague-Blanche... Les noms sculptés sur le bois dur des faces de ces outils féminins rappelèrent à Anne ses sept ou huit épouvantables séances de lavage au petit lavoir du quartier Saint-Pierre où elle se rendait avec sa mère en poussant une carriole pleine de linge sale.

Marius entra sans frapper dans le secrétariat et salua une femme ronde d'une trentaine d'années, en robe mauve moulante, qui s'escrimait sur une machine à écrire. Quand elle le vit, ses doigts s'écartèrent du clavier pour donner du volume à ses cheveux longs et bouclés et elle gloussa un « Bonjour, monsieur Botey » digne d'une actrice de cinéma et ajouta un « Mademoiselle » glacial en toisant Anne.

Jouant des épaules et des hanches, la secrétaire vint promener son opulente poitrine sous le nez de Marius qui ne put s'empêcher de jeter un œil sur les chairs frémissantes qui remplissaient le balcon du décolleté.

— Monsieur Sassot vous attend, par ici je vous prie.

Elle passa devant le couple, qui eut droit au mouvement chaloupé des hanches, et Anne, à la vue de ce cul provocant qui attirait le regard de son amant, donna un coup de coude à ce dernier. Décidément, elle détestait ces lieux. La secrétaire donna deux coups brefs à une porte vitrée sur laquelle on pouvait lire : *Directeur commercial*, et s'écarta pour laisser entrer les visiteurs.

— Monsieur Botey..., fit d'un ton théâtral l'homme qui se tenait derrière un bureau submergé de paperasses.

Il lâcha la liasse de bons de commande qu'il tenait à la main pour venir serrer celle du rédacteur. Anne mesura combien était importante la position de Marius au sein de la société marseillaise. Elle le soupçonna même d'entretenir une sorte de clientélisme quand le directeur s'inclina devant elle pour lui baiser la main en susurrant :

— Ravi de vous connaître enfin, mademoiselle Bastille, cette maison est la vôtre. Monsieur Botey a fait beaucoup pour la compagnie et nous sommes désormais vos obligés.

Sassot était l'homme le plus maigre, le plus osseux, le plus obséquieux qu'elle eût jamais rencontré. Elle le compara à un croque-mort et retira vivement sa main avant que les lèvres, qu'elle savait froides, n'effleurent sa peau.

— Désirez-vous visiter notre établissement ?

— Je préférerais d'abord discuter affaires, répondit-elle.

— Mademoiselle Bastille ! Discuter affaires ! Mais c'est une offense que vous nous faites ! Il n'est pas question de discuter de quoi que ce soit ; les quelques éléments que monsieur Botey a eu l'obligeance de nous fournir sur votre oliveraie me permettent de vous dire que nous achèterons toute votre récolte, et qu'une fois pressée par nos soins votre huile sera reprise à trois francs le litre.

Trois francs le litre. Anne était stupéfaite. C'était bien au-delà des prix du marché. Il y avait une combine là-dessous et Marius en était le principal responsable ; elle se sentit trahie, salie, et faillit demander des explications, quand Marius exprima le fond de ses pensées :

— Cela me semble correct et je crois que cette offre satisfera pleinement ta mère.

Anne fut ramenée à l'âpre et triste réalité. Sa mère attendait tant d'elle. En acceptant, elle sauvait l'oliveraie et assurait des revenus décents aux deux femmes qu'elle aimait le plus au monde. Elle les imagina au pied de la montagne, environnées d'hostilité, presque sans défense, et ravala sa fierté pour répondre :

— Il va de soi que le transport sera à nos frais.

— Nous avons des camions qui livrent nos produits à Toulon et reviennent à vide par la nationale, dit Sassot. S'arrêter à Gémenos charger vos olives et les livrer à nos huileries ne nous coûterait rien.

— Je tiens à payer les heures du chauffeur.

— Comme vous le voudrez. Puis-je faire taper une lettre d'accord par ma secrétaire avant de vous emmener dans le temple du savon ?

Anne acquiesça. Lorsque le directeur s'éclipsa, elle eut un regard noir pour Marius qui, d'un sourire désarmant, écarta les mains comme pour lui répondre : « N'est-ce pas ce que tu voulais ? »

11

Sassot était intarissable. Il aurait pu se nommer monsieur Chiffre tant il aimait donner des précisions chiffrées. Tout en les entraînant vers la salle des lessives, il leur apprit que les savonneries pesaient sur le trafic portuaire des matières premières ; elles avaient un besoin énorme de soudes et d'huiles des pays producteurs, et il leur cita les tonnages annuels engloutis par la compagnie depuis 1900.

— Nous sommes les premiers sur le marché, conclut-il en évitant les flaques grasses qui stagnaient sur la vaste esplanade de déchargement.

— Evidemment, je suppose que vous ne subissez pas la crise malgré la dépréciation du franc qui, en dix ans, a perdu plus de 80 % de sa valeur, dit Anne.

Le directeur fut décontenancé. Il regarda la jeune femme comme une espèce rare. Où allait-on si les femelles s'intéressaient à l'économie ?

— Et si je tiens compte de la situation actuelle, due à l'effondrement des Bourses et de la livre sterling, poursuivit-elle, du renforcement des barrières douanières et des aides d'Etat chez nos voisins européens, je me demande comment les savonneries vont pouvoir augmenter leur production sans réduire le personnel.

La pomme d'Adam de Sassot roula sous la peau. La demoiselle, qui au demeurant lui paraissait moins sympathique, devait être du genre fouille-merde. Botey n'avait-il pas dit qu'elle collaborait au journal ? Il essaya de se souvenir d'une signature Bastille au bas des colonnes et ce fut peine perdue. Elle devait tenir une rubrique *Arts ménagers* et il ne lisait jamais les papiers destinés aux femmes, sauf lorsqu'on y citait le savon.

— Les savonneries marseillaises n'ont pas de véritables concurrents ; elles se mangent entre elles et c'est déjà assez ; mais pour répondre franchement à vos interrogations, nous pallions la dépréciation et la crise par des augmentations de prix qui, en dix ans, ont atteint 500 %. Il n'y aura pas de licenciement, je vous le garantis. M. Caillaux n'y consentira jamais !

Anne en doutait. Elle aurait voulu poursuivre cette discussion, mais Sassot accéléra le pas pour s'engouffrer sous le portique noirci et rongé d'un bâtiment trapu. L'odeur décapante, le bruit infernal, les vapeurs exhalées par des machines, les cris des hommes pétrifièrent Anne sur le seuil de cet antre où on ne pouvait guère espérer vivre longtemps. Face à elle, un engin concassait des soudes artificielles qu'une quinzaine d'ouvriers déversaient entre ses mâchoires d'acier. Par un système de canalisations, les soudes pulvérisées se mélangeaient aux chaux grasses avant d'être acheminées vers la salle de lixiviation, où se préparaient les lessives de base.

Les hommes exténués tournèrent leurs yeux rougis vers les arrivants et les baissèrent aussitôt en reconnaissant le directeur commercial accompagné de clients. On ne perdait pas de temps à la compagnie des savons et huileries Caillaux. Un contremaître en casquette de marin, qui avait l'œil et l'oreille, comprit que le concasseur n'avait pas été nourri pendant quatre ou cinq secondes et il se chargea de rappeler aux gars que la prime au rendement risquait de souffrir en fin de semaine. La chaîne humaine cassée par le poids des sacs augmenta sa vitesse. Anne en fut toute remuée. Pas Sassot, ni Botey. Les deux hommes devisaient tranquillement comme s'ils se promenaient sur la Canebière.

« Mais bon sang, réagis ! » pensa Anne en regardant Marius, si indifférent aux souffrances. Son cher amant, son humaniste, son franc-maçon, qui savait si bien réveiller les consciences par ses discours, contemplait sans émotion la seconde chaîne qui s'activait sur deux niveaux sombres.

— En haut, on ajoute de l'eau froide au mélange soude/chaux, dit Sassot. C'est ce qu'on appelle la lixiviation, une sorte de lavage si vous préférez. Quand on obtient les bonnes densités, on laisse couler ces lessives dans les réservoirs que vous voyez devant vous.

Anne se fichait des réservoirs. Elle ne voyait que les hommes contraints, fatigués, se livrer à des gestes mécaniques et se brûler les poumons. Elle entendit vaguement Sassot expliquer qu'il y avait quatre sortes de lessives : les bonnes premières, les bonnes secondes, les avances et les recuits. Le directeur commercial s'emballait, sa voix s'enflait, prenait un ton shakespearien, adapté aux décors ; il les conduisait à travers un dédale de rampes, d'escaliers, de couloirs peuplés de fantômes en bleus de travail et de chefs à casquette. Ils arrivèrent sur une passerelle de fer.

Lorsque Anne déboucha des profondeurs de l'usine et s'arrêta sur le bord de ce tremplin riveté et rouillé, elle eut l'impression de se pencher au-dessus d'un lieu de supplice empli de vapeurs brûlantes et de flammes. La chaleur insupportable venait de cette entaille gigantesque au cœur du complexe savonnier dont les parois de briques noires et les cylindres en tôle répercutaient les échos de dizaines de voix, d'ordres et de contrordres, de chuintements, de grésillements et de grondements. L'haleine des fours qu'elle apercevait en contrebas monta en une bouffée le long de ses jambes avant d'embraser son visage.

A ses pieds, les chauffeurs remplissaient en cadence les foyers des trente-deux énormes chaudrons, hauts de quatre mètres et larges de trois mètres cinquante. Au-dessus de ces récipients, en équilibre sur de minuscules planches posées en travers des ouvertures, des manœuvres en bras de chemise touillaient de la boue. De la boue en ébullition, Anne n'avait pas d'autre mot en tête. Visiblement, Marius était impressionné tandis que Sassot semblait en extase. C'était dans cet endroit diabolique

que s'opérait la transformation des huiles et des lessives en savon.

— L'empâtage des huiles, dit le directeur commercial en se tournant vers ses interlocuteurs.

On sentait à son ton que tout se jouait dans ce ravin plus vaste que les entrailles d'un paquebot géant, que tout le savoir des savonniers se concentrait sous les verrières noircies qui ne laissaient presque plus passer la lumière du jour, que le secret de la compagnie se transmettait de père en fils, de l'ouvrier à l'apprenti, des maîtres savonniers aux novices.

Anne avait le regard rivé sur les équilibristes qui, à chaque instant, risquaient de tomber dans la pâte cloquante et fumante sous leurs pieds. Elle les voyait évoluer sur leur bout de planche, accrochés à leur redable, cet outil de plus de trois mètres de long terminé par une large plaque de métal, avec lequel ils remuaient le liquide visqueux.

— On les choisit pour leur résistance à la chaleur. Avec le temps, leur peau devient comme une corne, expliqua Sassot.

Anne laissa de nouveau son regard plonger vers les chauffeurs. Comment se faisait-il que ces chaudrons ne fonctionnent pas au pétrole ? Les hommes ne se crèveraient plus à manier des pelles et à déplacer des tonnes de charbon amenées par centaines de brouettées.

Le progrès… Elle se méfia aussitôt de ce mot que sa pensée éclairée projetait en avant. Il signifiait amélioration des conditions de travail, rentabilité mais aussi chômage, révolte et… non, elle ne pouvait pas comparer la France et l'Allemagne. Elle chassa ses idées et revenait à la réalité de ce bagne légal quand le son strident d'un sifflet retentit. La fourmilière s'agita. Le tuyau principal, canalisant la vapeur d'eau destinée aux serpentins qui recouvraient les parois intérieures de l'un des chaudrons, venait de céder. La vapeur fusait en un souffle terrible. Le jet brûla un homme qui se mit à hurler et à rouler sur son tas de charbon. Les chefs d'équipe paniquèrent, le contremaître des chauffeurs ordonna en hurlant l'évacuation.

Puis, arriva le sauveur. Il était torse nu. Il venait de surgir de l'une des nombreuses portes du niveau supérieur ; il courut entre les manœuvres, qui avaient lâché leurs redables et quitté leurs planches pour évacuer, se laissa glisser le long d'une chaîne jusqu'à la partie inférieure d'où s'enfuyaient les chauffeurs, se précipita vers le blessé, le tira à l'écart, ouvrit la porte de fonte de la chambre à combustion, la vida de ses charbons incandescents en se servant de la pelle, puis coupa l'arrivée d'eau. Quand l'inconnu s'essuya le front en constatant que tout rentrait dans l'ordre, Sassot soupira.

— Il a sauvé la cuite.

Anne n'avait d'yeux que pour l'inconnu. Ce dernier mit deux de ses doigts dans sa bouche et siffla. L'un des chefs se montra et appela les autres. On alla féliciter le héros qui s'était accroupi près du blessé et on aboya des ordres pour la reprise du travail.

— Qui est-ce ? demanda Marius, songeant que cet

exploit méritait une demi-colonne dans *Le Petit Provençal.*

— C'est un inspecteur, répondit le directeur commercial sur un ton bizarre.

— Un inspecteur ?

— Une sorte de superviseur des ateliers, attaché à la sécurité, continua Sassot toujours sur ce ton qu'Anne aurait qualifié de prudent.

— Et un superviseur-inspecteur se balade torse nu dans la savonnerie ?

— C'est que…

Sassot n'avait pas de réponse à la question de Marius, du moins il ne voulait pas la donner. Anne le sentait très gêné. Il s'empressa d'ajouter :

— Surtout vous ne parlez pas de cet incident dans votre journal !

— Nous n'avons pas souvent des héros sous la main.

— Héros ou pas, vous ne dites rien là-dessus et vous oubliez cet homme. La compagnie saura le récompenser.

Sur ces derniers mots, Sassot émit une sorte de gloussement gourmand.

Anne observait l'inspecteur qui s'était redressé. Soudain, il leva la tête vers elle. Elle fut frappée non d'une sensation visuelle, mais d'une impression de toucher. Elle ne se sentit pas regardée mais dévorée. Elle était hypnotisée par ce regard noir et brillant qui semblait appartenir à un dieu antique.

— Il a bien un nom ? demanda Marius, intrigué par les sous-entendus du directeur.

— Testi, Jean Testi.

— Corse ?

— Oui, il vit au Panier.

Corse, vivant au Panier, superviseur dans la compagnie de Caillaux, ça ne collait pas. Marius jeta un coup d'œil à Anne pour savoir si elle était aussi perplexe que lui ; il découvrit une jeune femme sous le charme. Il eut un petit hochement de tête. Ce n'était pas la première fois qu'elle en pinçait pour quelqu'un. Sauf que le pincement paraissait être réciproque.

Le Testi examinait Anne et d'autres levèrent la tête pour en faire autant. Elle se dressait au bord de la passerelle, comme une insulte à leur condition ouvrière. Sa robe simple, coupée dans la couleur paille d'un tissu rare et léger, sa jaquette mi-ajustée de flanelle bleue, ses chaussures aux talons hauts et fins, l'excessive élégance de sa silhouette se détachant sur les verrières crasseuses, tout en elle montrait son appartenance au monde des riches et des puissants, à ce rêve qu'ils effleuraient lorsqu'ils se promenaient sur la rive Est de la Canebière et le long de la corniche. Dans cette position avantageuse, elle provoqua des sifflets admiratifs et des commentaires graveleux. Ils reluquaient sous sa robe et elle ne fit rien pour s'écarter de la rambarde, se mesurant du regard à ce Jean dont le visage n'exprimait à présent qu'un silencieux dédain.

— Ce sont des bêtes malfaisantes, s'offusqua Sassot, mademoiselle, ils…

— Je sais, la vue de mes jambes excite ces hommes et je suis fière de leur offrir ce petit divertissement... Oui, monsieur le directeur, des hommes ayant des désirs d'hommes, des êtres sûrement généreux, aimant leurs enfants et leur femme, presque rien ne nous sépare d'eux, si ce n'est la culture et un bon tirage à la loterie de la vie. Il y a fort à parier qu'un jour, l'un d'eux, ce Jean par exemple, que vous dites issu du quartier le plus pauvre de Marseille, ce Panier qui vous fait horreur, soit à votre place.

— Lui ! Ça m'étonnerait. Ce ne sera pas le premier à retourner sur le tas ! Il finira comme son père. Sa destinée de jouet est toute tracée : une fois cassé il...

Sassot devint tout rouge. Ses lèvres se soudèrent fermement. Ses yeux perdirent leur éclat pour prendre l'apparence vitreuse de ceux des poissons à l'étal ; ils demeuraient fixes, dardés sur l'apparition.

— Tiens, dit Marius, madame Caillaux en personne. Je ne la savais pas impliquée à ce point dans la bonne marche de l'usine.

A son tour, Anne vit la femme. La trentaine, les cheveux châtains coupés à la Louise Brooks, elle cachait ses formes sous un tailleur très strict de couleur noire. On aurait dit un ange de la nuit et, effectivement, Anne ne put s'empêcher de la comparer à la célèbre actrice qui venait de faire scandale dans le rôle principal du film *Journal d'une fille perdue*[1]. Elle

1. Elle y jouait une fille de pharmacien séduite, puis placée dans une maison de correction d'où elle s'enfuyait pour tomber dans la prostitution.

venait d'entrer par la même porte que le héros corse et marchait à pas lents et précautionneux entre les chaudrons fumeux vers lesquels revenaient les manœuvres. Elle devait leur inspirer de la terreur, ils baissaient les yeux et se précipitaient sur leurs redables. Madame Caillaux les ignorait. Elle risqua un œil par-dessus la protection, vers le fond charbonneux où les chauffeurs n'en finissaient pas de lorgner les jambes de la visiteuse.

— La patronne ! cria quelqu'un.

Sans même vérifier si elle était réellement là, chacun fila au travail et, en quelques secondes, les pelles se remirent à manger du charbon. L'inspecteur Jean rompit enfin son duel avec Anne et se hissa le long d'une chaîne jusqu'à madame Caillaux dont le visage s'éclaira. Elle n'avait d'yeux que pour lui et se moquait pas mal des clients et de Sassot qui l'observaient du haut de leur passerelle. Elle eut une vive explication à voix basse avec l'inspecteur, puis un geste affectueux en passant rapidement une main dans ses cheveux.

Anne ne pouvait en supporter davantage. Le héros la décevait, Sassot avait raison, il n'était qu'un jouet, un minable qui finirait son existence misérablement.

— On s'en va ! décida-t-elle. Nous terminerons cette visite une autre fois.

La colère capricieuse de sa maîtresse amusa Marius. Lorsqu'ils reprirent la route du centre-ville, il la poussa dans ses retranchements :

— Un beau garçon, ce Jean Testi. Dommage qu'il

soit en main, j'en connais certaines qui accepteraient de s'encanailler avec enthousiasme au Panier.

— Oh ça va !

— Mais je ne parlais pas pour toi ! Je ne savais pas qu'il te plaisait ce Corse. Ah je vois, je comprends mieux à présent, c'est pour lui que tu t'es donnée en spectacle. Tu ferais mieux de l'oublier. Sophie Caillaux n'est pas tendre avec ses rivales. C'est exactement le genre de femme qui te ferait arracher les yeux, couper les seins et te parfumerait à l'acide sulfurique.

— Tu la connais ?

Anne s'était subitement radoucie. Elle voulait en savoir plus sur cette garce millionnaire habillée haute couture qui se prenait pour Louise Brooks.

— Je l'ai rencontrée une seule fois à une soirée de la préfecture, mais nous ne nous sommes pas parlé ; elle a une aversion pour tout ce qui touche à la presse et se méfie tout particulièrement du *Petit Provençal* avec lequel traite son mari.

— Caillaux traite avec vous ?

— Il nous achète des espaces pour ses réclames de savons. Tu as dû les remarquer, le pélican, la cigogne, le Caillaux surfin aux huiles exotiques, les dessins tiennent le quart de page.

— Et de temps en temps, vous faites un papier élogieux sur ses activités, c'est ça ? Et puis, de toute façon, je m'en fiche ; j'ai la conscience propre, moi.

Marius n'engagea pas la bagarre. Elle avait envie d'en découdre après sa déconvenue dans l'usine et il ne désirait pas être le sac de sable d'une boxeuse dont les mots pouvaient vous mettre au tapis. Non, il voulait qu'elle purge lentement sa frustration et il en rajouta :

— Sophie Caillaux est, paraît-il, une amante hors pair. On dit même qu'elle ne déteste pas les femmes. Dans sa « folie », bâtie sur la corniche, elle organise les nuits les plus courues de Marseille. Opium, cocaïne, jeux, filles et garçons, tout est à la disposition de ses invités et je parie que le ténébreux Jean doit y tenir une place de choix. Il paraît qu'elle aime regarder. Enfin, c'est ce qu'on raconte ; personne du journal n'a pu le vérifier, vu que toutes les trombines des enquêteurs ont été fichées par les amis de cette grande prêtresse des plaisirs. Et quels amis ! Les deux chefs du milieu : Spirito et Carbone, les grands protecteurs des grands de Marseille, les courroies d'entraînement de l'homme qui monte et que tu détestes : Simon Sabiani. Tu piges pourquoi on ne chasse pas sur les terres de madame Caillaux ? Même Louis, cet époux-patron-patriarche que tu tiens en piètre estime, en a peur. Elle est l'inspiratrice et la reine du milieu et Jean Testi, le bouffon du moment. Un beau personnage de roman, tu ne trouves pas ?

Anne ne répondit pas. Marius venait de lui ouvrir de nouvelles perspectives de combat. Il y avait peut-être plus à écrire sur Marseille que sur Berlin. Elle se souvenait des élections de 1928 et de l'enjeu, dans la troisième circonscription, entre les cinq Corses se présentant aux législatives. Sabiani avait fini par l'emporter et on l'avait vu se promener en tête d'un cortège de partisans dans les rues populeuses tandis que ses proches portaient symboliquement le cercueil de son concurrent Canavelli.

Cet enterrement politique inaugurait une ère nouvelle. Cette ère était celle des Paul Venture, dit Carbone, de François Lydro Spirito et de Sophie Caillaux, qui rêvaient de se tailler un empire en Provence. Elle se promit d'écrire encore un ou deux articles sur l'Allemagne avant de s'attaquer à ce cancer qui rongeait la ville et finirait par discréditer toute la région si on n'y prenait garde. « Toi, tu vas me donner carte blanche », pensa-t-elle en regardant conduire son amant. Marseille était malade et elle allait la soigner.

Deux jours s'étaient écoulés depuis sa première visite. La soigner n'était plus de son ressort. Georgette s'en allait dans le délire. Le docteur Ratier l'avait bourrée de morphine et de drogues diverses. En sortant du Grand Mas, il croisa le curé de Gémenos que Clémentine était allée chercher. Il était précédé d'un enfant en aube blanche qui agitait une clochette. Les deux hommes se détestaient cordialement mais œuvraient en commun depuis plus de trente ans.

— Je vous la laisse, dit le docteur.

— Je finis toujours par l'emporter, répondit sardoniquement le curé.

— Je crains que votre bataille soit perdue d'avance cette fois-ci.

Le docteur salua le curé du chapeau et s'en alla faire trotter son cheval.

Vexé, le représentant de l'Eglise aiguisa ses armes

spirituelles en pénétrant dans la maison où il y avait déjà foule. Ce qui l'étonna. La Georgette n'était pas populaire au point de drainer vers son chevet toutes les pipelettes et les vieux du village. Il engloba d'un regard accusateur tout ce beau monde qui assiégeait l'escalier menant à la chambre avant de le bénir. Ils se signèrent et entamèrent une prière. Quand il grimpa à l'étage, une femme murmura :

— Ça sent le diable là-dedans.

— J'en fais mon affaire, répondit le curé.

Si le diable sentait ce que son nez reniflait, il n'était pas bon de le côtoyer plus de deux ou trois minutes. L'odeur de viande avariée vous frappait dès le seuil.

— Elle est bien faisandée, dit l'enfant de chœur en se bouchant les narines.

— Toi, tu te tais !

Ayant tiré l'oreille de son jeune assesseur, le prêtre lança une nouvelle bénédiction sur les proches de Georgette. Colin, ses enfants, les amies d'enfance de la moribonde, deux cousines, un oncle et Dédé occupaient un espace étroit entre l'armoire, la commode et la fenêtre close. D'autant plus étroit qu'ils restaient à l'écart du lit, où la malade gonflée de pus exhalait ses miasmes et des paroles incohérentes.

Dédé eut un regard suppliant pour le prêtre :

— Sauvez-la, il faut qu'elle parte propre, murmura-t-il.

Le cadet se sentait fautif. S'il avait été là, sa pauvre maman ne se serait pas blessée. Encore qu'il ignorât tout de l'accident. Personne ne savait ce qui s'était passé. Entre deux accès de fièvre, elle répétait avec véhémence que ce mal avait été envoyé par la juive et sa fille.

Le curé toisa Dédé, laissant glisser son œil réprobateur sur le costume beige à rayures et les chaussures bicolores. Dédé se sentit gêné. Lorsqu'il avait eu le message de son frère à l'hôtel, il n'avait pas pris le temps de se changer pour foncer vers Gémenos.

Le curé se tourna vers Georgette et eut de la peine à reconnaître en cette femme celle qui semait la terreur par ses propos. Elle avait le visage bouffi et jaunâtre. On ne voyait presque plus ses yeux et des humeurs visqueuses et nauséabondes s'écoulaient de son nez et de sa bouche sur le coussin en dentelle sur lequel s'étalait sa belle chevelure grise, unique rescapée de la décomposition.

— Ma fille… Ma fille, m'entends-tu ?

Les yeux de Georgette se déplissèrent et quand elle aperçut à travers le brouillard de la fièvre la figure compassée du curé penchée sur elle, le crucifix dans le poing, elle eut un accès de terreur sauvage.

— Va-t'en, oiseau de malheur, je ne suis pas sur le départ, va-t'en exorciser la Fusch ! Tu n'as rien à faire ici !

Le curé, qui en avait vu d'autres à la guerre de 14, se mit à prier, laissant couler les mots latins et magiques. Elle résistait. Il essaya le français en reprenant les paroles du sacrement :

— Purifiez-nous, Seigneur, et nous serons plus blancs que neige. Ayez pitié de nous, mon Dieu, qui êtes si bon ! Gloire au Père, au Fils, au Saint-Esprit, maintenant et toujours.

— Tu vas t'arrêter, maudit corbeau ! J'en veux pas de ton bon Dieu, c'est lui qui m'a faite miséreuse.

— Toute force nous vient de Dieu, puisqu'il a fait le ciel et la terre.

Georgette se tut. Toute la haine se concentra dans ses pupilles. Le curé pouvait y apercevoir des flammes et la famille qui se tenait à distance prit cette accalmie pour une reddition. Elle allait enfin se confesser. Ils attendaient un signe du prêtre pour sortir de la chambre. Surtout les enfants qui, au bord de la nausée, lançaient des regards désespérés à Clémentine et respiraient à petites doses l'air vicié qu'ils essayaient de filtrer entre leurs doigts appliqués sous le nez. Colin et Dédé se rendaient bien compte qu'il se passait quelque chose d'anormal, mais ils espéraient sincèrement que leur mère recevrait l'extrême-onction et que les huiles sanctifiées purifieraient cette âme alourdie de péchés.

Georgette n'en voulait pas, des huiles. Elle ne voulait rien de ce bonimenteur en soutane qui s'était fait le complice des deux juives. Il avait accepté leur argent pour dire des messes et il recevait la Mathilde dans l'église. Elle comprenait à présent. Elle avait été victime d'un complot. La fièvre grimpa jusqu'à son cerveau et y sema un désordre indescriptible. Sa haine grimpa aussi de quelques crans. Le complot… le chrétien et les juives… l'empoisonnement… le départ de Dédé… Tout cela prenait un sens… Elle n'allait pas crever sans régler des comptes… Elle allait même en régler un immédiatement avec ce cancrelat qui promenait son crucifix et récitait ses mensonges. Elle racla le fond de sa gorge, amassa les glaires dans sa bouche, eut un sourire et cracha le tout au visage du curé. Ce dernier ne s'y attendait pas. Quand la boule visqueuse et nauséabonde le frappa, il lâcha le crucifix et recula d'un bond. Colin, horrifié, se précipita avec son mouchoir pour le nettoyer.

— Ce n'est rien… Ô Seigneur… Il faut lui pardonner mon père, elle a perdu la raison.

Le curé suffoquait. Il balbutia un juron avant de repousser l'aîné des Bastille.

— Je ne peux rien faire pour elle !

— Il faut essayer ! s'écria Dédé en s'interposant entre le confesseur et la porte.

— Inutile ! Je ne suis pas exorciste !

— Maman, accepte l'aide du père René, implora Colin en se jetant sur le lit. Tu peux pas partir comme ça.

— Ceux qui partent pas propres reviennent tourmenter les vivants, c'est ce que je veux, répondit-elle en ayant retrouvé sa lucidité.

Elle avait réussi son coup. Malgré la douleur et les saletés de produits que cet incapable de docteur Ratier lui avait administrés dans les veines, elle tenait bon et se délectait de la fuite du curé poursuivi par Dédé.

Le cadet s'accrochait à l'homme d'Eglise ; il parvint à le pousser dans une chambre et, ayant refermé la porte derrière lui, il sortit son portefeuille et compta dix billets de cent francs.

— Tenez !

Le prêtre n'en avait jamais autant eu dans la main. Il demeura pétrifié à la vue de ces billets neufs.

— Je veux une belle messe pour ma mère et un enterrement chrétien. Vous direz aux Gémenosiens tout le bien que vous pensez d'elle, vous la citerez en exemple et vous demanderez qu'on chante *Salut, brillante étoile* et *Je vous bénis, céleste reine*. Elle aimait bien ces airs du temps de sa jeunesse.

— C'est que...

Le froissement de dix autres billets acheva de convaincre le saint homme et il eut un « Je ferai de mon mieux » qui rassura Dédé. La tractation achevée, les deux hommes rejoignirent les autres qui s'étaient massés devant la chambre de Georgette après avoir été attirés par les éclats de voix. Le curé reprit cette troupe en main et lui commanda la litanie des saints. Les femmes entamèrent aussitôt cet étrange récitation en latin qui tenait une place magique dans l'arsenal des armes de la foi.

Kyrie eleison.
Christe eleison.
Kyrie, eleison.
Christe, audi nos.
Christe, exaudi nos.
Pater de coelis, Deus, miserere nobis.
Fili, Redemptor mundi, Deus.
Spiritus sancte, Deus,
Sancta Trinitas, unus Deus,
Sancta Maria, ora pro nobis...

On ne voyait que leur visage et leurs mains sortant des vêtements de deuil. La plupart récitaient sans conviction, pensant que la Georgette n'en valait pas la peine ; elles auraient pu tout aussi bien trier des lentilles, écosser des petits pois ou plumer des grives. Elles mirent un peu plus de cœur lorsqu'elles entendirent les enfants pleurer.

— Dédé ! appela soudain Georgette.

C'était le grand moment. Dédé n'avait pas encore eu droit à une confrontation ; il avait tout fait pour retarder un face à face. Il s'avança vers le lit et le bras bandé et suppurant de sa mère se tendit vers lui. Il était effrayé.

— Approche.

Il s'approcha. Le bras crocheta son buste et le força à se pencher. Bon Dieu, qu'elle puait. C'était insupportable.

— Maman.

Il se mortifiait à coups de « maman » et l'amour gagnait peu à peu du terrain. Il se revit enfant, à ses côtés, parcourant la garrigue au printemps à la recherche des asperges sauvages, en promenade les dimanches dans la vallée de Saint-Pons et il l'entendit rire alors qu'il l'éclaboussait d'eau avec Colin lorsqu'ils se reposaient près de la cascade du Foulon. Tous les meilleurs souvenirs et des heures de bonheur défilèrent en quelques instants. Il lui caressa le visage, puis déposa un baiser sur le front brûlant.

Les yeux de Georgette flamboyaient. Son cher petit, elle le retrouvait, docile, prêt à écouter sa maman.

— Ah mon Dédé, si je t'avais pas.

— Je suis là, tu ne risques plus rien.

— Tout ce mal qu'elles m'ont fait, il n'y a que toi qui peux le chasser.

— Tu t'en sortiras, je vais faire venir un spécialiste de Marseille.

— Un spécialiste ? Un gros darnagas[1] en souliers vernis ? Jamais ! On donnera plus un sou à ces charlatans de la faculté. C'est toi qui vas me guérir.

Elle avait repris ce ton vindicatif qu'il détestait et elle cassa le charme des souvenirs heureux. Dédé mit à nouveau de la distance entre la face gonflée et malodorante et la sienne.

— Moi, maman, mais je connais rien aux médicaments.

— Mais tu sais te servir d'un fusil, souffla-t-elle si bas qu'il fut le seul à l'entendre. Si tu veux me sauver, il faut qu'elles y passent. La Mathilde et sa fille. Tu es le seul qui puisse le faire, mon Dédé, le seul.

Dédé était horrifié. Il aurait voulu quitter sur-le-champ cette chambre pour aller se soûler au café Roubaud, mais il était paralysé par le regard terrifiant de Georgette.

— Je peux pas ! bredouilla-t-il.

— Tu veux ma mort ?

— Tu peux pas me demander ça... Tu peux pas... J'aime Anne.

Il l'avait enfin avoué et cela lui fit un bien immense. Georgette reçut cet aveu comme un coup de poignard. Son sang avarié fut pompé à une vitesse folle par le cœur ; ses poumons tentèrent de se remplir d'air. Mais il était trop tard. Quelque chose était en train de se casser. Toute l'énergie

1. Imbécile.

qu'il lui restait, elle l'employa à lancer ces mots vers l'invisible :

— Dieu ou diable, faites que quelqu'un me venge !

Puis la mort fondit sur elle en quelques secondes et coupa le fil de la vie.

12

Sancte Petre, ora pro nobis.
Sancte Paule,
Sancte Andrea,
Sancte Jacobe
Sancte Thoma...

Sophie se réveilla d'un coup. Quel affreux cauchemar ! Elle était dans une maison inconnue au milieu de paysans. Puis elle avait vu cette mourante et s'était sentie aspirée. Oui, aspirée, il n'y avait pas d'autre mot, par cette horrible malade au moment de la mort.

« J'ai trop bu hier », pensa-t-elle en repoussant le drap entortillé autour de ses jambes. Jean, son cher amant, était tout près d'elle, la tête enfouie sous deux coussins de soie. Elle préférait le savoir ici qu'au cœur de la savonnerie à risquer sa peau sous les chaudrons et les cuves. C'était elle qui avait eu l'idée de le faire embaucher par son mari, et, à présent, elle s'en voulait. Son regard frôla les épaules, puis les fesses cambrées de son amant, mais contrairement à son tempérament, elle n'eut pas envie d'y faire courir sa langue. Quelque chose en elle tuait le désir ; elle ne parvenait pas à couper les liens qui la reliaient à la vision macabre du cauchemar.

La pendule chinoise marquait 4 heures et le soleil frappait les tentures précieuses en velours gaufré qui masquaient les hautes fenêtres. Sophie cherchait ses repères. La vaste pièce décorée à l'orientale n'aurait pas dépareillé dans un palais exotique. Entre les papiers peints chinois, à décor de fleurs et d'oiseaux, et les consoles de bois patiné, sculptées à Madras, les fenêtres s'inscrivaient dans des coffrages sur lesquels s'enlaçaient des danseuses Apsaras semblables aux femmes célestes ornant le temple d'Angkor-Vat ; elles fixaient leurs énigmatiques regards sensuels sur une Sophie troublée qui cherchait son chemin entre les corps épars.

Trois autres couples faisaient des taches claires sur les sofas et les canapés. Sophie ne parvenait pas à mettre un nom sur ces visages fatigués qu'un magicien avait figés dans des poses indécentes. Il s'agissait pourtant de ses habituels compagnons d'orgie.

« Des cachets, il me faut des cachets... »

Elle avait toujours une boîte de Néragol à portée de main pour les réveils difficiles. Elle eut la nausée. L'air confiné sentait la sueur, l'alcool, le sexe et l'opium. Elle jeta des regards anxieux autour d'elle. Elle n'eut pas à chercher longtemps. La boîte reposait au pied d'une divinité tibétaine à trois visages, la Mahâpratisarâ du Sud, qui protège contre les dangers corporels. Les figures sereines peintes en jaune ne dissipèrent pas son angoisse, elle était toujours là-bas, avec l'esprit de la morte. Elle s'empara de la boîte en tremblant, chercha un verre, une carafe d'eau et, ne les trouvant pas, retourna désespérée sur son lit où elle sanglota.

L'écho de cette tristesse passa l'invisible frontière derrière laquelle Jean poursuivait un rêve. Et quel rêve ! Il traquait la belle inconnue dans le dédale de la savonnerie ; elle lui échappait sans cesse. Quand il parvenait à s'en approcher, il apercevait son regard d'ambre, le feu dans ses prunelles, puis il entendait son rire clair. L'instant d'après, elle disparaissait. Ce jeu l'excitait... Puis il y eut ces sanglots et le déchirement brutal. Il ouvrit les paupières et vit Sophie recroquevillée sur le lit.

— Sophie, appela-t-il en la prenant tendrement par les épaules.

Elle se retourna et se jeta dans ses bras. Elle ne l'avait pas habitué à une telle faiblesse. Il ne savait pas comment la consoler. Sophie était plus dure que les femmes corses du Panier mais elle n'en avait pas le cœur. Il ne se faisait aucune illusion sur les sentiments qu'elle éprouvait pour lui, même s'il lui semblait parfois qu'elle était amoureuse. Sa position de favori était précaire ; il en était conscient.

— Qu'est-ce que tu as ?

— Oh ! Si tu savais... Un affreux cauchemar... Je n'arrive pas à m'en défaire... Prends-moi !

Elle s'accrocha à lui. Ses ongles, qu'elle avait longs, se plantèrent dans la peau de son amant. Il la renversa et elle ouvrit les jambes. Jean poursuivait encore son rêve. Il s'abattait sur l'inconnue aux cheveux courts. Il poussa brutalement son ventre contre celui de Sophie et sentit les ongles de cette dernière le déchirer. Il ferma les yeux pour ne plus voir le visage grimaçant de cette maîtresse exigeante et s'emplit l'esprit du regard d'ambre auquel il s'était mesuré trois jours plus tôt. Son désir augmenta, sa fougue fit crier Sophie, un couple réveillé les observa pendant un moment en se caressant. Jean ne les vit même pas s'approcher, pas plus qu'il n'entendait les râles et les mots orduriers de sa partenaire. Il était en route vers Anne et chaque coup de reins l'éloignait de ses compagnons de débauche. Lorsqu'il se figea dans les chairs palpitantes et que son rêve fut brisé par de brèves secousses, il éprouva un grand dégoût. Il ne déposa pas les rituels et délicats baisers sur les tempes mouillées de Sophie ; il se retira aussitôt, quitta la couche, évita de poser son regard sur le couple tête-bêche qui jouait de la langue et de la bouche, fila dans la salle de bains et se doucha avec l'espoir de se décrasser l'âme.

Vain rituel. Il lui aurait fallu toute l'eau bénite de Notre-Dame-de-la-Garde et toutes les eaux sacrées des sources ligures de la chaîne de l'étoile pour le purifier.

— Où vas-tu ?

La voix de Sophie le ramena vers le torrent de boue de son existence. La jeune femme se tenait dans l'encadrement de la porte, une longue cigarette entre les doigts et un briquet d'or à la main.

— A l'usine.

— Ridicule.

— Il faut bien que je justifie mon salaire. Laisse-moi passer.

— Ton travail, c'est ici que tu dois l'exécuter, dit-elle d'une voix impérieuse en lui barrant le chemin. Ici, tu comprends, sur moi quand j'en ai envie.

Elle lui souffla la fumée en plein visage et le toisa fixement. Une lueur cruelle dansait dans l'encre de ce regard qui ne se détournait jamais. Elle préparait un mauvais coup, il la connaissait trop. Alors qu'il la repoussait sans violence vers l'extérieur, elle lui écrasa la cigarette sur le ventre. Il la gifla. Elle retint son cri et sa rage, ne tentant pas de le retenir. Ce ne fut que lorsqu'elle entendit la porte du salon chinois claquer qu'elle lança :

— Tu me le paieras, sale Corse !

Dès le lendemain de l'enterrement, bien avant l'aube, Dédé retourna à Marseille. Il gara sa Lorraine sur le port, vissa son feutre beige sur sa tignasse et marcha le long des quais où quelques fêtards ivres et débraillés vidaient leurs tripes entre les baraques des compagnies maritimes.

Etrangement, il éprouvait peu de peine. La mort de sa mère l'avait libéré. Georgette ne l'écrasait plus de son amour ; Georgette ne le serrait plus à l'étouffer sur sa poitrine généreuse ; Georgette s'évaporait en une buée pestilentielle sous la terre de Gémenos. Dédé remua du nez. L'odeur de la mer huileuse, dans laquelle se jetaient les égouts du Panier, lui rappelait trop les chairs tournées de sa mère mais il n'osait pas s'enfoncer dans les venelles étroites où des ombres menaient d'interminables conciliabules. Il ne voulait pas être abordé par les filles défraîchies, les syphilitiques tordues, soignées au mercure et à l'arsenic, ou les mauvais garçons élevés dans le sérail de Carbone et de Spirito.

A la pensée des deux célèbres bandits qui régnaient sur la ville, il eut un frisson. Il se mit à marcher très vite. En fait, il avait une idée en tête, toujours la même, l'obsédante idée de se poster sous la fenêtre d'Anne, rue Paradis, de guetter la jeune fille, la suivre, connaître tout de sa vie privée afin de trouver un moyen de la faire sienne. Ses pas le rapprochaient du pont transbordeur dont la toile d'acier reliait la citadelle au fort Saint-Jean. L'envie de contempler le port de commerce le prit. Il rêvait de posséder de grands bateaux et sa propre messagerie maritime.

« Ça viendra… Ça viendra et alors plus rien ne me résistera », se dit-il en contournant le Panier. Parvenu à la chapelle des Pénitents, il se gorgea des centaines de lumières qui piquaient les bassins, ourlaient les charpentes et couronnaient les hautes grues déjà en mouvement. Un bruit de ferraille et de moteurs montait à ses oreilles et il imaginait les dockers suant le sang dans les cales des cargots. Toute l'Afrique et l'Orient se déversaient en sacs, caisses, fûts et paniers sur les vastes quais encombrés de camions et de chevaux. L'huile de palme, le cacao, le riz, les graines d'arachide, les plants d'ylang-ylang, le poivre, le café, la vanille, le raphia, les bois précieux s'entassaient, dépassaient les toits des hangars. Aussi loin que l'œil portait, on voyait des pyramides autour desquelles tournaient des troupeaux d'hommes éclairés par les réverbères des compagnies et les feux des calfats.

Il y avait de l'argent à faire. Beaucoup d'argent. Et

si, comme le lui avait promis son banquier, les cours de la Bourse remontaient, il allait pouvoir investir dans l'import-export et devenir en partie propriétaire de l'un des bateaux qui frottaient leurs coques aux madriers et aux bouées. Les vieux *Bagdad* et *Amazone*, l'imposant *Angkor*, *L'Antinous*, *L'Astrolabe*... Il les connaissait tous, ces navires qui faisaient la richesse de Marseille. Mais, de toute la flotte forte d'une centaine de nefs, ses préférés étaient *L'Explorateur Grandidier* et *Le Bernardin de Saint-Pierre*, deux paquebots mixtes pouvant transporter six cent quatre-vingts passagers, quatorze officiers, cent trente-deux marins et soixante-quatre boys.

« Un jour, ils seront à moi », pensa-t-il. Il se vit riche armateur ; il se vit courtisé ; il se vit se rendant au bal de la préfecture, Anne à son bras.

Anne... Ses poings se serrèrent. Il se tourna vers le levant et huma l'air comme un loup cherchant sa proie. L'aube violaçait l'horizon et les îles du Frioul prenaient des teintes de coquelicots fanés. Il quitta son poste d'observation et s'élança comme un fou à travers le Panier, grimpant la rue Saint-Claude et redescendant par celle de la Croix-d'Or. Le Vieux-Port était déjà couvert de poissonniers et de pêcheurs, le pont transbordeur grinçait sur ses poulies, la Canebière pulsait ses premiers flots d'automobiles et d'omnibus. La ville s'éveillait aux cris des estamaires[1] et des panieraires[2] et il n'était pas à l'affût rue Paradis.

1. Etameurs.
2. Vanniers.

« Nom de Dieu de nom di Padiou ! » s'exclama-t-il en parvenant essoufflé au bas de la longue rue bordée de maisons bourgeoises. Trois minutes suffirent à ses jambes pour le porter jusque devant l'immeuble à la double entrée surmontée d'un encorbellement brodé de feuilles d'acanthe. Il regrettait sa décapotable mais elle était trop voyante. Anne l'aurait immédiatement repérée. Se dissimulant sous la porte cochère d'une bâtisse voisine, il attendit le gibier.

Anne venait de passer une grande partie de la nuit à peaufiner un article sur les récessions de la crise monétaire et une autre partie à penser à ce Jean Testi. Elle ne comprenait pas ce qu'il lui arrivait. Pourquoi s'était-elle entichée d'un inconnu, d'un gigolo, d'un petit aventurier du Panier qui arrondissait ses fins de semaine en couchant avec cette dépravée de Sophie Caillaux. Elle en avait appris pas mal sur cette riche salope qui sablait parfois le champagne avec les horribles Spirito et Carbone. Et elle était jalouse de cette femme. Oui, jalouse ! La Sophie Caillaux avait un pouvoir absolu sur son amant. Elle se souvint de l'apparition de Jean dans la salle des cuves. Toute la signification de l'heure passée à la savonnerie semblait contenue dans les yeux et la bouche de cet homme.

Face au miroir de la coiffeuse, devant lequel elle redessinait ses sourcils au crayon, elle se trouva stupide et le manifesta tout haut :

— Pauvre de toi ! Tu ferais mieux de t'arraper[1] à

1. T'accrocher.

tes idéaux. Les petits plaisirs du sexe n'ont jamais mené bien loin.

Et elle mit aussitôt en pratique ses paroles, songeant au papier qu'elle allait rendre à Marius.

Comme d'habitude, elle s'en était prise au nouvel homme fort de l'Allemagne. Une fois de plus, elle allait agacer ses collègues qui voyaient en Hitler un exemple. Elle n'avait pas leur aveuglement. Son article disait que, comme tous les grands révolutionnaires, Hitler ne pouvait prospérer qu'en période de malheur, de chômage, de faim et de désespoir et que, par des moyens constitutionnels légaux, il allait bientôt détenir un pouvoir absolu en flattant le nationalisme du peuple allemand plongé dans le désespoir. Suivait une analyse financière où elle démontrait que la banque principale d'Allemagne, la Darmstaedter und Nationalbank, était prête à sombrer et que cette faillite allait accentuer la misère. Six millions de chômeurs venaient de porter le parti nazi au second rang du Reichstag et cette ascension n'allait pas s'arrêter là. La prochaine étape passait par l'élimination des communistes, elle le pressentait. La dernière déclaration d'Hitler à la presse ne laissait aucune place à l'ambiguïté : *Jamais de ma vie je ne me suis senti aussi bien disposé et aussi satisfait qu'en ce moment. Car la dure réalité a révélé aux yeux de millions d'Allemands les escroqueries sans précédents, les mensonges et les trahisons dont se sont rendus coupables les marxistes qui ont trompé le peuple.* Ainsi s'achevait son article et elle en était satisfaite.

Ayant renoué avec ses idéaux, vêtue d'un ensemble anthracite, jupe et veste granitées, chemisette ornée de fronces, escarpins et ceinture rouge, un discret cartable à la main, elle partit à la conquête de Marseille.

La bouche de Dédé s'ouvrit sur un oh muet d'admiration. Anne venait d'apparaître sur le perron de l'entrée. Il goba le corps élancé, la ligne des jambes gainées de bas de soie, la taille fine mise en valeur par le pourpre d'une ceinture de prix. Il eut à peine le temps de se rejeter en arrière. La belle passa sur le trottoir d'en face, plongée dans ses réflexions. Il se mit à la suivre, le regard partagé entre le cul moulé par la jupe et la nuque gracile. Il mourait d'envie de peloter l'un et d'embrasser l'autre. Ses pulsions mal contrôlées, il marcha telle une bête en rut dans le sillage parfumé d'Anne.

Le hasard voulut qu'elle le conduisît rue Saint-Ferréol où elle lécha quelques vitrines dont celle de la parfumerie où travaillait Colette. Il ne voulait surtout pas voir sa maîtresse ; elle lui était devenue insupportable depuis qu'Anne occupait la totalité de ses pensées. Il songeait à larguer la parfumeuse mais il ne savait pas comment s'y prendre. Tous les soirs, elle pointait son museau fardé de blonde à l'hôtel qu'il occupait depuis plus de deux mois et le piégeait par ses savantes reptations et aspirations.

Comme prévu, Anne se rendit au *Petit Provençal* et cela le mit en rage. Il n'admettait pas sa liaison avec Marius Botey. Elle s'affichait publiquement au bras de ce vieux beau. On devait jaser dans les bureaux du journal lorsqu'elle venait relancer le rédacteur en chef. Elle n'avait rien à y faire. Strictement rien puisque son nom n'apparaissait jamais au bas des colonnes. Pas une femme ne travaillait pour ce canard. Il fut pris d'une envie de meurtre et songea à trancher le cou de Marius.

L'entrevue avait été orageuse. Le dernier papier d'Anne ne figurait pas sur l'édition du jour. L'explosion du dirigeable anglais R 101 à Beauvais avait fait la une, débordant sur les pages intérieures. A l'évidence, la rédaction préférait donner du sang à ses lecteurs, pas de la réflexion. Anne avait exigé des explications. Pour toute réponse, le secrétaire avait gueulé :

— On s'en fout de ton Allemagne !

Et Marius n'avait pas bronché. Il s'était contenté de dire :

— Rends-toi compte, ce n'est pas rien cette catastrophe, il y a le ministre de l'Air britannique, Lord Thomson, parmi les victimes.

Elle n'avait pas voulu en entendre plus.

A présent, les joues en feu et le cœur battant à tout rompre, elle marchait droit vers le bas de la Canebière. Oubliés les idéaux, au panier l'humanisme, elle n'avait qu'une hâte : retrouver la trace de Jean Testi. Marius l'avait lâchée ; elle allait se venger à sa façon. Hélant un taxi, elle indiqua l'adresse de la compagnie des savons et huileries Caillaux.

Dédé ne s'était pas laissé surprendre. Il avait bondi dans un autre taxi en agitant un gros billet tout neuf sous les yeux du chauffeur. Maintenant, il s'étonnait de la direction prise par le véhicule d'Anne. On allait vers le nord de Marseille, là où les cheminées d'usine poussaient d'immenses panaches gris qui empuantissaient l'atmosphère. Les camions des abattoirs peinaient sur la route de Sainte-Marthe. Du suif coulait des bennes cahotantes et une odeur de mort s'infiltrait jusque dans l'habitacle du taxi.

— Et dire qu'on se lave avec ça ! Bonne mère, c'est à vous dégoûter du savon, dit le chauffeur dont les yeux ne quittaient pas l'arrière du camion qui le séparait de l'autre taxi.

Dédé ne l'écoutait pas. Le suif dans le savon, ce n'était pas son problème. Sa mère avait toujours acheté du savon à 72 % d'huile. Du savon de riche. Les cubes blancs gorgés d'huile de palme et de coprah et les cubes verts pleins d'huile d'olive, il y en avait toujours deux douzaines à la maison. Il revit Georgette, le battoir à la hanche, poussant sa brouette de vêtements sales vers le lavoir du quartier de Versailles, à Gémenos, avec lui, le petit Dédé, accroché à ses jupons. Cela le rendit tout triste. Ce maudit chauffeur ! Il aurait dû la fermer. A présent, il se sentait coupable. Il avait l'impression que, quelque part, sa mère l'observait en pleurant.

— On entre aussi ? demanda le chauffeur en voyant que la voiture de son confrère pénétrait dans la fabrique Caillaux.

— Surtout pas ! glapit Dédé. Continuez et arrêtez-vous devant le bistrot. On attendra qu'elle ressorte.

— C'est votre femme que vous suivez ?

— Non, ma sœur.

Sur ces mots, il extirpa une autre coupure de son portefeuille, la mit dans la main gourmande de son complice et alla prendre position au comptoir du café bondé d'ouvriers. Il demanda un petit blanc de Cassis et se mit à réfléchir. Pourquoi Anne venait-elle dans cet endroit ? C'était la seconde fois qu'il la pistait jusqu'aux établissements Caillaux. Une seule réponse s'imposait : elle était venue vendre sa future et misérable récolte d'huile d'olive. Logique mais pas satisfaisant. Il y avait autre chose là-dessous et il allait le découvrir. Il ne manquait pas d'argent pour délier les langues.

Le soleil montant écrasait de ses feux les verrières et les tuiles ; l'usine était déjà pleine du ronflement des chaudières et du ferraillement des concasseurs à vapeur. Anne renvoya son taxi et resta un moment sur place, face aux majuscules de l'enseigne de la compagnie. Des hommes et des femmes se pressaient vers les vestiaires, d'autres en sortaient, enfourchaient des vélos et repartaient vers la ville, les visages creusés de fatigue. Les équipes tournaient, se relayaient nuit et jour dans ce vaste temple de la saponification. Quelque chose d'angoissant se dégageait de ces existences enchaînées et elle mesurait combien elle était privilégiée. La compassion au cœur, elle pénétra dans les bureaux et retrouva le directeur commercial. Anselme Sassot en fut tout ébahi. Il cala ses lunettes contre ses yeux pour mieux la reluquer et entretint secrètement l'espoir qu'il ne lui était pas indifférent.

— Quel plaisir de vous revoir, lui dit-il en se précipitant pour lui serrer la main.

— Le plaisir est partagé, mentit-elle.

Une bouffée de chaleur monta à ses joues. D'un geste machinal, il donna un peu de jeu au nœud de sa cravate.

— Votre contrat est prêt!

— Je n'en doute pas. Je le signerai après ma visite. Lors de ma dernière venue, j'ai eu un court aperçu de votre établissement et depuis mon intérêt a grandi; j'ai l'intention de faire un historique des savonneries qui sera publié par *Le Petit Provençal* et vous pouvez m'aider en ce sens.

— Je suis l'homme de la situation. Le savon n'a pas de secret pour moi. Venez, nous allons reprendre tout depuis le début.

Sassot la conduisit au terminal des camions et lui expliqua comment les premiers savonniers avaient pris possession du quartier de Rive-Neuve, près du Pharo, au XVIIIe siècle, afin de profiter de la proximité des installations portuaires sur lesquelles on débarquait les huiles et les soudes.

Anne semblait l'écouter religieusement. Cependant, son regard en perpétuel mouvement fouillait les coins et les recoins de l'esplanade toute luisante de suif animal. Elle cherchait Jean parmi les débardeurs pliés sous les débris de viandes et de graisses. Elle était tellement concentrée sur son but qu'elle ne sentait pas le remugle. Il y avait là une bonne quantité de viande avariée et si elle avait été plus attentive aux révélations du directeur commercial, elle aurait deviné le trafic qui s'opérait entre les abattoirs et la compagnie, via les états-majors de Spirito et Carbone.

Sassot n'en finissait plus de parler. Il la poussa vers les fondoirs où, dans un ballet infernal, les débardeurs vidaient des centaines de kilos de barbaque et de gras. Du ventre de ces énormes panses de fer, le suif coulait à flots avant d'être refroidi et pressé. Les yeux d'Anne s'habituèrent à la pénombre de l'endroit où régnait une température de quarante degrés. Elle dévisagea tous les faciès tendus. Les machineurs étaient hypnotisés par les aiguilles des thermomètres et des manomètres, les manœuvres éliminaient à l'aide d'immenses louches l'excédent des impuretés qui, par gravitation, se séparait des graisses. Mais il n'y avait toujours pas de Jean.

Jean avait mis une vingtaine de minutes pour couvrir à bicyclette le trajet de la Corniche à Sainte-Marthe. Par fierté, il avait toujours refusé la voiture que voulait lui offrir Sophie. Il n'aurait su qu'en faire. Le Panier, où il vivait non loin de sa famille, était un inextricable dédale de ruelles et d'escaliers prévus pour la circulation des carrioles et des mulets. Il ne connaissait pas d'autres horizons que le Frioul et la chaîne de l'Etoile. Son service militaire, il l'avait fait à la caserne du Muy. La Corse, où il était né, il ne s'en souvenait pas. Lors des veillées de décembre et janvier, quand les clans de Bastia se réunissaient autour de la polenta, il se la faisait raconter par les vieux de la communauté et il lui semblait entendre courir les chèvres dans le maquis.

Dès son arrivée, à 7 heures, il avait couru au

bureau des ventes et achats. Sassot, le directeur commercial, prenait son service à 8 heures. Ce qui lui laissait une heure pour découvrir l'identité de la belle inconnue. Il avait un moyen infaillible pour y parvenir : Martine Esposito.

Martine Esposito, secrétaire de son état, actrice de cinéma dans l'âme, se morfondait derrière ses classeurs en passant le plus clair de son temps à peindre et repeindre ses ongles des mains et des pieds. Elle était folle de lui depuis qu'elle s'était mis en tête qu'il était le sosie de Rudolph Valentino. Dès qu'il ouvrit la porte du bureau, elle gloussa un « Monsieur Testi » en se tortillant sur son siège. Ce qui eut pour effet de faire remonter sa jupe au-dessus du mollet et remuer sa poitrine. Elle n'ignorait rien de la liaison qu'il entretenait avec la patronne, et lui savait qu'elle fricotait de temps à autre avec Sassot et un maître-savonnier du bâtiment B. Il pointa son doigt comme pour lui percer le cœur d'une flèche invisible et alla droit au but :

— Je voudrais que tu me révèles le nom des visiteurs qui accompagnaient Anselme, il y a quelques jours.

— Quels visiteurs ?

— Un couple. Une jeune femme aux cheveux courts et un homme élégant, la quarantaine.

— Botey, le rédacteur en chef du *Petit Provençal*, et sa petite amie.

— Ah bon, souffla-t-il un peu dépité par ce qu'il venait d'entendre.

Il ne les avait pas imaginés ensemble. Elle avait agi comme quelqu'un de libre, provoquant à la ronde le désir des ouvriers. Il la croyait représentante d'une société d'import-export, l'une de ces aventurières orphelines d'après-guerre qui jouaient en Bourse, investissaient dans les ports francs, achetaient des soies grèges de Syrie et du blé, échangeaient des lentilles et des pois pointus contre de l'acier, des pistaches contre du savon. Il y avait au moins trois douzaines de ces amazones à Marseille, capables de rivaliser avec les plus grands requins mâles du commerce. Elles étaient toujours flanquées de leur conseiller ou de leur avocat et il avait pris Botey pour l'un de ces serviteurs. Perspicace, attentive et sensitive, Martine devina qu'il s'intéressait à la fille.

— Elle est venue négocier sa future récolte d'olives, une misère d'après ce que j'ai pu comprendre. Pas de quoi produire vingt caisses de savons doux et cet imbécile d'Anselme veut la surpayer, j'ai le contrat.

— Tu as le contrat, montre-le-moi, il me faut l'adresse de cette cliente.

— Hé ! Te montrer le contrat ! Te dévoiler une adresse ! Aco nès pas de petos de couniou[1] que tu me demandes ! Et j'aurai quoi moi en échange ?

— Un baiser.

Une pinte de sang monta à la face de Martine. Jean ne la laissa pas reprendre ses esprits. Contournant le bureau, il la tira presque sauvagement par les cheveux et l'embrassa longuement. Elle en eut le souffle coupé. Il venait de lui donner l'illusion qu'elle était Nana dans le dernier film de Renoir.

1. Ce ne sont pas là des vétilles.

Elle aurait voulu qu'il recommence mais il recula. Elle hocha de la tête. Il lui avait donné plus qu'elle n'espérait. Elle ouvrit un classeur, prit une carte de la compagnie et y inscrivit le nom d'Anne Bastille suivi de l'adresse rue Paradis et du numéro de téléphone.

— Ça t'a plu ? dit-elle en lui tendant le bristol.

— Oui.

— On pourrait...

— Non.

— Sassot ne compte pas !

— Non. N'insiste pas.

— Méfie-toi, Jean. Elle est dangereuse.

Il parut surpris et essaya de percevoir le danger derrière le nom et le prénom de la jeune femme qu'il convoitait. Martine qui suivait son regard ajouta :

— Je ne te parle pas de cette fille mais de Sophie Caillaux. Sois très prudent.

Trois heures s'étaient écoulées depuis l'avertissement de Martine. Autour de Jean, les hommes toussaient et crachaient. La poussière de soude qui s'élevait des concasseurs brûlait les yeux et les bronches. Par les vasistas aux vitres fêlées, de maigres lumières tombaient sur les épaules et les cheveux blanchis. Il n'était pas rare de voir un compagnon saigner du nez. Jean, dont les fonctions s'étendaient du manœuvre à l'ingénieur, était devenu indispensable à la bonne marche de la fabrique. Il avait une sorte de génie pour les machines. Il décelait les pannes, réparait, améliorait. En ce moment même, armé d'une énorme clef à molette, il revissait les écrous du bloc moteur de l'un des concasseurs. Le bruit était assourdissant. Les mâchoires de fer broyaient des quintaux de soude, les digéraient et les rendaient sous forme de paillettes minuscules. Sous les trémies vibrantes, les moins qualifiés des ouvriers, généralement les recrues récentes, se crevaient à remplir des sacs.

— Remets en route ! dit Jean au machineur.

L'homme en treillis gris et casquette de pêcheur abaissa un levier. Les rouages entraînèrent les courroies. Les bielles animèrent la gueule d'acier et les dents claquèrent un moment à vide.

— Ça s'endraille bien ! s'exclama l'homme. T'es le meilleur, Jean, ajouta-t-il en lui tapotant amicalement l'épaule.

Il le pensait réellement, sincèrement. Jean était le meilleur de toute l'usine. Les plus humbles l'aimaient, les chefs le jalousaient, les femmes l'adoraient et il était au cœur de toutes les conversations depuis que madame Caillaux l'avait mis dans son lit. Au début, on lui en avait voulu de s'être lié d'amour avec la femme du patron ; on pensait qu'il allait renier ses modestes origines, mais cette liaison n'avait en rien modifié ses habitudes.

Jean contempla pendant quelques secondes les trois monstres qui mangeaient avec avidité, puis son regard fut attiré par l'ouverture de la grande porte à glissière. Il se figea. Précédée de Sassot, Anne Bastille entra dans l'atelier.

13

Un instant, Anne resta immobile, assourdie, sur la défensive. La soude en suspension lui piqua le nez. Elle fixa son attention sur le branle des concasseurs et elle eut l'impression qu'un troupeau fou de mille chevaux fonçait sur elle. Sassot en profita pour se rapprocher d'elle à la toucher. Il força sa voix.

— C'est là qu'on réduit la soude en paillettes avant de la mélanger à de la chaux grasse délitée.

Elle ne l'écoutait plus. Elle avait vu Jean. Leurs regards se vrillaient l'un dans l'autre. Pendant un instant, la tempête ne fut plus qu'un bruit lointain.

— On continue, mademoiselle, sinon on va devenir sourds.

Anselme Sassot avait percé le mur qu'elle venait de dresser sur un ton qui se voulait amusant. Il eut le toupet de lui prendre le bras afin de la conduire un peu plus loin dans la visite. Elle eut un sursaut et fit un pas de côté. La confusion du directeur se vit à la rougeur de son visage ; elle se doubla d'une crispation de tous ses muscles lorsqu'il vit que Jean se dirigeait vers eux. Il détestait le Corse mais il le craignait trop pour le montrer ouvertement. Ce petit salopard du Panier allait faire du charme à la jolie visiteuse.

Anne regardait venir l'homme en tricot de peau en plissant des yeux. Elle le jaugeait, le soupesait. Elle mit entre elle et lui le visage de Sophie Caillaux. Il marchait tel un félin. A plusieurs reprises, il sauta par-dessus des sacs de soude sans élan. Quand il fut devant elle, il lança :

— Mademoiselle Bastille, quel plaisir de vous revoir !

— Moi de même, monsieur Testi, répondit-elle avec aplomb.

Sassot était décontenancé. L'autre jour, il avait cru comprendre qu'elle voyait Testi pour la première fois. Il ne chercha même pas à intervenir. La situation lui échappait. Le Corse le mit hors course sans perdre une seconde.

— Si vous le permettez, mon cher Sassot, je vais servir de guide à notre cliente. Vous devez avoir un boulot fou en ce moment avec les commandes italiennes.

— C'est que...

— Je le disais pas plus tard qu'hier à madame Caillaux, ce pauvre Sassot est submergé par les demandes depuis que la crise frappe durement les savonneries étrangères, il faudrait lui adjoindre quelqu'un.

— C'est faux ! Je m'en sors très bien ! clama le directeur en pâlissant.

Il se vit déjà suppléé par le Corse. Ce bouffeur de

figatellis et de châtaignes voulait prendre son poste. Il prit peur.

— Continuez sans moi, finit-il par lâcher. Monsieur Testi connaît tous les secrets de notre fabrique. Il saura vous les montrer et les décrire mieux que moi. Je vous reverrai tout à l'heure.

Sassot eut une légère inclination de tête pour Anne, un regard meurtrier vers Jean, puis s'en alla.

— Il croit que je veux sa place, dit Jean en riant.

Anne n'entra pas dans son jeu. Elle laissa s'écouler du temps avant de lancer :

— Comment connaissez-vous mon nom ?

— Et vous ?

Elle demeura interdite à le regarder, à deviner ce que cachaient les deux pierres noires et brillantes de ses prunelles, attendant le moment où il se dévoilerait. Il la regardait aussi, droit dans les yeux, oubliant ses camarades et les machines broyeuses. Il était au centre d'un impalpable nuage de soude et il s'apercevait qu'il aimait tout en elle, elle si riche en beauté, en intelligence et en volonté. Il ne songeait plus maintenant qu'à tous les instants qu'il lui était réservé de vivre avec cette jeune femme dont il ignorait tout. Il y avait entre eux une intimité secrète qu'elle s'efforça de détruire en reprenant l'initiative.

— Sassot a évoqué votre nom lorsque vous vous êtes illustré sous les cuves la dernière fois.

— Vous avez bonne mémoire.

— C'est une de mes qualités. Je voudrais comprendre comment tout cela fonctionne, ajouta-t-elle en montrant d'un geste large l'atelier. Sassot, votre directeur, est un piètre pédagogue. La fabrication du savon reste pour moi un mystère et j'espère que vous saurez faire preuve de plus de clarté.

Elle sentit avec soulagement que parler technique était le meilleur moyen de rétablir les distances. Elle avait été assez futée pour ne pas poursuivre son interrogatoire et, agissant ainsi, elle avait détruit le lien magique qui les rapprochait. Pendant un instant, il resta silencieux, se contentant de la contempler avec respect, puis il désigna les concasseurs.

— La soude est l'une des trois matières premières qui entrent dans la fabrication du savon ; la seconde est la chaux grasse et la troisième l'huile ou le suif. En fait, sur les trente hectares appartenant à la compagnie Caillaux, on met tout en œuvre pour que ces trois produits se mélangent. Et c'est par un savant équilibre de leur mariage que s'opère la réaction chimique qui provoque la saponification. Suivez-moi.

Jean prit le pas des porteurs de sacs de soude. Courbés sous le poids de cent livres, les hommes se mettaient à courir vers une ouverture béante. Anne marcha dans le sillage des odeurs de tabac et de sueur. Concentrés par l'effort, l'esprit tendu vers leur but, les gaillards ivres de fatigue la heurtaient. Anne les regardait filer le long d'un couloir montant en pente douce, aux murs nus et délabrés, troués de loin en loin par des soupiraux. Ceux qu'elle croisait ne semblaient même pas la remarquer. Ils revenaient d'une autre antichambre de cet enfer colossal dont elle ne parvenait pas à dresser un plan mental.

Une nouvelle ouverture donnait sur une salle basse de plafond. Là, alignées sur une double haie, des citernes — elle en compta une cinquantaine —

recevaient la soude et la chaux grasse. Deux chefs d'équipe aboyaient des ordres tout en blanchissant d'une série de chiffres à la craie des ardoises.

— Soude plus chaux grasse plus eau froide dans les barquieux, c'est la préparation des lessives, dans lesquelles on va ajouter les huiles, dit Jean.

— Les barquieux ?

— Ce sont les citernes que vous voyez.

Jean ne paraissait plus troublé. Il prenait un plaisir évident à décrire cet univers qu'il chérissait depuis plus de quatre ans. Il aurait voulu qu'elle partage son enthousiasme pour le métier de savonnier mais Anne restait sur ses gardes. L'endroit était effrayant, sale, en rupture avec tout ce qu'elle connaissait. Le danger suintait partout. L'opacité des murs, l'éclat laiteux des lessives pareilles à des mares empoisonnées, les ouvriers livides, maniant des spatules longues de dix pieds et des tenailles de dix kilos, les herses noires des tuyauteries, qui s'entrelaçaient pour de complexes épissures, avant de plonger sous le sol ; chaque élément du décor nourrissait l'idée qu'elle se faisait du malheur industriel. Peut-être avait-elle trop lu Zola ? *Germinal* et *L'Assommoir* firent battre en elle le pouls de la révolte. Le sang de la misère, qui autrefois corrodait sa conscience comme un acide, la ramena quinze ans en arrière quand, la gorge serrée, elle voyait se briser les destins de Gervaise, d'Etienne, des Maheu, des mineurs et des zingueurs.

Oppressée, elle se tourna vers Jean. Il était souriant. Il s'abandonnait à la griserie qui l'envahissait. Il était heureux de lui faire partager les secrets des maîtres savonniers. Dans un élan enthousiaste, il lui flatta l'épaule de la main et l'invita à poursuivre plus avant.

— L'étape suivante est la cathédrale.

Il ne semblait pas ressentir la moindre angoisse. Il aurait pu danser, chanter et elle n'en aurait pas été étonnée. Il n'évoluait pas sur le même plan qu'elle. Ils s'enfoncèrent dans le dédale de l'usine, gravirent des marches de fer, traversèrent des remises à outils. Jean ne tarissait pas d'éloges pour les pionniers de la savonnerie, les Payen, Ferrandy, Rampal, Paranque, qu'il considérait comme des bienfaiteurs de l'humanité.

— Sans eux, des milliers de familles crèveraient de faim à l'heure qu'il est. Le savon fait la fortune de Marseille et le bonheur des miens.

— Des vôtres ?

— Oui, des Corses qui, poussés par la pauvreté, sont venus sur le continent. Ma mère et mes sœurs sont blanchisseuses, mon père travaille aux abattoirs, mes cousins et cousines sont employés à la grande savonnerie Ferrier.

Ferrier, elle connaissait. On y fabriquait le savon blanc extra-pur *Le Chat* et le savon en pétales *Flor*. Ce savon moussant avait remplacé dès le début du siècle les savons marbrés qui résistaient à l'usure.

— Directement ou indirectement, nous sommes dépendants de cette industrie. Que deviendrions-nous si tout cela s'arrêtait ?

La question ne s'adressait pas à elle, mais elle l'interpella. Anne relativisa son jugement. Si les savonneries fermaient leurs portes, des dizaines de milliers d'hommes et de femmes se retrouveraient au chômage. Elle ne put s'empêcher de comparer cette hypothétique situation à celle de l'Allemagne et la vision du spectre nazi, étendant ses ailes de cuir sur la douce Provence, la fit frissonner.

— Quelque chose ne va pas? demanda Jean qui perçut la peur d'Anne.

Il lui prit les mains et elle ne les retira pas. Il lui communiqua sa chaleur, sa foi, son optimisme. Elle sentait passer sa force et toutes ses espérances. Il appartenait à une race d'avenir et elle sut alors qu'elle ferait un long chemin à ses côtés.

— On pourrait jaser, souffla-t-elle en libérant ses mains.

— Et alors?

— Vous n'êtes pas libre...

— Je n'ai pas la bague au doigt, que je sache!

— Il y a cette Sophie Caillaux.

Elle avait lâché le nom de sa rivale. Il accusa le coup. Il jeta même un œil autour de lui. Il avait oublié qu'il était sur le territoire de sa maîtresse, qu'elle pouvait se montrer d'un instant à l'autre. Il ne craignait pas pour lui mais pour Anne. Sophie ne supportait pas la concurrence; elle s'était définitivement placée au centre du monde et régnait sans partage, usant de tous les moyens pour séduire les êtres qui lui plaisaient et éliminer ceux qui ne trouvaient pas grâce à ses yeux. Elle était capable de faire chasser Anne à coups de bâtons par les vigiles de la compagnie. Tous les employés de son mari lui obéissaient aveuglément. La plupart, Sassot en tête, lui auraient torché le cul.

— N'en parlons plus, dit Anne qui comprenait son embarras.

Il poussa une porte rivetée et rouillée. Ce qu'il nommait la cathédrale n'était autre que la vaste salle des chaudrons. C'était par là qu'il avait surgi lors de leur première rencontre. La chaleur, les vapeurs, le ronflement des fours, Anne retrouvait les sensations qui l'avaient oppressée. Une trépidation montait des entrailles jusqu'à la verrière derrière laquelle le soleil noirci s'épuisait à lancer ses rayons. Au-dessus des chaudrons, les mêmes silhouettes cambrées s'escrimaient à cette tâche dangereuse que les initiés appelaient la coction.

— Les lessives de chaux et de soude arrivent dans les chaudrons par un système de canalisations ; on y ajoute les huiles et on fait cuire le tout pendant huit à dix heures à 120°. Pour obtenir un empâtage homogène, il faut brasser sans discontinuer. C'est très dur. Aucun homme n'a jamais tenu plus de quatre heures d'affilée à ce poste. Quand cette phase est terminée, on épine.

Il avait repris sa voix normale mais le cœur n'y était plus. Ses explications valaient celles de Sassot. Elle comprit vaguement que l'épinage consistait à retirer l'excédent de glycérine. A ce moment, un avertisseur émit trois sons rauques. Ce ne fut pas cette sonnerie qui surprit Anne, ce fut l'empressement avec lequel Jean bondit vers le plus proche des chaudrons.

— La relève ! cria-t-il. Je vais en profiter pour vous montrer l'art de touiller la pâte.

L'ouvrier et son remplaçant ne furent pas étonnés

par son intervention. Il faisait souvent office de démonstrateur lorsque des clients importants demandaient à visiter la savonnerie. Sautant sur la poutre, il se saisit du redable et entama la plus dangereuse des danses au-dessus de la surface visqueuse et brûlante. Il allait d'un bout à l'autre de la minuscule passerelle, agitait sa longue perche, la relevait, l'enfonçait entre les grumeaux et les cloques, la faisait tourner au milieu des fumerolles qui, en de sournois panaches, s'élevaient jusqu'à son visage. Anne, les yeux pleins d'effroi, voulait qu'il cesse de jouer au fanfaron. Bravache, flambard, bouffon, il l'était. A la puissance dix. L'ouvrier qui attendait pour prendre son quart ne l'avait jamais vu se démener ainsi.

— Peuchère de lui, j'espère qu'il a son ange à ses côtés. Moi, ça me fait peur cette danse d'amour qu'il vous fait mademoiselle. Vu que, s'il tombe, il deviendra sec coumo uno atoumiè [1].

Les propos de cet expert allumèrent un feu de détresse au cœur d'Anne. Elle joignit les mains pour une muette supplique. Jean ne la voyait même plus, il était tout à sa tâche. Il ferma les yeux et se fia à son instinct. Ses pieds se croisaient et se décroisaient. Il aimait le danger qui engendrait les sensations fortes. Soudain, il marcha dans le vide et Anne le vit basculer vers la masse visqueuse et vivante. Son cri ne passa pas la barrière de ses dents serrées. Jean ne tomba pas. Prenant appui sur sa perche, il fit décrire un élégant arc de cercle à son corps, projeta ses jambes en avant et prit pied sur le sol ferme.

1. Desséché comme un squelette.

— A toi, dit-il en tendant l'extrémité du redable à son camarade.

— Ben toi alors !

— J'avais besoin d'un peu d'exercice, répondit-il à l'homme interloqué.

Puis, comme si rien d'extraordinaire ne s'était passé, il reprit son commentaire :

— Comme je vous le disais, lorsqu'on obtient une bonne pâte par la cuisson des trois matières premières, on épine. Ensuite on relargue. Le relargage, ce n'est ni plus ni moins qu'un simple lavage à l'eau salée pour neutraliser la soude. Il faut répéter toutes ces opérations trois ou quatre fois jusqu'à la liquidation.

Anne n'était pas parvenue à se ressaisir. Lorsqu'elle y parvint, ce fut pour lancer :

— Ne faites plus jamais ça !

— Important la liquidation. Ce lavage ne peut s'effectuer qu'à l'eau pure.

— Je déteste les crâneurs.

— Toutes les matières impures sont précipitées au fond du chaudron.

— Vous entendez ce que je vous dis !

— Après, il suffit de récupérer le savon liquide.

— Etes-vous stupide et sans cervelle ?

— La visite n'est pas finie.

— Je préfère partir, répondit-elle en esquissant un mouvement vers la porte.

— Pardonnez-moi, je ne voulais pas vous heurter… Cela a été plus fort que moi. Un homme ne peut que rarement renoncer impunément à ses pensées et à ses désirs. Restez, je vous en prie.

Anne le contempla. Il avait l'air perdu, si vulnérable. Il était si près d'elle qu'une envie folle la saisit de l'embrasser tout doucement. Elle se retint. Autour d'eux, le ballet mortel se poursuivait. Les hommes silencieux allaient et venaient sur leurs bouts de planche. Un maître savonnier, l'œil attentif, allait de chaudron en chaudron. Son regard s'égara sur le couple et devint sévère.

— On devrait continuer, dit Anne.

Elle se mit à tousser. Toutes les odeurs, les chaleurs et les miasmes venaient frapper sous cette verrière. Des larmes montèrent à ses yeux. Un instant, elle se tint à la rambarde de fer et vit ce grouillement d'êtres, torses nus, dans le fond de l'immense nef. Les fours aux portes ouvertes ronflaient. Les pieds soulevaient la poussière de charbon, des soupapes crachaient de la vapeur, ce mélange, éclairé par les flammes des foyers, s'élevait en un brouillard roussâtre. C'était plus que sa vue ne pouvait supporter, elle recula brusquement d'un pas et se remit à tousser. Lorsque, inquiet, Jean lui proposa de quitter la cathédrale, elle eut un soupir de soulagement.

Le soleil frappa son visage, elle aspira goulûment l'air. C'était si fort que sa tête se mit à tourner. En quelques goulées, elle débarrassa ses poumons de tout ce qu'elle avait avalé de gaz et d'acide en suspension, mais elle ne parvint pas à chasser les tourments qu'avait éveillés la dure réalité du métier de savonnier.

— Pourquoi travaillez-vous ici, c'est si dangereux !

— Par nécessité. Immigrés corses ou italiens, derniers venus, derniers maillons de la chaîne économique, nous acceptons toutes les tâches les plus difficiles et les petits métiers. Ajoutez un «i» en fin de nom et vous aurez l'assurance de vous retrouver empailleur, colporteur, mineur, maçon, repasseuse, femme de ménage… J'ai eu la chance d'être engagé à la compagnie et je ne m'en plains pas. Le salaire est bon et…

— Et quoi?

Jean se tut. Il allait ajouter, «et l'avancement rapide». Cette ascension, il la devait à Sophie. De simple manutentionnaire, il était successivement devenu responsable de la machine Chenailler — un gros évaporateur grâce auquel on pouvait récupérer la glycérine pour la fabrication de bougies —, chef d'équipe aux barquieux, puis inspecteur chargé de la sécurité et des réparations. Il en éprouvait toujours de la honte. Anne devina la raison de sa gêne et orienta leur conversation.

— Vous êtes cultivé, vous maîtrisez parfaitement la langue, vous devriez peut-être chercher un emploi plus approprié.

— La culture, je la dois à mes lectures. Le français, on s'y est tous mis dans la famille, dès notre installation à Marseille. Sauf ma mère. C'était une question d'honneur et de survie. Un meilleur emploi, ce serait possible s'il n'y avait pas cette crise et je ne veux rien devoir aux lieutenants de Spirito et Carbone, ni aux associés de Sabiani qui détiennent la plupart des clefs de cette ville.

Ils étaient parvenus à la barrière d'entrée de la compagnie et Jean fit signe au gardien de la relever.

— Mais où va-t-on ? demanda Anne.

— Là où je me réfugie parfois quand la vie me pèse au cœur.

Et il lui montra la colline couronnée d'arbres. Elle aurait pu refuser, mais elle ne pouvait plus résister à ses pulsions.

— Merde ! s'exclama Dédé en apercevant Anne accompagnée d'un ouvrier.

Le patron du bar, mégot aux lèvres, barbe sale, jeta son regard rougi sur ce drôle de type qui venait de lâcher son juron. Il ne l'avait jamais vu auparavant dans son établissement. Trop élégant, trop fier, quelque chose de putassier, un balèze à embrouilles, voilà comment il jugeait l'inconnu qui, depuis plus de deux heures, avait le cul vissé au tabouret.

— Ça fait dix sous, dit-il en constatant que ce beau merle allait enfin partir.

Dédé fouilla dans sa poche et lança une poignée de piécettes sur le comptoir. Il n'eut plus qu'une hâte : quitter cet affreux troquet et recommencer sa traque.

14

Cela faisait une dizaine de minutes que le beau merle avait quitté le bar. Le patron se demandait encore pourquoi il était resté si longtemps à lorgner l'entrée de l'usine. Lui n'avait pas vu le couple sortir. Y avait quelque chose de pas clair. Ouais. Il tira sur sa clope et souffla trois ronds de fumée en réfléchissant à tous les enjeux des savonniers. Les abattoirs, le trafic des huiles, le commerce entre l'Afrique et Marseille, tout ça, c'était une affaire de millions dans laquelle trempaient les voyous et les politiques. A la réflexion, peut-être que l'inconnu appartenait à la bande de Spirito et de Carbone. Ou à la police ? Alors qu'il hésitait à classer Dédé, son attention fut attirée par l'arrivée d'une limousine Peugeot 201 noire.

— Tiens, la pute de luxe à présent !

Deux vieux retraités attablés devant leur verre de rouge approuvèrent sa remarque d'un même grognement. Une poivrote, qui venait boire la paie de son mari, leva son museau mouillé par l'alcool, entrevit l'automobile aux chromes rutilants et eut le mot de la fin :

— Lou Maou arribo [1].

Si ce n'était pas le Mal, c'était la Peur ou la Peste. Le garde-barrière se figea tel un soldat devant un général. Il osait à peine regarder à l'intérieur de la Peugeot. La patronne débarquait à la savonnerie plus tôt que prévu. Dès que la voiture s'éloigna, il bondit vers le téléphone pour alerter Sassot et les chefs d'ateliers.

— La Caillaux vient d'arriver !

Sassot eut un coup au cœur. Il pensa soudain à Jean et mademoiselle Bastille en balade dans l'usine. Madame Caillaux allait en faire une crise de jalousie. Il resserra le nœud de sa cravate, passa une main moite dans ses cheveux épars et gonfla sa poitrine. Il était prêt à la recevoir. Non, il n'était pas prêt : ses genoux tremblaient.

Sophie ordonna à son chauffeur de ne pas bouger de son siège. Elle était d'une humeur exécrable. Quand elle entra dans les bureaux, les employés se firent minuscules, louchant sur les paperasses.

Ce petit misérable, ce Corse minable ! La laisser choir ! L'abandonner au milieu de ses amis ! Elle, la plus convoitée des femmes de Marseille ! Cette ordure de Jean ne connaissait pas son bonheur d'être l'élu de son cœur. Elle était sa source, sa protection, son avenir. Elle allait le ramener au château et le faire ramper ! Sophie tomba nez à nez avec Martine Esposito qui se sentit aussitôt coupable. La secrétaire

1. Le Mal arrive.

regrettait le baiser échangé avec Jean. Une bêtise qui pouvait lui coûter sa place. Elle baissa le regard et courba l'échine pour bredouiller :

— Monsieur Sassot est dans son bureau.

Sophie l'ignora comme elle ignorait tous les salariés de l'entreprise. Pour elle, Martine n'était qu'un numéro. Elle entra brutalement dans le réduit du directeur commercial et demanda :

— Où est-il ?

— Bonjour, madame.

— Testi, est-il venu ?

— Je l'ignore, madame.

— Sassot, ne me prenez pas pour une imbécile ! Si je ne suis pas allée voir le directeur du personnel, c'est parce qu'on vous paie grassement pour avoir l'œil en permanence sur les hommes et les marchandises.

Le « grassement » sous-entendait les émoluments versés par la compagnie et les primes octroyées par Carbone. Il ne voulait pas perdre ces avantages qui lui permettaient d'avoir une résidence secondaire à Cassis, deux maîtresses et de payer des études supérieures à ses enfants. La mémoire lui revint.

— Il a pris son service très tôt. Il doit être à la cathédrale.

— Alors prenez le téléphone et faites-le venir ici sur-le-champ !

Tirant un mouchoir de sa poche, Sassot s'épongea le front, s'empara du combiné de cuivre et de bois qui servait à l'intercommunication et appuya sur l'un des dix boutons du réseau. On lui répondit aussitôt. Non, fit-il de la tête. Il raccrocha, décrocha, raccrocha, décrocha... Les « Non, il n'est pas ici » se succédèrent, creusant des sillons sur son front. Lorsqu'il raccrocha pour la dixième fois, il regarda la patronne d'un air penaud.

— Je suis désolé mais personne ne sait où il se trouve.

Cette réponse mit Sophie en rage. Elle avait cependant une telle maîtrise d'elle que rien ne parut sur ses traits parfaits. Elle garda une expression calme, sans la moindre trace de pitié ou de mépris. Sophie n'était pas de ces êtres qui contemplent l'agonie de quelqu'un avec un secret plaisir.

Et Anselme Sassot était à l'agonie. Il avait l'air d'un vieillard épuisé. Il ne parvenait pas à chasser l'image d'une Anne et d'un Jean irrésistiblement attirés l'un vers l'autre. Le diable seul savait où ces deux-là étaient cachés. Pourquoi n'avait-il pas dit la vérité à la patronne ?

— Je vais à sa recherche et vous m'accompagnez ! lui dit-elle.

Crucifié, une douleur à l'estomac, le directeur commercial ne put plus s'adresser qu'aux saints et aux anges.

Au-delà de l'îlot roussâtre des habitations, qui portait le nom de Sainte-Marthe, la voie de chemin de fer était comme une frontière. Passé le double ruban des rails, on entrait par mille chemins dans les garrigues. Jean les connaissait tous. Il lui arrivait souvent de courir sur ses sentes qui grimpaient vers la Grande Etoile, la Montade et le Pilon du Roi ou dévalaient sur les Aygalades, Saint-Antoine et la Rose. Le sang des bergers corses coulait en lui.

Dès qu'il mit un pied sur le terrain accidenté, il retrouva l'instinct de ses ancêtres. Anne le vit bondir de rocher en rocher, ne devenir qu'un point au-dessus de la barre blanche des pierres accumulées en collines. Il était pareil à un animal sauvage retrouvant sa liberté. Chaussée comme elle l'était, elle peinait sur les caillasses et les coulées de terre. Elle pestait contre lui, quand il revint avec un bouquet de romarin à la main :

— C'est pour vous.

Elle en oublia aussitôt sa rancœur. Elle ne pouvait se tromper sur la signification de ce présent. Les garçons offraient des brins fleuris de romarin le 1er mai en gage d'amour. C'était une vieille coutume provençale. Qu'on fût à la fin octobre ne changeait rien à l'intention. Elle le prit, le huma longuement en fermant les yeux, et les paysages de l'Etoile se confondirent avec ceux de la Sainte-Baume où elle avait appris les secrets des plantes. Les visages de Gabi, d'Adèle et de sa mère flottèrent un instant dans sa mémoire réveillée par l'odeur.

— Merci, dit-elle d'une voix émue.

— Il est plus beau au printemps.

— Je sais. J'en ai ramassé des pleins paniers pour le vin. Ma mère a la recette.

— La mienne aussi.

Ils se sourirent. L'évocation était si forte qu'ils eurent l'impression de goûter le vin blanc parfumé aux fleurs de romarin, de tanaisie et de baies de genévrier.

— Il facilite la repousse des cheveux, dit-elle.
— Et il supprime les cernes des amoureux.
Jean s'approcha d'elle et emprisonna ses mains. Leurs visages se touchaient presque. Qui rompit le premier l'attente? Qui pencha soudain la tête pour le premier baiser? Aucun des deux n'aurait pu le dire. Leurs lèvres s'effleurèrent, leurs langues se cherchèrent, se goûtèrent, firent passer le plus doux des messages. En quelques instants, ils balayèrent leur passé et brisèrent les chaînes qui les liaient à d'autres.

«Nom de Dieu de nom de Jésus-Christ!» fut la première chose qui lui vint en tête. Dissimulé derrière un massif de cades, Dédé était tétanisé par ce qu'il voyait. Anne se laissait embrasser par ce misérable. «Je vais le crever!» fut le second message que lui dicta son cerveau fou. Le couple n'en finissait pas de se donner des bécots. Il vit même Anne lâcher son bouquet et passer ses bras autour du cou du minable. Elle était consentante. Elle, la merveille des merveilles, l'élégante beauté de porcelaine, elle qui l'avait rendu honteux à Gémenos, se commettait avec un ouvrier, un savonnier, une chiure de mouche qui ne devait même pas gagner trente francs par semaine. «Je vais lui arracher les couilles.»
La troisième impulsion venait de ses tripes. Il avait réellement l'intention de la mettre en pratique, mais il n'était pas en position de la réaliser. Il était au milieu d'une nature hostile, en costume de ville, chaussures vernies et cravaté de soie. Son regard fouilla le sol, soupesa les pierres, imagina des silex

plantés dans le dos de ce rival de pacotille et observa de nouveau le couple qui avait repris sa promenade.

L'horizon s'ouvrait largement. Au-delà de l'endroit où il se tenait, les arbres n'avaient pas gagné leur bataille contre les épineux. Dédé désespéra de ne pouvoir suivre les tourtereaux sans se faire repérer. Il les vit grimper vers le sommet dénudé d'une colline et son cœur se mit à cogner comme une hache sur un tronc quand l'ouvrier prit Anne entre ses bras et la souleva. Son tourment était si grand qu'il rebroussa chemin.

Au moment où Anne avait glissé sur le sentier, Jean s'était saisie d'elle par les hanches et l'avait fait basculer entre ses bras. A présent, il la portait sans effort apparent. Anne se laissait aller contre cette poitrine protectrice. Elle aurait voulu qu'il l'emportât au-delà de la mer qu'elle apercevait. Un bien-être immense l'habitait. Ce devait être l'amour. L'amour qu'elle n'avait jamais connu ; l'amour qu'elle découvrait à travers ses sens amollis ; l'amour qu'elle lisait dans les yeux de cet homme qui prononçait son prénom avec tendresse.

— Anne, c'est le plus beau jour de ma vie. Anne, Anne, répéta-t-il.

Il l'appelait comme pour se prouver qu'elle était bien là. C'était le plus étrange et le plus magnifique des visages qu'il eût jamais contemplé. Son souffle coulait sur cette peau lisse comme le marbre et la bouche renflée s'ouvrait en une fleur sur laquelle il lui tardait de déposer de nouveaux baisers. Mais c'était surtout l'or des yeux qui le fascinait. Il y avait du soleil dans ce regard, une force surnaturelle. Les anciennes déesses devaient avoir ces yeux-là. Il en était certain. A aucun moment, il ne se sépara de son fragile et précieux fardeau. Il voulait l'emmener sur la crête de la Loubière qu'il considérait comme son olympe et son refuge. Jamais il n'y avait conduit quelqu'un, pas même son père qui excellait dans l'art de piéger les oiseaux.

Ils parvinrent au sommet et il la déposa sur une avancée rocheuse. Elle n'eut pas le temps de se ressaisir ; il s'empara de sa nuque et écrasa ses lèvres contre les siennes. Elle lui rendit son baiser, puis elle partagea son émotion. Marseille était à leurs pieds. Aussi loin que portait le regard, on voyait s'étendre la ville. La cité lançait ses maisons à l'assaut de la Gineste, d'Allauch et de Marseilleveyre. Des bataillons d'immeubles prenaient position sous la chaîne de Carpiagne tandis que des rangs serrés d'usines, aux milliers de cheminées dressées comme des canons vers le ciel, attendaient l'ordre d'envahir les goulets et les vallons. Leurs pensées les entraînèrent le long des rues et des avenues jusqu'à la rade miroitante d'Endoume sillonnée par des dizaines de vapeurs et de voiliers.

— Je viens presque tous les jours ici, avoua-t-il. C'est la seule façon de posséder Marseille, la seule. La seule façon d'y échapper et de la défier. Elle, si puissante, si exigeante…

— Elle peut être douce, aussi, pour qui sait l'aimer, dit Anne qui se gorgeait de l'étonnante vue.

— Mais je l'aime, si vous saviez comme je l'aime. C'est là-bas que j'ai grandi, dans cette ruche qu'est le Panier. Dans mon cœur, elle précède ma terre natale. Peut-être ne reverrai-je jamais la Corse, mais peu m'importe si je finis mes jours à l'ombre de la Bonne-Mère.

Surtout qu'il ne se mette pas en tête qu'il pourrait retrouver sa liberté ! Sophie avait un pressentiment bizarre. Jean n'agissait jamais par caprice. Il avait quelquefois des coups de sang mais il les maîtrisait. Son départ prématuré cachait quelque chose, une femme peut-être, une de ces poufiasses de l'empaquetage ou du contrôle. Une rougeur monta à ses joues. Si c'était le cas, elle allait perdre la face. Elle se mit à observer les visages des manœuvres qui portaient les carcasses et le suif, mais elle ne découvrit aucune lueur narquoise dans les regards qui croisaient le sien par hasard. La majorité de ces hommes évitait de se trouver sur son chemin. Ils modifiaient instinctivement leur parcours, une seule particule de gras ou de sang sur le tailleur noir de cette femme et c'en était fini de leur emploi.

Dans l'atelier des concasseurs puis dans celui des barquieux, la crainte du personnel devint palpable. On se demandait ce qu'elle faisait là avec ce fumier de Sassot. Ces derniers temps, le bruit de la refonte de la compagnie avait couru. La crise mondiale en aurait été la cause, mais tous ici savaient que le but de l'opération était de renforcer la fortune des Caillaux et la position de leurs amis politiques. Peut-être était-elle ici pour dresser la liste des futurs licenciés ?

Les chefs d'équipe, plus avertis que leurs subordonnés, n'ignoraient pas qu'elle détenait depuis peu 38 % du capital de la société. Après sa seconde alerte cardiaque, Louis Caillaux avait fait de son épouse le principal actionnaire de la savonnerie. Aucun d'eux n'eut cependant le courage de lui balancer une pelletée de chaux vive ou de la précipiter dans un bain de soude. Elle passa, majestueuse, intouchable, apparemment insensible à l'excessive chaleur et aux odeurs délétères. Pas un grain de son savant maquillage ne fondit ; le rouge sombre de ses lèvres, la ligne pure et noire de ses sourcils, son visage, son corps élancé semblaient sous la haute protection d'une force invisible.

Au contraire, Sassot subissait toutes les agressions. Intérieures et extérieures. Il n'était plus qu'une éponge suante. Cent fois, il passa son mouchoir à carreaux jaunes et bleus sur son visage. Cent fois, la tentation de glaner un renseignement sur Testi et mademoiselle Bastille l'effleura mais à aucun moment il n'eut le courage de s'éloigner de la patronne.

Ils arrivèrent dans la cathédrale. Sophie examina un à un les hommes juchés au-dessus des chaudrons. Ils évoluaient tels des fantômes au milieu des vapeurs. Jean n'était pas parmi eux. Elle nota cependant qu'ils ne touillaient pas assez vite la pâte et songea aux gains de temps et d'argent si ces ouvriers étaient remplacés par des machines. Elle se promit d'en parler à son mari.

— On descend, dit-elle.

— Aux chaudières ? Mais ce n'est pas raisonnable ! s'écria Sassot.

— Je veux tout voir, jusqu'aux entrepôts. Nous le trouverons bien.

Sassot leva les yeux vers la verrière, prenant à témoin le ciel cendreux qu'il n'était pour rien dans cette aventure. Puis il se mit à en vouloir à Testi. Qu'avait donc fait ce jeune con pour que la patronne voulût le rencontrer à tout prix? Un Corse, c'était capable de tout. De voler, de tuer... Il tenait ce peuple en piètre estime.

Les talons de madame Caillaux claquèrent sur les marches de l'escalier de fer qui menait en enfer. L'alerte fut donnée. Les chauffeurs se passèrent le mot et redoublèrent d'efforts. Ils bourraient les fours de charbon. Leurs faces recuites grimaçaient devant les feux grondants. Les portes de fonte claquaient, les serpentins pleins d'eau bouillante vibraient, tressautaient entre les colliers scellés sur les chaudrons. Des dizaines de paires d'yeux suivaient la montée de la pression sur les manomètres. Parfois, une soupape émettait un sifflement strident et un jet brûlant de vapeur montait vers la verrière. A l'arrière des fours, des conduits de briques convergeaient vers l'une des quatre hautes cheminées qui crachaient en permanence d'épaisses fumées grises.

Là encore, Sophie estima qu'il était temps d'abandonner le charbon et de passer au mazout. C'était le seul endroit où elle ne se sentait pas en sécurité. Elle avait une répugnance instinctive pour cette tranchée pleine de porcs qui ne pensaient qu'à boire et faire des enfants. Il n'y avait qu'à les regarder et on pouvait imaginer les taudis dans lesquels ils se vautraient tous les soirs. En fait, elle les craignait surtout pour leur appartenance au parti communiste. On en éliminerait les trois quarts si on modernisait la cathédrale.

La patronne réfléchissait. Mais à quoi ? Sassot la surveillait avec une inquiétude croissante. Quand elle fila vers les mises, il se fit traiter de larbin et de lèche-cul. Il avait l'habitude. Les salles dans lesquelles ils pénétrèrent ne ressemblaient en rien aux précédentes. D'immenses bassins de trente mètres de côté occupaient presque toute la surface du sol et on pouvait voir le bleu du ciel derrière les verrières. Ces bassins — les mises — recevaient le savon chaud des chaudrons. On entendait les pompes rotatives aspirer la pâte et la recracher par des becs de fer. La plupart des mises étaient en phase de refroidissement. Deux se remplissaient. Les hommes se servaient de longues pelles appelées drapeaux pour étaler la pâte. Sur d'autres, des ouvriers battaient la surface du savon pour en chasser les bulles. Leurs coups claquaient comme des pétards et ils lançaient des han ! de bûcherons en s'encourageant les uns les autres par des appels grivois.

C'était une tâche difficile. Jean venait souvent soulager les batteurs en prenant le relais. Mais Jean n'était pas ici. Pas plus qu'il n'était avec les coupeurs s'arc-boutant et tirant vers eux un énorme couteau relié par une chaîne à la barre qu'ils tenaient dans leurs poings. Un responsable de la coupe maintenait le couteau dans la pâte et veillait à la rectitude du tracé. Chaque bloc de savon découpé devait peser quarante kilogrammes.

A la vue de ces pauvres bougres, qui forçaient à

se faire péter les veines du cou, Sophie hocha la tête. Une fois de plus, elle avait son idée. Ce n'était pas une idée neuve. Chez les concurrents évolués, la coupe était mécanique. On se servait de la machine mobile Baculard. Elle ne comprenait pas pourquoi son époux gardait tant de personnel. Elle le trouvait trop paternaliste. Sous le Second Empire, il aurait été parfait ; il était temps qu'il passât la main et qu'elle prît les rênes de la compagnie. Elle se mit à penser au cœur de Louis, à cette pompe qui pouvait se rompre d'un jour à l'autre si on ne la ménageait pas, et elle se promit d'entraîner son cher et riche mari dans les fêtes dès son retour à Marseille.

Elle fit signe à Sassot de poursuivre leur inspection. Ils prirent la file des chariots sur lesquels les rouleurs rangeaient les blocs avant de les transporter vers le grand atelier, qui fourmillait d'employés. Les femmes, chargées de l'empaquetage des savons de luxe, de la vérification des estampillages, du rangement en caisses, y étaient majoritaires. Plus de cent travaillaient sous la conduite d'un contremaître et de trois assistantes qui tenaient les registres comptables des rendements et des expéditions. En tête de ce bataillon babillant et chantant, une poignée d'hommes était affectée aux coupeuses mécaniques Montel dont le système dit à retour d'équerre permettait de débiter les blocs en cent morceaux de savon.

Sophie engloba d'un œil froid l'essaim des femmes dont les mains couraient sur les savons. Une bonne odeur s'élevait de ces milliers de petits pains verts, blancs ou marbrés qui portaient les mots *Caillaux*,

72 % d'huile et le symbole de la marque sur leurs faces.

Dès qu'on repéra la patronne, il y eut un frémissement et la résignation sembla tomber sur toutes les épaules. Les conversations hautes et fortes laissèrent place à des chuchotements, les différents clans devinrent solidaires, les vieilles emballeuses ne s'interrompirent plus pour geindre et se plaindre de leurs douleurs au contremaître, les jeunes célibataires ne se livrèrent plus à cette compétition qui consistait à se faire remarquer par les coupeurs et les estampilleurs.

Sassot trembla à l'idée de ce qui pouvait se dire autour des bandes de roulements, des tables et des caisses. La Caillaux allait repartir du grand atelier avec une garde-robe complète et des tonnes de sale pute. Mais la Caillaux se moquait des mauvaises langues. Elle observait les plus jolies des filles et se demandait si l'une d'elles avait les faveurs de Jean. « Impossible », finit-elle par se persuader. Elles étaient trop simples, trop vulgaires. Jean aimait les femmes sophistiquées et cultivées. La rivale, s'il y en avait une, ne se trouvait pas parmi ce troupeau de drôlesses.

A partir de cet instant, elle n'eut plus un seul regard pour ce petit peuple. Tout dans son attitude de grande bourgeoise froide et distante montra à quel point elle laissait chacun à sa place : les ouvriers enchaînés à leur poste, les paysans à leurs charrues, les bagnards à Cayenne et les riches à leurs vices. Ses dernières investigations la conduisirent aux entrepôts mais il fallut se rendre à l'évidence, Jean n'était nulle part.

Sassot rendit grâce à ses saints lorsqu'elle se décida à retourner à la voiture. Cependant, avant de partir, Sophie Caillaux lui ordonna de se rendre au café et d'y jeter un œil. Ce qu'il fit avec empressement.

Le patron du café avait vu revenir l'étranger en costume au bout d'une heure. Il paraissait exténué et à bout de nerfs.

— Une fine, commanda Dédé.

Il s'accouda au zinc, rongé par la jalousie et la haine. Quand la femme de votre cœur vous faisait du tort, elle ne méritait pas d'être traitée autrement qu'une chienne galeuse. Oui, Anne méritait le bâton. Une bonne raclée. Après ça, il se sentirait mieux. Il parviendrait même à la chasser de sa tête. Enfin, il le croyait. La violence était le meilleur moyen de sortir de ce trou aux bords inaccessibles dans lequel il était tombé. Il but d'un coup sec. L'alcool l'apaisa. Il n'allait pas dépérir de chagrin pour une fillasse, une bâtarde qui s'acoquinait avec les premiers venus. Puis il se souvint qu'elle était sa demi-sœur.

— Ça me donne des droits, marmonna-t-il entre les dents.

— Pas faciles les femmes, dit le patron. Faut pas en avoir, si on veut la tranquillité. Je le dis toujours aux couillons qui fréquentent les filles de la savonnerie : l'aïguo gasto lou vin, la carreto, lou camin, la fremo, l'homme[1]. La mienne est morte en couches

1. L'eau gâte le vin, la charrette le chemin et la femme, l'homme.

et je m'en porte beaucoup mieux. Tiens, en voilà un qui en a plusieurs, il est à plaindre. Ça lui coûte des sous et il est obligé de se vendre au diable. J'aimerais pas être à sa place.

Le patron désigna du torchon Sassot qui sortait de l'usine et se dirigeait au pas de course vers le café. Dédé le regarda venir sans intérêt. Il se fichait pas mal des malheurs sentimentaux des autres. Il n'avait plus qu'une envie : redescendre par le tramway jusqu'au Vieux-Port, se rendre à la parfumerie où travaillait sa maîtresse et terminer la nuit chez elle. Colette allait payer pour Anne, payer pour toutes les salopes de la terre.

Sassot se hâtait. Il désirait en finir au plus vite. Jean n'était pas au café, il en était sûr. Le Corse ne s'y rendait jamais. Il poussa la porte vitrée et lança un bonjour du bout des lèvres. Il n'aimait pas l'endroit qui sentait le tabac bon marché et le gros rouge.

— Monsieur le directeur en personne ! s'exclama le patron en essuyant ses mains grasses sur le tablier taché, noué à sa taille.

— Avez-vous vu Testi ? demanda Sassot.

— Le chéri de madame Caillaux ! Mais il ne met jamais les pieds chez moi, ce maquereau de Bastia !

— Il était avec une jeune femme aux cheveux courts. Vous êtes sûr de ne pas l'avoir vu sortir de la compagnie.

— J'ai rien vu. Et je veux rien voir. La Caillaux a de drôles d'amis et si on veut vivre vieux, mieux vaut être aveugle.

Dédé avait bu les paroles de Sassot. Il ne mit pas trois secondes pour comprendre la situation. Il tenait son moyen de pression sur Anne et sa revanche. Esquissant le plus avenant des sourires, il s'adressa au directeur commercial :

— Moi je sais où il est votre Testi.

— Où donc ? s'écria Sassot.

— Peut-on se parler en privé ?

— Certes, mais faites vite.

Dédé l'entraîna vers l'extérieur et, en quelques minutes, il en sut assez pour échafauder un plan génial.

15

Devant eux, la ville grandissait. Anne et Jean marchaient la main dans la main sur la minuscule route du Merlan. Pareils à deux collégiens insouciants, ils avaient décidé de faire l'école buissonnière et de ne plus retourner à la savonnerie. Sassot devait être vexé, mais Anne ne s'en souciait pas. Ils avaient laissé Sainte-Marthe sur leur droite et se dirigeaient vers le faubourg de Saint-Jérôme où un omnibus assurait la navette jusqu'à la préfecture de Marseille.

Après de nombreuses étreintes dans la garrigue, qui n'avaient fait qu'exacerber leur désir, ils s'étaient confiés l'un à l'autre. Anne lui avait dit qu'elle travaillait régulièrement pour *Le Petit Provençal* et il avait été stupéfait d'apprendre qu'elle signait sous le pseudonyme de Marc Aurèle. Elle avait aussi raconté le terrible combat mené à Gémenos contre ses frères et Georgette, puis elle l'avait écouté parler de sa famille, des Corses du Panier et de sa liaison avec Sophie Caillaux.

La beauté, l'intelligence, l'argent et le pouvoir de

cette femme avaient fait succomber un jeune homme sans expérience à la fin de son service militaire. Jean faisait office de serveur à la kermesse annuelle de l'armée, organisée au profit des mutilés de guerre, et Sophie avait croisé son regard en sirotant une orangeade. Dès cet instant, elle avait décidé d'en faire son amant attitré et, dans les jours qui suivirent cette rencontre, elle mit tout en œuvre pour le mettre dans son lit. Ce qui fut assez facile pour quelqu'un qui pouvait acheter la conscience et la complicité des généraux, des évêques et des préfets.

Ces longues confidences, entrecoupées de baisers, les avaient conduits à se tutoyer et, déjà, ils avaient l'impression de se connaître depuis une éternité.

— Il faut que tu rencontres les miens ! s'enthousiasma-t-il en ne perdant pas de vue le Panier, qui arrondissait son dos au-dessus du port.

— C'est trop tôt… Je ne suis…

— Mes sœurs vont t'adorer !

Il aurait voulu y associer sa mère, mais il n'avait pas la certitude que cette dernière allait accepter Anne sans conditions. Rose Testi avait des principes ; elle lui en voulait énormément de « fréquenter » Sophie Caillaux et vivait cette liaison comme une épreuve ; au lavoir et à la fontaine, les femmes en noir ne manquaient jamais de lui rappeler que son fils avait perdu son honneur dans les jupons de la millionnaire.

Anne devina que ce ne serait pas si facile d'entrer dans le clan et elle tenta de le raisonner.

— Donnons-nous du temps, apprenons à nous

connaître d'abord et lorsque nous serons sûrs de nos sentiments, j'irai au Panier et tu viendras à Gémenos.

— J'ai bientôt trente ans et toi vingt-cinq ! répliqua-t-il. Ne crois-tu pas que le temps nous est compté ? Tout peut arriver, accident, guerre, maladie. C'est là-haut que nous allons et tout de suite !

Là-haut. Le Panier. La cité interdite. Le creuset des générations d'avenir et des forces vives de Marseille. Anne songea à cet avenir qui sommeillait sous l'inextricable épanouissement des toits, des ruelles et des venelles. Le soleil ne pénétrait presque jamais au cœur de ces quartiers populeux, le mistral ne parvenait pas à violer tous ces creux d'ombre cernés de façades jaunes et grises, tachées de linge étendu. Jean l'avait convaincue. Il ne fallait plus perdre une minute, une seconde, et partir à la conquête des cœurs corses. Jamais elle n'avait osé visiter le Panier. A présent, elle en mourait d'envie. L'homme qu'elle aimait allait lui faire découvrir un monde interdit.

Une sorte d'appréhension la gagna lorsque, ayant traversé la place Sadi-Carnot, ils s'engagèrent dans la rue des Ecuelles. Cette gorge étroite, bordée de hautes maisons lépreuses et de la muraille de l'Hôtel-Dieu, prolongeait la rue du Panier. La vie y affluait. Le long des trottoirs étroits, sur chaque pas de porte, des femmes vêtues de noir cousaient, tricotaient, écossaient, rempaillaient, en se racontant toujours les mêmes histoires. Parfois, elles chassaient d'un cri rauque les marmailles et les petits revendeurs de légumes qui se mêlaient au va-et-vient incessant d'une foule de Corses aux visages graves. On adressa des signes de tête à Jean, des saluts muets auxquels il répondait en levant la main droite. Anne se sentait jugée. Les regards des femmes ne l'épargnaient pas. De bas en haut et de haut en bas, de face et de dos, elle était détaillée, pesée, classée. La rue du Panier était plus grande mais plus fréquentée. Mules, charrettes, reboussiés [1], matelassiers, rémouleurs, pêcheurs, chiffonniers et marchands de plaisirs y travaillaient, humant les bonnes odeurs des canistrellis, des charcuteries et des fromages empilés dans les épiceries.

— Tout ce que tu vois vient de l'île, lui dit Jean. Chaque bar a son amicale, chaque quartier son association et ses frontières. Il y a des lois, des clans et des chefs, au Panier. Entre la rue des Cordelles et celle des Pistoles, ce sont les immigrés de Calvi qui commandent. Les Bastiais tiennent un territoire qui va de la place de Lenche à la place des Trois-Coins, la rue de l'Evêché est leur fief. Ceux d'Ajaccio sont retranchés entre la rue du Refuge et la rue du Poirier. Les autres occupent le pourtour, rues de la Roquette, de la Caisserie et des Phocéens. Tu t'y habitueras.

S'habituer? Anne ne pensait pas y arriver. Les habitants du Panier étaient trop différents, trop éloignés de ses racines. Elle avait beau tendre l'oreille, elle n'entendait que le corse. Elle avait l'impression d'avoir fait un bond dans le temps et dans l'espace. Elle qui aimait tant la légalité républicaine n'avait plus ses repères. Elle n'admettait pas la toute-puissance des clans, la dictature des chefs de village

1. Ressemeleur de chaussures.

devenus chefs de bandes. Elle percevait la pesante présence de Sabiani, leur dieu, qui ne visait pas moins que le pouvoir absolu sur la ville. Elle aurait voulu le dire haut et fort à Jean, mais il paraissait tellement heureux de lui faire découvrir son bout de Corse qu'elle ravala ses critiques. «Ne joue pas à la journaliste», se dit-elle alors qu'ils arrivaient rue Beaussenque.

— C'est ici que vivent les miens, dit-il fièrement avant d'ajouter qu'il avait son indépendance rue de la Fonderie-Vieille, où il louait une chambre.

La rue Beaussenque était l'une des plus commerçantes du Panier. Du marchand de vin au forgeron, quinze commerces se partageaient une clientèle nombreuse qui n'achetait pas à crédit. Des enseignes pendaient au-dessus des devantures. Jean se dirigea sous celle du coiffeur, un ciseau en fer forgé peint en bleu, et indiqua la porte d'entrée d'un immeuble. Anne leva la tête. Des draps flottaient aux fenêtres des troisième et quatrième étages. Ils perdaient leur eau en gouttes fraîches, égayant de leur blancheur neigeuse la grisaille de la pierre. Elle y vit le travail de la mère de Jean.

— La meilleure blanchisseuse de Marseille, avait-il dit avec une pointe de dépit.

Il acceptait difficilement qu'elle lave le linge des autres, surtout celui des arrivistes qui s'enrichissaient avec les réseaux de prostitution et le trafic des cigarettes.

Jean eut un regard sévère pour les femmes qui se penchaient aux fenêtres par grappes, les aïeules, leurs filles, et les fillettes perdues dans les plis sombres des corsages. Par une alerte qui tenait du mystère, elles avaient su que le beau Jean Testi ramenait une étrangère. Pas une Orsoni de Corte, une Canavelli de Sartène ou une Tomasi de Propriano, mais une continentale. Le fils Testi ne respectait pas la règle du clan. De tous les Corses qui désiraient s'intégrer, il était le plus actif. On ne l'avait jamais vu courtiser la fille d'un compatriote et on le savait attiré par les garces de la Corniche et du Prado. N'était-il pas l'amant de sa patronne ?

Les femmes crurent pendant une longue demi-journée qu'Anne n'était autre que la Caillaux et leurs chuchotis légers se répandirent jusqu'à la rue Sainte-Françoise. Anne les remarqua à son tour et sentit un frisson à fleur de peau, comme si ces critiques tombaient en une bruine froide. Au troisième étage, on lorgnait par-dessus les draps. Quand le regard de la jeune femme grimpa jusqu'aux pinces à linge, il y eut un brusque repli de têtes brunes.

— Mes sœurs, grogna Jean en pénétrant dans le sombre couloir où luisaient quatre boîtes aux lettres vernies et les rayons d'un vélo.

Anne s'attendait à entrer dans un dépotoir. Il n'en fut rien. On aurait pu manger à même le sol. L'intérieur du vieil immeuble était d'une propreté absolue, comme l'était d'ailleurs l'ensemble du Panier. A l'odeur de cire des escaliers se mêlaient les senteurs d'une daube et d'une grillade de sardines. Elle retrouvait l'ambiance de Gémenos. Toutes les portes des appartements restaient ouvertes et chacun pouvait à tout moment se rendre chez son voisin pour emprunter un peu de sucre, une tête d'ail, donner un coup de main ou prendre conseil. Les membres d'un même clan se faisaient une totale confiance et lorsqu'il y avait litige entre deux familles, il était rare que les hommes en viennent à la vendetta. Tout se réglait dans l'honneur autour des anciens.

— Joséphine ! Angèle ! appela Jean bien avant d'atteindre le palier du troisième.

Les sœurs, qui s'étaient retranchées, ne bronchèrent pas. Jean marmonna des choses pas très gentilles à leur égard, mais il perdit toute animosité en les découvrant la tête penchée sur leurs genoux, aiguilles à la main, travaillant des rangs de dentelles au point de feston noué. Quand Anne entra, elles levèrent le même regard curieux et timide vers elle avant de reprendre leur tâche.

— Joséphine et Angèle, présenta Jean en désignant l'aînée et la cadette.

Vingt et dix-sept ans, les cheveux épais et bouclés, l'œil noir, le nez un peu large, la lèvre inférieure renflée, le visage triangulaire, les deux sœurs se ressemblaient dans leurs robes grises au col droit. Des mètres de dentelles s'entassaient à leurs pieds. Elles rapportaient quelques francs à la famille en offrant leurs services aux modistes et bonneteries de la rue du Panier. Mais leur art ne se limitait pas à exécuter des lacets unis ou ajourés ; dans les larges paniers d'osier qui occupaient la table, Anne vit des mouchoirs au point d'Alençon et des nappes sur lesquelles fleurs et fougères en fils de lin s'entrelaçaient. Sedan, Argentan, Venise, Reticella, aucun point n'avait de secret pour ces jeunes filles secrètes qui enviaient déjà la jeune femme libre, aux côtés de leur frère.

— Voici Anne, une amie qui m'est très chère, dit Jean.

— Bonjour, dit Anne qui ne savait pas trop comment se tenir dans cette minuscule salle à manger-cuisine, encombrée d'un buffet, d'une table en chêne, de chaises paillées de jaune, d'un coffre, d'une cuisinière à charbon, d'un évier sans robinet, de deux sacs de pommes de terre et d'un panier rempli d'oignons.

Il y avait aussi une ficelle tendue d'un mur à l'autre au-dessus de l'évier et du coffre. Des figatellis, un lonzo et un jambon entamé y attiraient les dernières mouches de l'automne qui se faisaient inexorablement piéger par les rubans encollés suspendus au plafond.

Les deux sœurs répondirent du bout des lèvres et, comme Anne ajouta qu'elle était heureuse de faire leur connaissance, elles s'enhardirent à sourire avant de mieux l'examiner. Jean sourit à son tour. C'était gagné. Ses sœurs l'acceptaient. Il avait fait la moitié du chemin. Restait l'autre moitié. La plus ardue.

— Où est maman ? demanda-t-il.

— Au lavoir des Moulins, répondit Angèle.

— On y va, dit-il à ses sœurs qui avaient visiblement des démangeaisons de langue.

Si elles entamaient la conversation, ils ne seraient jamais au lavoir avant la tombée de la nuit. Il mit un doigt sur sa bouche et prit le bras d'Anne.

— Au revoir.

— Au revoir, répondit Joséphine. Revenez vite, je vous ferai des oreillettes.

Dès qu'ils furent sur le palier, Anne les entendit parler corse. Jean était heureux. Ses sœurs lui avaient mis du baume au cœur ; il en avait besoin. L'étape à venir s'annonçait difficile. Il aurait préféré que sa mère se trouvât au lavoir de leur rue, à laver des bleus de travail ou les salopettes des mécaniciens du port, mais elle devait avoir du beau linge à nettoyer. Le beau linge, les chemises de prix, les draps brodés, les jupons à volants, on les blanchissait au grand lavoir de la place des Moulins où officiaient toutes les professionnelles du battoir et du savon.

C'était un lieu redoutable. Les femmes des différentes régions de l'île et quelques Marseillaises qui résistaient à l'invasion corse se partageaient les deux bacs et le bassin hexagonal. Elles avaient leurs heures, leurs rites et leurs secrets. Il n'était pas rare que, le ton montant, certaines en viennent aux mains.

Il fallait prendre par la rue des Repenties, traverser la rue animée du Refuge, franchir trente marches d'escalier, couper la rue des Muettes et pénétrer sur la place des Moulins en forme d'amande. Anne en eut le tournis. Cette partie du Panier n'était que mouvement et bruit. Les enfants, qui revenaient des écoles de l'évêché, couraient de tous côtés, assaillaient les marchandes de raspe [1] et d'amandine, jouaient au cerceau, à la marelle, offraient leurs services aux papetiers, aux épiciers, aux marchands de

1. Brisures de biscuits.

vin, s'improvisant livreurs et coursiers. Les bonnetières, les giletières et les couturières s'entassaient par dizaines dans des ateliers et on entendait crépiter les machines à coudre sous les toits et dans les caves. Bordeurs, rabatteurs, soutacheurs, ouateurs piquaient des kilomètres de fils sur des tonnes de tissus. Des piles de vêtements quittaient les magasins des grossistes pour les boutiques de la Canebière et de Saint-Ferréol et on voyait des chapelets de ballots osciller sur le dos des hommes peinant dans la Montée des Accoules. Ils croisaient les files de mules chargées de planches et de ferrailles destinées aux menuiseries et aux chaudronneries dont les grincements et les martèlements se mêlaient à la cacophonie générale.

Anne commençait à mesurer l'impact formidable de cette économie sur la ville et elle se promettait de mener une enquête sur le sujet quand Jean annonça :

— Ma mère est là.

Elle essaya de la repérer. C'était impossible. Sur la place, des feux de bois léchaient les culs de fer des lessiveuses entourées de femmes de tous âges et le long des six côtés du grand lavoir, trois douzaines de lavandières battaient, frottaient, tordaient des kilos de linge dans l'eau mousseuse et grisâtre. Elles menaient une guerre sans merci contre la crasse depuis des générations. Entre leurs mains usées et déformées, battoirs et brosses devenaient des armes terribles.

Certaines avaient des bras de lutteuse et des cous de taureau. Pas la mère de Jean. Rose Testi était petite, maigre et sèche. Quand Anne la découvrit, de dos, agenouillée sur les pierres mouillées, elle fut prise de compassion. C'était une femme vieillie avant l'âge, aux cheveux blancs, cassée par trente ans de lavoir. Mais lorsque Rose, alertée par les regards et les mimiques de ses voisines, se retourna, Anne révisa son jugement. Certes les rides traçaient des sillons, les cernes creusaient leur croissant, la fatigue apparaissait chronique, mais il se dégageait de ce visage une volonté, une dureté et une fierté telles qu'à sa vue on se sentait mal à l'aise. Le regard aux étincelles froides passa rapidement sur l'inconnue bien habillée pour se poser, interrogateur, sur son fils. « Qu'est-ce que tu es venu faire ici ? », « Qui est cette gourgandine qui t'accompagne ? », « Pourquoi n'es-tu pas au travail ? », « Te rends-tu compte que tu es la risée de toutes les blanchisseuses ? », « Ne vois-tu pas que tu me fais perdre mon temps et des sous ? »... Toutes ces questions faites de reproches se bousculaient derrière le front maternel, mais elle lui en posa une seule :

— M'as-tu apporté le savon ?

— Demain.

Elle haussa les épaules. Elle avait une piètre opinion de ce fils qui nourrissait des ambitions démesurées et se dévoyait avec des femmes qui n'étaient pas de sa condition. Elle en avait tant entendu sur lui qu'elle avait cessé de le défendre. Cependant, elle l'aimait, viscéralement, exclusivement, le plaçant avant ses sœurs dans son cœur et, en cela, elle ne différait en rien de toutes les mères corses.

— Je veux trois pains de marbré et six de blanc, ajouta-t-elle en retournant à sa planche de lavage.

— Je voudrais te présenter une amie.

Rose fit la sourde oreille. Son battoir s'abattait avec une force accrue, aplatissant un drap en boule. Elle mettait une sorte de rage à frapper ce symbole de la bourgeoisie qui avait détourné Jean du droit chemin. Autour d'elle, les femmes se poussaient du coude et se livraient à toutes sortes de supputations en lorgnant la jeune femme moderne qui supportait de plus en plus mal cette situation. Elles la virent soudain s'avancer vers la Testi et elles retinrent leur souffle. Rose avait le coup de sang facile et elle pouvait d'un revers de battoir défoncer la mâchoire de cette belle imprudente.

— Jean n'est pour rien dans cette histoire ; il m'a tant parlé de vous que j'ai tenu à vous rencontrer. Je l'ai convaincu de m'emmener au Panier même si je savais que, pour une étrangère comme moi, ce ne serait pas facile d'être acceptée. Je ne suis pas celle que vous croyez, mon sang vaut bien le vôtre et ce n'est pas parce que j'habite à l'est du Vieux-Port, dans ces quartiers que vous méprisez, que je ne sais pas me battre. Croyez-vous que je rechignerais à m'agenouiller à vos côtés ? J'ai eu ma part de lavoir à Gémenos et j'ai le bras solide.

Jean en resta pétrifié. Jamais quelqu'un n'avait parlé à sa mère sur ce ton. Il redoutait le pire. Rose appartenait à une lignée de bergers qui avaient tué pour moins que cela. L'honneur, l'honneur à tout prix, ne jamais perdre la face, tenir tête à Dieu s'il le fallait, réclamer sa part de sang, toujours se venger, était la loi de cette femme menue, née cinquante-trois plus tôt au sein du maquis.

Le battoir de Rose se figea soudain sur le drap. Le silence se fit. On entendait seulement glouglouter l'eau dans les déversoirs et crépiter les feux sous les lessiveuses. Anne retint son souffle. Quand Mme Testi tourna son regard vers elle, ce fut comme pour dire à son fils : « Elle me plaît cette petite. »

Jean crut qu'il rêvait. Des rires éclatèrent. La Testi n'était pas méchante, on l'avait toujours su. On la regarda avec une sorte de tendresse se détacher de la pierre mouillée, qui les meurtrissait toutes, et tendre les bras vers cette jolie fillasse aux yeux dorés et francs. Elle lui donna le baiser de bienvenue. Ce geste affectueux de reconnaissance ouvrait les portes de la communauté corse à Anne. En une seconde, elle venait d'être adoptée par les matriarches du Cap, de Bastia et de Bonifacio et promise à Jean ; mais elle ignorait tout du pouvoir des femmes en noir. Elle trouvait la réaction de Rose naturelle et elle lui rendit son baiser en lui disant :

— Je m'appelle Anne.

Rose parut sourire. Ses lèvres s'étirèrent. Et elle souriait réellement. Ce prénom lui plaisait. Lorsqu'elle se tourna vers son fils, elle sembla lui signifier qu'il avait fait le bon choix et qu'à présent il devait la respecter.

Dédé avait passé trois journées agréables et trois nuits formidables. Des matinées à siroter du beaumes-de-venise sur les terrasses des cafés, des après-midi à améliorer sa garde-robe, des virées nocturnes sans sa maîtresse dans les bastringues et les salles de jeu, soixante-douze heures pour se préparer à sa rencontre avec madame Caillaux. Il était dans une période de chance. Au Diable Vert, il avait appris à jouer au poker, et gagné mille francs. Le poker avait été inventé pour les rusés comme lui. Rusé et grand seigneur ! Il avait offert le champagne aux entraîneuses qui étaient sous son charme.

Sassot lui avait livré tant de secrets sur la relation Testi-Caillaux que Dédé se disait que le directeur commercial devait nourrir une sacrée haine contre le couple. Son plan était simple : provoquer une réaction violente chez Sophie Caillaux et en tirer tous les avantages. Cette femme était d'un orgueil et d'une jalousie démesurés ; elle saurait châtier et reconquérir son amant. Le Corse, petit arriviste, ne résisterait pas longtemps aux attraits du luxe et du pouvoir. Dédé n'en doutait pas un instant. Quant à Anne, esseulée, trahie, fragilisée, il serait facile de la consoler.

Le miroir de la salle de bains lui renvoyait l'image d'un homme fraîchement rasé et sûr de lui. Dédé cligna malicieusement de l'œil et s'encensa à haute voix :

— André, c'est le meilleur et le plus intelligent des Bastille, a toujours caouquo escampi per si tira d'affaire[1].

Puis il noua sa cravate de soie. Quoi qu'il arrivât, il allait faire tant de dégâts qu'il en jubilait. Au fond de lui, peut-être n'aimait-il pas autant Anne qu'il le

1. Il trouve toujours quelque subterfuge pour se tirer d'embarras.

pensait. Peut-être voulait-il simplement la posséder pour effacer l'affront qu'elle lui avait fait à Gémenos. Il se souvint de la nuit où elle l'avait surpris derrière les arbres et une rougeur monta à son visage.

— Je vais la casser et elle rampera à mes pieds, dit-il d'une voix sourde en pulvérisant pour la quatrième fois son visage d'une eau de toilette au musc et au néroli.

Se mirant une dernière fois dans la glace du salon, il quitta son meublé de luxe, se rendit à la poste et téléphona au *Petit Provençal*. « La casser ! La casser ! La casser ! » Il ne pensait qu'à cela alors que la sonnerie retentissait à l'autre bout du fil. Une standardiste décrocha. Il demanda Marius Botey en se faisant passer pour un correspondant du journal *Paris-Midi*. Il entendit la voix du rédacteur en chef annoncer :

— Marius Botey, j'écoute.

Il lança alors son poison d'un trait :

— Anne vous trompe avec un certain Jean Testi de la compagnie des savonneries Caillaux. A votre place, je me baisserais en passant sous les portes.

— Qui êtes-vous ?

— Un ami.

Dédé raccrocha. Il avait été parfait. Le Marius venait d'entrer dans la grande confrérie des cocus. Dans sa position, il allait forcément réagir. Il y avait neuf chances sur dix pour qu'il se séparât d'Anne avant que la nouvelle ne se répandît dans Marseille. La pendule de la poste marquait 10 heures. Soixante minutes le séparaient encore de son rendez-vous avec madame Caillaux. Il avait su la convaincre, par ce même téléphone, trois jours plus tôt en arguant qu'il était en possession d'une information vitale la concernant.

— Il y va de votre notoriété, avait-il ajouté.

Notoriété était un mot subtil qu'il avait retenu en feuilletant le dictionnaire, son livre préféré depuis qu'il était entré dans la peau de rentier. Il avait d'autres mots compliqués en réserve et il comptait bien les placer un jour ou l'autre, le long de son parcours de conquérant. Il se rendit au garage où il laissait sa Lorraine. Sa belle voiture avait été nettoyée. La capote relevée sentait le cirage. Il la caressa amoureusement du regard ; elle était son faire-valoir, l'image tangible de sa fortune naissante, la prolongation rutilante de sa vanité. Une dernière fois, il s'admira dans le rétroviseur. Il avait changé sa coupe de cheveux, sa raie au milieu était d'un tel chic, qu'il n'osa pas la déformer avec son chapeau, un feutre de Couiza tel qu'en portaient les hommes politiques.

Cinq minutes plus tard, il contournait l'abbaye de Saint-Victor et fonçait vers la demeure princière des Caillaux. La Corniche et tout le versant sud-est de la colline, au sommet de laquelle trônait la Bonne-Mère, appartenaient désormais aux riches Marseillais et à quelques aventuriers de l'industrie venus du nord de la France. L'argent des colonies et des usines affluait à gros bouillons derrière les façades ornées de cariatides et les grilles des parcs. Le plus petit des hôtels particuliers du Roucas Blanc était hors de ses moyens actuels.

Le château des Caillaux l'écrasa de toute sa magnificence. Le mur du parc qui l'entourait s'élevait comme un solide rempart. On y accédait par une double porte en fer forgé dont il estima le poids à trois tonnes. Un gardien en faction lui demanda son nom avant de repousser les battants avec peine. Il était attendu et il n'était pas le seul. Plusieurs automobiles luxueuses, dont une Bugatti, stationnaient sous les pins agités par la brise marine. Dédé eut un moment de doute en levant la tête pour admirer la «folie» construite par le père de Louis Caillaux. Le ciel se reflétait dans les vingt hautes fenêtres et empêchait de distinguer l'intérieur des pièces. A peine aperçut-il les rideaux de soie qui miroitaient comme des bannières japonaises. Il n'eut pas le temps de se ressaisir. Sophie apparut sur le seuil. Elle portait une longue robe verte et un collier de rubis. Dédé la classa aussitôt dans la catégorie royale.

Sophie eut un instant d'intense concentration lorsqu'il se présenta à elle. Elle se servit de tous ses sens, fit appel à son intuition et en conclut qu'il était le type même d'hommes qui s'extasiaient devant Greta Garbo, Cléopâtre et les vendeuses des Galeries Lafayette. Un minable qui admirait avec la même exaltation sa beauté et celle des putes. Cependant, il pouvait être dangereux. Il émanait de toute sa personne une volonté de parvenir à ses fins par tous les moyens. En cela, il ne différait pas de certains des associés de la compagnie.

— Qu'avez-vous à me vendre? lui demanda-t-elle.

La question était si abrupte que Dédé en fut décontenancé.

— Mais... Je n'ai rien à vous vendre...

— Vous désirez m'aider en quelque sorte?

— C'est un peu ça.

— Et en tirer des avantages ?

— Oui.

Dédé perdait pied. Elle l'embrouillait avec ses questions. Le regard noir et mort qu'elle laissait s'appesantir sur lui le gênait et il ne pouvait pas le soutenir.

— Dites-moi tout.

Il se lança. Pendant tout son discours, rien dans l'attitude de Sophie ne changea. Elle garda toujours ce calme, cette tranquille assurance qui permet à un être d'exception de se tenir parfaitement en main et de maîtriser sa destinée. Elle semblait accepter la trahison de Jean avec philosophie et Dédé s'en inquiéta. Il ne la connaissait pas assez. Il ignorait qu'en ces instants de froides lames d'acier se forgeaient dans l'esprit de Sophie, que les vagues de boue soulevées par ses révélations se brisaient derrière le beau visage impassible. Quand il se tut, elle le déstabilisa définitivement par une nouvelle question.

— Vous aimez cette Anne ?

— Heu...

— Donc vous l'aimez et ce n'est pas réciproque. Vous voulez que je me batte pour récupérer Jean afin de vous placer auprès de votre cousine.

— Oui, répondit-il d'une voix grave, non sans tressaillir.

Il avait fait croire à Sophie qu'Anne était la fille d'un cousin de son père. Un petit mensonge qui collait bien à son histoire mais qu'il ne parvenait pas à digérer.

— Je vous comprends, dit Sophie sur un ton

étrange. L'amour est fait de respect, d'adoration, d'aspiration et le jour où l'on comprend ce que signifie réellement aimer, comme vous et moi le comprenons, il devient un sentiment absolu qui peut mener à la mort ; on est prêt à tout sacrifier pour le sauver.

Dédé n'en était plus aussi certain. Cette femme l'effrayait. Il sentait qu'il venait d'introduire le doigt dans des rouages qui pouvaient l'entraîner et le broyer, mais il ne savait plus comment faire marche arrière. Lorsqu'elle lui proposa de prendre un rafraîchissement, il la suivit docilement. Son époux, lui expliqua-t-elle, venait de rentrer de voyage d'affaires. Il était en ce moment même dans son bureau, en compagnie de ses collaborateurs et investisseurs, pour parer aux grèves qui s'annonçaient. On prévoyait des réductions de salaire, des suppressions de postes et tout un ensemble de mesures d'assainissement : l'industrie du savon n'arrivait plus à écouler ses stocks depuis que les pays occidentaux augmentaient leurs taxes douanières.

Il venait d'accepter son second verre de porto et écoutait Sophie parler de choses et d'autres, répondant du mieux qu'il pouvait aux questions anodines qu'elle lui posait, quand elle changea brusquement de conversation.

— Nous allons pouvoir mettre au point une stratégie. Ils viennent de terminer leur discussion là-haut.

Elle avait perçu un mouvement quelconque, le glissement d'une chaise ou des claquements de talons. Dédé, lui, restait sourd aux bruits environnants. Son sang pulsé de plus en plus violemment avait fait monter sa température de deux degrés. Ses oreilles bourdonnaient. Le musc de son eau de toilette tournait et une odeur âcre se dégageait de sa peau. Il aurait donné dix mille francs pour être avec Colin, sur un tracteur, au milieu d'un champ.

«Je suis pas à ma place ici… J'ai pas l'expérience du beau monde… Faut que je cavale… Je suis allé trop loin… Et tout ça pour une garce… Pauvre de moi, qu'est-ce que je vais pouvoir dire si le mari me demande qui je suis…»

Il essaya de se donner une contenance mais comment y parvenir dans ce décor de cinéma, avec toutes ces statues et ces portraits qui vous regardaient, au centre d'un salon doré débordant de meubles d'époque signés, de bronzes antiques et de chinoiseries laquées? Lever les yeux vers le plafond pour se donner l'air intelligent et songeur n'était pas la solution. Il y avait là-haut une fresque en trompe l'œil. Dans un ciel de nuages, des guerriers et des femmes nues, aux postures étrangement réelles, donnaient l'impression qu'ils allaient chuter sur vous.

Les hommes en costumes arrivèrent les uns après les autres et s'inclinèrent respectueusement devant Sophie avant de prendre congé. Ils avaient des allures d'avocats, de boursiers, de députés et de banquiers. Sauf le dernier, qui accompagnait monsieur Caillaux. Louis Caillaux avait la face rougeaude et le ventre rond. Il correspondait en tous points à l'idée que s'en faisait Dédé : un gros plein aux as. Sophie les présenta l'un à l'autre. Louis le salua brièvement, le tenant visiblement pour peu de chose, le genre même d'insecte qu'on chasse d'un revers de la main et qu'on écrase avec le pied en ayant l'impression d'accomplir une bonne action. L'attitude de l'autre homme fut toute différente. Une trentaine d'années, habillé d'un complet à rayures à la coupe parfaite, les mains manucurées, le visage mâle et latin, deux grosses bagues à la main droite, il observait Dédé avec une curiosité dévorante.

— Puis-je t'emprunter François ? demanda Sophie à son époux.

— Dois-je comprendre que je dois me retirer ? répondit Louis en souriant.

— C'est personnel.

— Dans ce cas, dit Louis en écartant les mains, il ne me reste plus qu'à rédiger ce plan de licenciement que vous me réclamez tous. Ce n'est pas de gaieté de cœur mais enfin, puisqu'il le faut...

— C'est vital pour l'avenir de la compagnie, intervint le bellâtre latin. Et ne vous cassez pas la tête pour les ouvriers, mes hommes materont les meneurs.

Louis s'en alla, les épaules voûtées. François et Sophie échangèrent un clin d'œil qui n'échappa pas à Dédé. Etait-il aussi l'amant de la Caillaux ? Malgré les mille francs qu'il portait sur le dos, il n'avait aucune classe.

— François Lydro Spirito, se présenta-t-il en tendant une main sèche et dure.

Ce nom jeta l'effroi dans l'esprit de Dédé. Spirito était avec Carbone l'homme le plus dangereux de

Marseille. Et il était là, devant lui, le sourire carnassier, inhumain, avide de pouvoir et de victimes.

— Il va tout t'expliquer, dit Sophie en versant un troisième verre de porto à Dédé.

16

Anne et Jean s'étaient aimés à la folie pendant dix jours. Ils se retrouvaient tous les soirs face au cinéma de la place de Lenche où ils entrèrent à deux reprises pour voir *L'Ange bleu*, avec la superbe Marlene Dietrich qui, depuis quelques semaines, faisait un ravage érotique sur toute l'Europe du Nord. Ensuite, ils se rendaient main dans la main jusqu'au 10 de la rue Fonderie-Vieille où Jean louait sa chambre sous les toits. En les voyant, les gens disaient :

— Tiens, voilà les amoureux.

Certains les considéraient déjà comme fiancés. Rose Testi et ses filles avaient brûlé quelques étapes en confiant à leurs proches qu'Anne allait bientôt entrer dans la famille. Cela paraissait officiel. Le père de Jean avait donné sa bénédiction au couple devant le bar où se réunissait l'amicale des Corses du Cap. Tous ces témoins fortuits entretenaient l'idée d'un mariage et clouaient le bec à ceux qui critiquaient Jean. L'honneur était sauf.

Il l'était d'autant plus qu'Anne était libre. Sept jours auparavant, elle s'était rendue chez Marius

Botey afin de rompre. Le rédacteur ne parut pas surpris, ni fâché. Il savait qu'un jour ou l'autre sa jeune maîtresse allait rencontrer l'âme sœur. Sa seule amertume, il la devait au fumier qui lui avait téléphoné. A aucun moment il n'avoua qu'il n'ignorait rien de la nouvelle passion d'Anne pour ce Jean Testi à la mauvaise réputation. Il lui souhaita même beaucoup de bonheur et lui confirma qu'elle faisait toujours partie du *Petit Provençal*.

Anne se sentait nette. Elle avait la conscience propre, le cœur lavé et l'âme légère. Jean venait de partir pour Sainte-Marthe. Elle gardait le goût de ses baisers sur ses lèvres, la douleur de ses étreintes sur les hanches, la chaleur d'une griffure dans le dos, et frissonnait encore au souvenir des mille et une caresses de toutes ces nuits. Une fois de plus, elle allait rêvasser, seule dans ce nid qui dominait les restanques rousses et orangées des tuiles.

Par les deux fenestrons qui s'ouvraient à l'ouest et à l'est, elle pouvait contempler l'attachant désordre des maisons étagées de la place des Moulins à la Major et de l'Hôtel-Dieu au Vieux-Port. Ce paysage, elle l'avait décrit à sa mère à qui elle écrivait tous les deux jours. Elle lui avait aussi annoncé qu'elle « fréquentait » un gentil garçon du Panier, qu'elle comptait le lui présenter dès le début de la cueillette des olives, en décembre, et que peut-être il fallait songer à passer une commande à l'homme d'Auriol qui habillait les mariées. Aujourd'hui, ce n'était pas un jour à noces. Des mouettes et des pigeons se disputaient le ciel d'une aube trop rouge.

Une inquiétude passa dans le regard d'Anne. Le

mistral allait souffler fort et faire croître la tension à Marseille. Elle pensa aux hommes et aux femmes en grève depuis l'avant-veille. Le cartel des patrons des tuileries et des savonneries avait ouvertement fait connaître son intention de réduire les salaires et les effectifs avant le 1er mai 1931. Parmi eux, il y avait Louis Caillaux, poussé par sa femme. Ne voulant pas rester neutre, Jean avait pris le parti de ses amis ouvriers qui tenaient fermement la cathédrale des chaudrons. Il s'était mis en tête de convaincre les cadres de la compagnie d'entrer dans le mouvement. On craignait que ces derniers se rangent aux côtés des nervis engagés par la direction. Ces nervis, chargés d'une éventuelle répression musclée, étaient des vauriens qui traînaient dans les bars mal famés du port. Tous ces gros bras et ces experts du couteau étaient sous l'influence des lieutenants de Spirito et Carbone. Ils devaient épauler la police si les événements tournaient mal. Et avec ce mistral annoncé par le sang du ciel, Anne craignait le pire. Ce vent maudit allait souffler dans les têtes, réveiller les vieux démons et enrager les meneurs des deux bords.

— Jean, je t'en supplie, ne t'expose pas ouvertement, dit-elle tout en regardant autour d'elle comme si elle cherchait à communiquer avec l'aura de l'homme qu'elle aimait.

Elle sentait sa présence à travers les paysages corses épinglés aux murs, les livres accumulés dans les coins, le fusil du grand-père, accroché à la soupente, sur la crosse duquel quatre encoches rappelaient l'honneur vengé. Elle contemplait l'antique fusil de chasse quand une courte plainte courut sur le toit. Le mistral se levait. Elle décida alors d'agir. Elle était journaliste. Elle irait sur le terrain aux côtés de Jean.

Un bruit provoqua le réveil brutal de Dédé. Les aiguilles de la pendulette marquaient 10 heures. Le bruit se répéta. Le volet venait de se rabattre violemment sur le mur extérieur, démasquant un pan de ciel strié de nuages très allongés et cotonneux. Ces fils ténus ne trompaient pas sur la nature du vent. Le mistral. Le volet cogna encore. Les angoisses de Dédé redoublèrent. Il avait pris des cachets pour s'endormir après l'horrible virée de la veille dans l'un des quartiers généraux de Spirito. A présent, il avait besoin d'un remontant. Il retrouva la bouteille de cognac sous le lit et prit une bonne lampée d'alcool. Pas idéal pour le petit déjeuner, mais efficace sur le moral.

Sale soirée ! Il avait perdu cinq mille francs à une table de voyous. Pas de chance, pas de jeu, des donnes truquées, des ententes et des complicités, les ordures sortaient les as et les rois de leurs manches, abattant sur le tapis vert des quintes et des brelans. « Je prendrai ma revanche », se dit-il sous l'effet montant du cognac.

Sale journée en perspective. Pour la neuvième fois, il allait faire le guet, rue de la Fonderie-Vieille. Ce boulot ingrat, imposé par Spirito et voulu par madame Caillaux, ne l'enchantait guère. Il savait ce qui se passait au dernier étage du 10. Anne et Testi s'envoyaient en l'air. Il était fou de jalousie. Il vida d'un trait la bouteille, manquant s'étouffer entre deux glouglous brûlants. Il ne comprenait pas pourquoi les gars de Spirito n'agissaient pas. Il suffisait de cueillir Jean au petit matin sur le chemin de Sainte-Marthe et de le balancer dans un gouffre de la Sainte-Baume ou au large du Frioul, une pierre de vingt kilos attachée au cou. Une formalité pour ces hommes qui prenaient plaisir à tuer, surtout lorsqu'il y avait une prime à la clef. Il était prêt à offrir vingt mille francs à celui qui le débarrasserait du Corse. Cependant, son argent ne pesait guère face aux événements. Toutes les conversations des bandes du port tournaient autour des grèves et des «rouges», qu'on ne manquerait pas de crever le moment venu.

Dédé sentait qu'il n'était pas sur le bon chemin. Il ne savait plus comment se dépêtrer du piège vers lequel il fonçait tête baissée. Dès la fin de sa conversation avec Spirito, chez Sophie Caillaux, il avait accepté de suivre ce dernier jusqu'à un bar tenu par des Italiens, rue Tubano. Là, le beau et dangereux François Lydro Spirito, après une brève explication, l'avait laissé en compagnie de Roberto Vedrini, un truand de seconde zone chargé du contrôle des salles de jeu. Ce Roberto était désormais en contact permanent avec lui, organisant ses journées et ses nuits, le plumant peu à peu en le forçant à jouer et passer son temps dans les bras de poules fardées qui carburaient au champagne et aux billets de cent francs.

La mort dans l'âme et la bouche pâteuse, Dédé revêtit un costume sombre et descendit dans le hall de l'hôtel sans se faire d'illusions. Roberto, grand échalas au profil chevalin et aux lourdes mains carrées, l'attendait déjà.

— André, allons ! Ne prends pas cet air de deuil. C'est un jour béni ! dit l'Italien en lui envoyant une claque familière sur la joue.

Dédé se méfia. Béni, dans la bouche sertie d'or du truand, ne signifiait pas bonheur et prospérité. C'était plutôt le diable qui répandait sa bénédiction empoisonnée quand Roberto ouvrait son claquoir à dix-huit carats.

— Un jour béni ?

— On a le spécialiste que désirait madame Caillaux. Elle s'impatientait et il a fallu le faire venir de Toulon. Avant la fin dc la journée, ton affaire sera réglée.

— Il est où ce spécialiste ? s'inquiéta Dédé.

— A la rue de la Fonderie-Vieille avec Zino la Louche. Il attend le moment propice. C'est lui que les macs envoient lorsque les filles refusent d'aller sur le trottoir. Ta gonzesse ne t'emmerdera plus après sa visite.

— Mais c'est quoi sa spécialité ?

— Le vitriol.

— Nom de Dieu !

La terreur se peignit sur les traits de Dédé. Il eut la vision du beau visage d'Anne rongé par l'acide sulfurique concentré. Il bouscula Roberto et se précipita vers l'extérieur. L'Italien ne put le rattraper. Dédé venait de sauter dans sa Lorraine et fonçait vers la Canebière.

Cent mètres avant l'entrée de l'usine, deux murailles de caisses à savons étranglaient la route de

Sainte-Marthe. Cette chicane avait été dressée pendant la nuit. Une cinquantaine de savonniers en bleu la défendaient et empêchaient les camions de livrer les matières premières nécessaires à la bonne marche de la compagnie. Les lourds véhicules stationnaient dans le no man's land qui séparait les grévistes des gardes mobiles. Jean s'engagea dans cette zone d'incertitude jonchée de pavés et de rivets. Lors de l'arrivée des forces de l'ordre, les savonniers avaient lancé ces projectiles pour montrer leur détermination.

Parvenu à la chicane, bardée d'hommes armés de grosses clefs anglaises, de masses et de redables, Jean serra des mains et trinqua avec les manœuvres de l'atelier des concasseurs tout en apprenant les dernières nouvelles. Elles n'étaient guère encourageantes. Si la nuit avait été mise à profit pour organiser le blocus, elle avait aussi été favorable à la direction. Par les deux entrées secondaires, qui donnaient sur des chemins vicinaux, les directeurs et les cadres revenus en force avaient investi les bureaux et le magasin des soudes, véritable tête de pont de laquelle ils pouvaient lancer une charge musclée. Ils en avaient les moyens. Une trentaine de voyous les accompagnaient. Ces mercenaires prêtés par le milieu marseillais avaient l'habitude ; ils s'étaient fait la main lors des réunions politiques et participaient régulièrement aux bagarres qui opposaient le monde ouvrier et le patronat depuis 1928.

— On tient la cathédrale !

— Et on la lâchera pas ! Deux cents des nôtres y sont.

— T'as qu'à leur dire aux patrons qu'on veut pas le mal, qu'on pense simplement à nos enfants et qu'on est prêts à bloquer nos salaires pendant cinq ans.

— Oui Jean ! Dis-le-leur ! Toi, ils t'écouteront sûrement !

— Je ferai pour le mieux, répondit Jean.

Ses camarades ne le disaient pas ouvertement mais lorsqu'ils parlaient des patrons, ils songeaient surtout à madame Caillaux. Jean n'était pas dupe. Aux yeux des grévistes, il était l'intermédiaire idéal. Il soupira. Comment leur dire que son aventure avec Sophie était terminée ? Et comment affronter cette dernière à qui il n'avait plus donné signe de vie ? Elle devait le maudire, le vouer à toutes les tortures, prier pour qu'il ait un accident. Il espérait seulement qu'elle n'avait pas suivi son mari jusqu'ici.

Son espoir ne tint pas trois minutes. Dès qu'il franchit la barrière bicolore de l'entrée, derrière laquelle deux groupes antagonistes se défiaient du regard, il tomba sur Sassot. Le directeur commercial n'avait plus de voix. Il tentait désespérément de dénouer les liens du drame que les ouvriers et les cadres tissaient à coups d'injures.

— Ah, vous voilà ! dit-il en prenant Jean par le bras. On est dans la merde ! Oui, dans la merde jusqu'au cou. C'est madame Caillaux qui mène les discussions ! Sa première mesure a été de vous virer. Qu'est-ce que vous lui avez fait ? Elle est comme une chienne enragée. Louis n'a plus la parole. Il a eu une alerte cardiaque cette nuit. On a dû lui frictionner les jambes avec de l'eau de Cologne et le docteur l'a bourré de dépuratif Parnel et de Tarvine.

Sophie l'avait renvoyé. Pendant un bref instant, Jean eut envie de tout plaquer et de laisser la compagnie des savons et huileries Caillaux à son destin ; mais les visages usés et angoissés des savonniers tournés vers lui le décidèrent à rester.

— J'y vais ! lança Jean.

— Pas question ! répliqua Sassot. Vous n'appartenez plus à la maison.

— Il faudra qu'elle prouve la faute professionnelle.

— Vous êtes fou !

— J'ai le mistral dans les veines.

Comme pour l'appuyer, le vent, qui cravachait les hauteurs de Sainte-Marthe et déchirait l'air sur les immenses cheminées de la savonnerie, cingla la face de Sassot d'une volée de poussières. Un mouvement se fit dans les rangs. Un chauffeur échangea un coup de poing avec un chef d'équipe de l'emballage. Il fallut une seconde et violente rafale pour étouffer l'ardeur des belligérants. Quand Jean entra dans le bureau du personnel, tenu par les nervis de Spirito, Sassot eut envie de pleurer.

Dédé ne prit pas le temps de garer sa voiture place de Lenche. Il avait eu la chance de pouvoir grimper par le flanc sud du Panier sans se retrouver bloqué dans les embouteillages provoqués par le petit peuple des artisans et des marchands. Les yeux injectés de sang, sourd aux appels des revendeuses de légumes, il courut dans la Montée des Accoules.

Ceux qui le voyaient passer à bout de souffle se disaient que le mistral venait de frapper. La rue de la Fonderie-Vieille était sur la gauche, il s'y précipita en serrant les poings, prêt à cogner le spécialiste. Mais la rue était vide. Le vent l'avait nettoyée de ses vieux et de ses ménagères. Seul un chien hargneux y trottait et aboyait en levant son museau vers les linges qui claquaient et les cordes qui sifflaient. Il voulut mordre Dédé et reçut un terrible coup de pied dans la gueule qui le fit déguerpir en couinant. Le 10. La porte entrouverte. Les escaliers de bois. En moins de vingt secondes, Dédé arriva sur le palier du dernier étage et se mit à tambouriner à l'huis.

— Anne! Annc! Pour l'amour de Dieu! Ouvre-moi!

Il tourna le bouton de cuivre de la porte. Elle n'était même pas fermée à clef. Anne n'était pas dans cette chambre maudite. La fureur le prit. Il allait tout casser lorsque ses yeux tombèrent sur une feuille de papier blanc, posée sur la petite table.

Mon amour,

Si tu lis ce message, c'est que nous nous sommes croisés sur la route de Sainte-Marthe. Je me suis rendue à la compagnie pour couvrir les événements. Je t'y attends.

Je t'aime. Anne.

Dédé mit le papier en miettes avant d'apercevoir le fusil accroché à la soupente. La vue de l'arme le fit frissonner. Il ne savait plus qui il voulait tuer : le spécialiste, le Corse ou Anne. Il le prit et se sentit immédiatement plus fort, puis invincible lorsqu'il découvrit dix cartouches dans une boîte à sucre.

— On ne passe pas, ma petite dame.

Anne toisa le moustachu qui tenait l'une des deux hampes de la banderole malmenée par le mistral. Le bonhomme l'avait vue franchir avec facilité les cordons de la police et il la considérait comme une ennemie potentielle, voire une espionne à la solde de la préfecture. Elle n'était pas habillée comme les femmes des quartiers ouvriers. Elle était une injure pour tous les gars de la chicane.

— Je suis une amie de Jean Testi, dit-elle sans dévoiler son appartenance au *Petit Provençal.*

— Ah ! Mais ça change tout, répondit le moustachu en souriant. Laissez-la passer, c'est une protégée de Testi !

Les manifestants débloquèrent le goulot et la regardèrent filer entre les piles de caisses, admiratifs et dubitatifs. C'était la fille qu'ils avaient aperçue à la fin de l'été à la cathédrale. Quelques-uns se souvinrent de ses jambes et ne purent retenir leurs sifflets.

Anne sentit une rougeur monter à ses joues. Protégée de Testi. Elle avait l'impression d'être la favorite d'un seigneur de la pègre. A la barrière, personne ne lui demanda où elle allait. Le parking était une sorte d'arène où deux groupes de gladiateurs, les cadres et les grévistes, s'observaient avant le choc. A l'écart, assis sur le capot d'une camionnette, Sassot avait finalement pris le parti de rester neutre. Personne n'avait voulu de lui. La direction estimait qu'il n'était pas à la hauteur des négociations, les cadres le tenaient pour un péteux et le personnel le méprisait. Il attendait le bain de sang avec fatalisme.

Cependant, quand il vit Anne, il devint un autre homme. Cette petite conne était à l'origine de la rage de la patronne. Quittant sa position avachie, il aborda la jeune femme sans ménagement.

— Qui vous a permis d'entrer ?

— Le droit à l'information ! répliqua-t-elle.

— Je pisse sur votre droit et sur votre journal.

Sassot dévoilait enfin son vrai visage. Anne eut un sourire et prit son temps pour lui assener une gifle retentissante qui déclencha les rires épais de tous les hommes. Il y eut même des bravos. Sassot perdit sa superbe. Autour de lui, le monde sombrait dans un océan de honte. Il alla se cacher dans l'atelier de concassage pour pleurer. Anne prit sa respiration. A présent, elle allait se rendre dans la cathédrale pour y retrouver Jean et prendre des notes.

C'était mieux qu'au cinéma mais plus dangereux. Surtout lorsqu'on était patron de bistrot face à la compagnie des savons et huileries Caillaux. Il avait vu les grévistes transporter les caisses sur la route, puis la flicaille et l'armée prendre position cent mètres plus bas. Depuis la veille, son tiroir-caisse n'avait pas beaucoup sonné et il s'en plaignait aux vieux retraités qui tapaient habituellement la belote en économisant au mieux leurs verres de rouge. Pour l'heure, les ancêtres collaient leurs barbes grises aux vitres sales et commentaient la situation. Ils refluèrent à l'arrivée d'un petit homme sec en costume bon marché portant une biasse kaki à l'épaule. Au premier coup d'œil, le patron le classa mauvais garçon. Il avait le vice dans le regard et de vilaines mains velues et larges.

— Bonjour, m'sieur, avez-vous le téléphone ?

— Ouais, répondit le tenancier, mais pour parler au cornet, faut d'abord se rincer le gosier.

— Alors ce sera un Cinzano.

Le patron reconnut l'accent transalpin et fit la moue. Il n'aimait guère les étrangers qui venaient voler le travail des Français. Surtout les Italiens. Ces mangeurs de pâtes remplaçaient peu à peu tous les maçons et les terrassiers provençaux. Mais celui-ci n'était pas fait pour la truelle et la pioche. Il le voyait plutôt adroit au couteau. « Pour sûr, pensa-t-il, c'est un nervi. Putain de moi, j'aurais pas dû le servir. Il va m'empoisser avec son œil de Calabrais. »

L'homme but d'un trait, demanda où se trouvait le téléphone, bien qu'il l'ait déjà repéré, accroché entre un calendrier et une réclame vantant les bienfaits d'un armagnac, et fit son numéro. Comme l'oreille du bistrotier traînait, il se mit à parler bas en italien.

— C'est Zino... Elle est à la compagnie des savons... Comment, c'est notre chance ? Y a plein de monde là-dedans !... Les nôtres vont charger à l'intérieur. C'est sûr ?... Bon, je vais voir... Baptiste est à l'entrée secondaire qui donne sur le chemin de la Rose... J'y vais.

Il raccrocha, agacé par la tournure des événements. Il aimait agir dans l'ombre, par-derrière, surprendre ses proies et les défigurer alors qu'elles étaient saisies de surprise et de peur. On le payait pour ça et on le payait même très bien ; il y avait peu de volontaires dans le milieu pour ce sale boulot. Il allait devoir se mêler aux hommes de Spirito et aux non-grévistes, faire semblant de tabasser les ouvriers et trouver un moyen d'isoler et de punir la petite salope aux cheveux courts qui posait des problèmes. Il ignorait les raisons du contentieux entre Anne et François Lydro Spirito et il s'en foutait. Il régla la consommation et la communication puis sortit sans un mot de politesse. La biasse contenant la bouteille d'acide sulfurique battait sur son épaule. Le spécialiste était en route et plus rien ne pouvait l'arrêter.

Sophie avait mis un temps considérable à se remettre. La venue impromptue de Jean l'avait déstabilisée en plein milieu des âpres discussions qu'elle menait. Il avait simplement dit qu'il était mandaté par ses camarades et s'était assis avec les représentants des syndicats CGTU et CFTC Conseillers, avocats, directeur du personnel encadraient la patronne dont la mine restait farouche. Forte de son gros paquet d'actions et de la faiblesse de son époux, qu'on avait évacué sur l'hôpital, elle tenait tête depuis plus de treize heures à la délégation des savonniers. Ces derniers ne réclamaient rien. Ils ne dénonçaient même pas les soixante heures hebdomadaires de labeur imposées par la compagnie alors que la loi limitait le temps de travail à quarante-huit heures sur six jours. Ils étaient prêts à augmenter les cadences pour sauver les emplois et ils ne comprenaient pas les exigences de la Caillaux. Ayant repris son contrôle, elle se lança dans une longue diatribe dans laquelle elle fustigea le parti communiste, le manque de lucidité des banques américaines et les passéistes de tous bords qui refusaient le progrès. Elle loua aussi les bienfaits de la reconversion et de la formation professionnelle, arguant que la France manquait d'ouvriers spécialisés et de techniciens.

— On ne peut plus évoluer par nos seules mains, conclut-elle. L'avenir appartient aux machines. Messieurs, j'en reviens à notre plan, le seul viable à mes yeux. Vous avez une heure et pas plus pour me dresser la liste des licenciés. 32 % du personnel au chômage, c'est ce que nous avons prévu pour relancer la compétitivité de notre savonnerie. Il va de soi que nous moderniserons la cathédrale et les ateliers de coupes et de conditionnement. C'est tout ! La séance est levée.

Les délégués syndicaux rugirent d'une seule voix et Jean dut retenir l'un d'eux qui voulait se jeter sur Sophie. Ils juraient, la traitaient de tous les noms, appelèrent à la révolte.

— On cassera tout et on mettra le feu à votre château ! hurla l'homme que maîtrisait Jean.

— Calme-toi. Rien n'est perdu. Ils ont trop besoin de nous pour gagner leur argent, dit le Corse en emmenant le forcené à l'extérieur.

— Monsieur Testi, pouvez-vous m'accorder un entretien ?

Jean s'y attendait. Sophie voulait gagner sur tous les plans. Elle allait essayer de le séduire. Il poussa son collègue hors du bureau et fit face à Sophie qui, en deux petits signes de la main, venait de faire le vide, renvoyant ses collaborateurs dans les pièces voisines. Lorsqu'ils furent seuls, elle eut ce mouvement de lèvres qui invitait au plus cruel et sensuel des baisers. Tout son visage, habituellement si froid et si parfait, s'anima. Ces rudes heures, cet acharnement à vaincre les rouges avaient fait d'elle une guerrière. Et elle voulait prendre son dû. Jean n'était qu'un trophée, le plus beau fruit du pillage qui allait commencer.

— Qu'est-ce que tu veux au juste ? lui dit-il.

— Toi !

— C'est fini, Sophie.

— Crois-tu que j'ignore ton amourette avec cette pimbêche du *Petit Provençal* ?

— Ce n'est pas une amourette. Tu ferais mieux d'oublier mon existence et de faire preuve d'un peu plus d'humanité. Trop de gens souffrent par ta faute. Reprends les négociations. Beaucoup de savonniers sont vieux et proches de la retraite ; il suffirait de ne pas les remplacer et...

— Petit con ! T'es viré ! Balancé ! Sur le tas ! Et ta radasse n'en a plus pour longtemps à jouer la Joconde !

— Adieu Sophie. Mes camarades m'attendent, pense à ce que je t'ai dit.

Il sortit du bureau et il l'entendit crier qu'elle allait faire vider l'usine par la force. Il savait que ce n'étaient pas des paroles en l'air. Soucieux, il se rendit à la cathédrale. Tout allait se jouer au cœur de la savonnerie.

L'accélérateur enfoncé, Dédé conduisait dans un état second. Les pneus de la Lorraine crissaient à chaque virage. Les ailes frôlaient passants et véhicules. Les pavés de la route de Sainte-Marthe torturaient roues, suspension et châssis. Le capot vibrait, le volant tressautait, il sentait son corps trépider et son cœur galoper. Tuer, les tuer tous et se tuer ; tuer était le but. Cette obsession se lisait dans son regard agrandi et fixe. Il enfonça soudain la pédale de frein. Devant lui, il y avait une ligne de soldats, des policiers et des gardes mobiles. Ces différents pelotons bivouaquaient sur la route, protégés par des chevaux de frise et des camions de l'armée. Cette concentration de force lui rappela vaguement qu'un conflit social allait embraser Marseille.

« Il faut que je passe », se dit-il en voyant un capitaine accompagné de deux gendarmes se diriger vers lui.

— Monsieur, salua l'officier. Où vous rendez-vous ?

— Au Merlan, chez ma sœur, mentit Dédé.

Il crut que son bluff allait marcher lorsqu'un des hommes se pencha à l'autre portière et vit le fusil de chasse à moitié dissimulé sous le siège du passager.

— Il a une arme, mon capitaine !

— Sortez immédiatement du véhicule !

Pris de panique, Dédé fit marche arrière.

— Halte ! halte !

Puis les coups de feu éclatèrent. Le pare-brise vola en éclats et des choses dures et brûlantes s'enfoncèrent dans son dos. Il n'eut pas le temps de souffrir de ses blessures par balles. La Lorraine fit une embardée et alla s'écraser contre le haut mur de la compagnie des savons et huileries Caillaux. Il mourut sur le coup, l'âme emportée par le mistral.

Jean ne décolérait plus depuis qu'il avait retrouvé Anne en grande discussion avec les savonniers dans la salle des chaudrons. Il lui avait demandé de quitter immédiatement les lieux et elle s'était contentée de lui répondre :

— Pas avant de terminer mon reportage.

Elle prenait tranquillement des notes et les ouvriers, sous le charme, racontaient leurs parcours au sein de la compagnie, les épisodes tragiques vécus dans la cathédrale de fer, de verre et de brique, où ils s'étaient retranchés.

Une heure après la venue de Jean, à l'expiration du délai imposé par Sophie, ils eurent la surprise de voir arriver Sassot. Le directeur commercial prit une pelle, se rangea aux côtés des manœuvres et dit simplement :

— Je suis des vôtres, elle m'a renvoyé.

Les portes de fonte des fours béaient. Les chauffeurs n'alimentaient plus les foyers. La vapeur ne sifflait plus entre les joints des tuyauteries. La pâte durcissait dans les chaudrons. Les grévistes maintenaient cependant deux unités en état de marche : les deux chaudrons à savon blanc. Cette production, ils comptaient la vendre à prix réduit aux blanchisseuses et aux ménagères, afin d'assurer la survie de leurs familles. L'huile de palme, les sacs de chaux et les caissons de soude avaient été entassés dans la salle des mélanges. De quoi tenir deux semaines.

Jean ne quittait plus Anne. La jeune femme allait

de l'un à l'autre, remplissant son calepin de témoignages. A un moment, elle voulut grimper sur la planche posée en travers de l'un des deux chaudrons en fonctionnement. Jean essaya de l'en empêcher ; mais elle était en manque de sensations. Goûter à la peur des savonniers, sentir les vapeurs brûlantes, se servir du redable étaient une étape nécessaire.

— Tu n'as qu'à me guider, dit-elle à Jean.

Jean ferma les yeux et accepta. Il monta sur la planche, prit le redable que lui tendait le savonnier, un peu inquiet, et aida Anne à venir à ses côtés. Elle frissonna. La pâte brune cloquait à cinquante centimètres sous ses pieds. Elle était semblable à une mixture de sorcière d'où s'échappaient de corrosives fumerolles.

— A ton tour, dit Jean en lui présentant le redable.

Elle mit le calepin et le crayon entre ses dents et se saisit du long outil. Quand elle tenta de remuer la pâte, toutes les veines de son cou saillirent. Elle parvint à peine à déplacer le redable d'un quart de tour. A ce poste, une force considérable était nécessaire. Elle allait essayer à nouveau lorsque la clameur monta. Surgissant de tous côtés et surprenant les grévistes, les cadres et les nervis attaquaient la cathédrale. Barres de fer et manches de pioche s'abattirent sur les têtes des ouvriers qui refluaient vers l'extérieur. L'une des vagues hurlantes prit d'assaut les escaliers de métal, en chassa les savonniers, et se rua sur les chaudrons.

Zino suivait la meute. Il se contentait d'esquiver les coups. Quand il découvrit Anne en équilibre sur la planche, il se dit que la chance était avec lui. Il contourna de loin le chaudron où un diable d'homme menaçait la meute avec une longue perche à bout évasé et plat.

Jean avait repris le redable. Protégeant Anne, il traça quelques cercles avec cette arme de fortune. Les cadres hésitèrent. Pas les nervis, dont les regards fixés sur la planche devançaient leurs intentions.

— Faisons-leur prendre un bain ! cria l'un d'eux.

Il eut tort, ainsi que ceux qui le suivirent. Jean plongea le bout du redable dans le savon en fusion et, d'un mouvement rapide de balancier, éclaboussa les agresseurs. Ils hurlèrent de douleur. La pluie brûlante troua des peaux, rongea des visages. Ce fut alors le sauve-qui-peut. Seul Zino, accroupi derrière l'autre chaudron, attendait le moment favorable. Il avait débouché sa bouteille spéciale, enfilé ses gants de cuir et pris l'option d'arroser d'abord le visage de l'homme qu'il jugeait dangereux. Il les entendit sauter sur le sol et se diriger vers l'escalier. Il se redressa et se mit à courir. Le couple se retourna. Zino pouvait les vitrioler. Il n'arriva pas à lever le bras. Une pelle le faucha dans sa course à hauteur de poitrine. Sassot en tenait le manche. Il paraissait surpris de son exploit. Le petit malfrat à genoux se pressait la face en gémissant. Il avait été salement touché par le vitriol. Devant lui, l'acide répandu fumait en attaquant le sol. Anne était hébétée. Jean venait de tout comprendre. Cet homme était une créature achetée par Sophie. La fureur l'aveugla. Il prit Zino par le col, le souleva et le traîna vers le chaudron.

— Non ! cria Anne. Ne fais pas ça !

La voix aimée le ramena à la raison. Il ne se fit pas justice. Il relâcha Zino et alla serrer Anne très fort. Lorsqu'ils quittèrent la cathédrale et retrouvèrent les belligérants qui continuaient à se battre sur la route de Sainte-Marthe, le mistral dans sa colère les fit se courber au milieu des tourbillons de poussière. Mais plus rien ne pouvait les abattre. Ni le vent dévastateur. Ni Sophie, vaincue, qui les regardait partir. Ils marchèrent longtemps la main dans la main. Devant eux le Panier grandissait. Ils s'enfoncèrent dans le cœur de Marseille. Leur avenir y battait déjà à chaque coin de rue.

Campée solidement sur son cavalet, cette grande échelle à trois pieds qu'elle ressortait à chaque saison, la vieille Adèle cueillait les olives. Les petits fruits ridés et si doux au toucher brillaient telles des perles brunes entre ses doigts. L'un d'eux lui échappa et elle jura en provençal, se plaignant tout haut de son âge, de ce métier d'oliveuse qui rapportait surtout des courbatures et des maux de gorge.

— On n'en viendra jamais à bout ! cria-t-elle à Mathilde.

— Plus que trois jours, tiens bon.

Le visage fripé, les lèvres pincées, une main perdue dans les feuillages grisâtres, son panier d'osier sous le bras, Mathilde ne redoutait plus le froid qui lui meurtrissait les chairs, ce mistral glacé qui s'engouffrait sous sa jupe et piquait ses cuisses, ni le Grand Mas qui se profilait au loin sur la ligne rougie de l'aube. Pourtant, décembre n'était pas tendre cette année pour les gémenosiens ; et c'était sur une fine couche de neige dure que les paysans avaient rangé les larges banastes à deux anses qu'on remplissait peu à peu d'olives. Non, décembre lui paraissait doux et il en serait de même en janvier et février, quand on irait au moulin pour faire l'huile. Le village n'était plus en guerre contre elle. A la mort de Dédé, Colin Bastille, devenu l'unique héritier, avait définitivement tiré un trait sur le passé. Il avait écouté les paroles de paix du curé, les propageant même au café, acceptant les erreurs de son père et la présence de sa sœur dans la commune. Car Anne Bastille était revenue le temps de la récolte. Mathilde regarda sa fille avec amour.

Anne était sur son échelle et travaillait sans rechigner. Elle se pendait aux branches. Ses doigts gourds se saisissaient des fruits. Les frissons couraient sur ses reins, sur sa poitrine, sur ses membres. Mais il lui suffisait d'un seul regard vers un autre arbre, d'un seul échange de pensées pour qu'un sang chaud roule à nouveau dans ses veines. Jean était tout près d'elle. Il cueillait ; il apprenait à aimer la terre sous l'œil vigilant de Gabi.

coulait sous sa jupe et [illegible] piquait ses cuisses, ni le Grand Mas qui se profilait au loin sur la ligne rouge de l'aube. Pourtant décembre n'avait pas tendu cette année pour les [illegible] et c'était sur une mince couche de neige fine que les paysans avaient rangé les larges baquets à deux anses qu'on remplissait peu à peu d'olives. Non, décembre lui paraissait doux et il en serait de même en janvier et février quand on irait au moulin pour faire l'huile. Le village n'était plus en guerre contre elle. À la mort de Dédé, Colin Bastille, devenu l'unique [illegible], avait discrètement tiré un trait sur le passé. Il avait écouté les paroles de paix du curé, les propageant même au café, acceptant les erreurs de son père et la présence de sa sœur dans la commune. Car Anne Bastille était revenue le temps de la récolte. Mathilde regarda sa fille avec amour.

Anne était sur son échelle et travaillait sans rechigner. Elle se penchait aux branches. Ses doigts gourds se glissaient [entre] les fruits. Les frissons couraient sur ses reins, sur sa poitrine, sur ses membres. Mais il lui suffisait d'un seul regard vers un autre arbre, d'un seul échange de pensées pour que son sang chaud roule à nouveau dans ses veines. Jean était tout près d'elle. Il cueillait, il apprenait à aimer la terre sous l'œil vigilant de Gaby.

Achevé d'imprimer en août 1999
sur presse Cameron
par **Bussière Camedan Imprimeries**
à Saint-Amand-Montrond (Cher)
pour le compte de France Loisirs
123, boulevard de Grenelle, Paris

Cet ouvrage a été imprimé
sur du papier sans bois et sans acide

N° d'édition : 32037. N° d'impression : 993469/4.
Dépôt légal : août 1999.
Imprimé en France